Shelley und ihre Mutter waren zu lange einfach zu nett. Klassische Opfer, die sich nach massivem Mobbing wie Mäuse fühlen. Sie verkriechen sich in einem abgelegenen Haus auf dem Land, um ihre Probleme hinter sich zu lassen. Sie sind glücklich in ihrer kleinen Welt mit Büchern, Musik und häuslichen Ritualen. Doch eines Nachts werden sie in ihrem neu gefundenen Frieden bedroht: Ein Mann dringt in ihr Haus ein. Und bei Shelley reißt der Faden. Was dann passiert, zerstört alle Gewissheiten.

*Gordon Reece* hat als Autor und Illustrator über fünfzehn Kinder- und Jugendbücher veröffentlicht und schreibt als großer Comicfan auch Graphic Novels. Er studierte Englische Literatur in Oxford und arbeitete als Lehrer, später als Rechtsanwalt, bevor er beschloss, sich ganz dem Schreiben und Zeichnen zu widmen. Nach einigen Jahren in Spanien und Australien lebt er jetzt wieder in England.

*Weitere Informationen, auch zu E-Book-Ausgaben, finden Sie bei www.fischerverlage.de*

GORDON REECE

# MUCKS MÄUSCHEN TOT

THRILLER

Aus dem Englischen von
Susanne Goga-Klinkenberg

FISCHER Taschenbuch

Erschienen bei FISCHER Taschenbuch
Frankfurt am Main, April 2014

Die Originalausgabe erschien unter dem Titel ›Mice‹
bei Allen & Unwin, Australien.

Satz: Druckerei C. H. Beck, Nördlingen
Druck und Bindung: CPI books GmbH, Leck
Printed in Germany
ISBN 978-3-596-19114-7

Für Joanna

# 1

Meine Mum und ich wohnten in einem Häuschen, das etwa eine halbe Stunde außerhalb der Stadt lag.

Es war nicht einfach gewesen, ein Haus zu finden, das unseren Anforderungen entsprach: ländlich, keine Nachbarn, drei Schlafzimmer, Vorgarten und Garten; ein altes Haus (wegen des Charakters), aber mit allen Annehmlichkeiten – eine moderne Zentralheizung war unverzichtbar, weil wir es beide gerne warm hatten. Es musste ruhig sein. Es musste abgeschieden sein. Schließlich waren wir Mäuse. Wir suchten kein Haus. Wir suchten ein Versteck.

Wir besichtigten zahllose Immobilien, doch wenn wir das Dach des Nachbarhauses durch die Bäume sehen oder in der Ferne Verkehrslärm hören konnten, schauten wir einander an und strichen es von der Liste. Natürlich brachten wir die Besichtigung zu Ende und hörten geduldig zu, während man uns das Offensichtliche erklärte: *Dies ist das Schlafzimmer – noch ein Schlafzimmer – das Badezimmer.* Alles andere wäre uns unhöflich erschienen, immerhin hatte uns der Immobilienmakler ja so weit aufs Land hinaus gefahren. Außerdem hätte sich meine Mum wohl kaum gegen den dreisten jungen Mann mit dem gegelten Haar und dem ständig klingelnden Handy durchsetzen können *(Wir haben genug gesehen, danke, Darren, wir sind nicht interessiert)*. Mäuse sind niemals unhöflich. Mäuse sind nicht durchsetzungsfähig. Und so verbrachten wir viele Samstage damit, Häuser zu besichtigen, an denen wir überhaupt nicht interessiert waren.

Irgendwann aber landeten wir im Honeysuckle Cottage.

Es war nicht das hübscheste Häuschen von allen – die braune Ziegelfassade, die kleinen Fenster, das graue Schieferdach und die rauchgeschwärzten Schornsteine sahen so gar nicht nach einem Landhaus aus. Aber es war wunderbar abgeschieden, umgeben von weiten Feldern, und der nächste Nachbar wohnte fast einen Kilometer entfernt. Man konnte das Häuschen nur über eine gewundene, einspurige Straße erreichen, die sich in einem weiten Bogen um den großen Garten schlängelte. Mit den engen Haarnadelkurven und den Hecken an beiden Seiten erinnerte sie eher an ein Labyrinth als an eine öffentliche Straße. Zum ersten Mal kauften wir Darren tatsächlich ab, dass sich nur wenige Autos hierher wagten, weil sie fürchteten, hinter landwirtschaftlichen Fahrzeugen dahinzukriechen. Die lange, baumbestandene Einfahrt mit den Schlaglöchern und der scharfen Linkskurve verstärkte noch den Eindruck, dass Honeysuckle Cottage einfach zu weit von der rauen Wirklichkeit entfernt war, um uns dort zu finden.

Und es herrschte eine himmlische Ruhe. Als wir an einem windigen Tag Anfang Januar aus Darrens Geländewagen stiegen, fiel mir als Erstes die Stille auf. Ich bemerkte sie, als die Vögel hoch über uns in den Bäumen verstummten und Darren seine unermüdlichen Anpreisungen *(Ich liebe dieses Haus – und das meine ich ernst – wenn ich könnte, würde ich morgen hierherziehen)* vorübergehend unterbrach. Da war es, das wunderbarste Geräusch der Welt – das absolute Fehlen von Geräuschen.

Das Haus gehörte Mr und Mrs Jenkins, einem älteren Ehepaar, das uns an der Tür empfing. Strähniges graues Haar, gerötete Wangen, stämmig in ihren Strickjacken, Teebecher in der Hand. Sie brachen in herzliches Gelächter aus, obwohl niemand etwas Komisches gesagt hatte. Mr Jenkins erklärte, dass sie wegen der Gesundheit seiner Frau – »Die Pumpe stottert«, wie er sich ausdrückte – wieder in die Stadt ziehen mussten. Sie wollten nicht »in der Pampa« sitzen, falls etwas passierte. Es bräche ihnen das Herz, das Haus zu verlassen, und er versicherte uns, dass sie fünfunddreißig wunderbare Jahre hier verbracht hätten. *Ja, fünfunddreißig wunderbare Jahre,* wiederholte Mrs Jenkins als gehorsames Echo ihres Mannes.

Sie unternahmen die übliche unbeholfene Tour durchs Haus: zu viele Leute in der engen Diele und auf dem Treppenabsatz, das Gedränge *(nach Ihnen – nein, nach Ihnen)* vor jeder Tür. Während wir von einem Zimmer ins nächste gingen, spürte ich immer wieder Mr Jenkins' Blick. Er überlegte wohl, wie ein schüchternes Mädchen aus der Mittelklasse an die hässlichen Narben im Gesicht gekommen war. Ich war erleichtert, als sie uns durch die Küche in den Garten führten, wo ich zurückbleiben und seinen neugierigen blauen Augen entgehen konnte.

Mr Jenkins war ein erfahrener Gärtner, der sein Licht nicht unter den Scheffel stellte. Wir trotteten hinter ihm her, während er uns seine Obstbäume, sein Gemüsebeet und die beiden Schuppen vorführte. Es waren die saubersten und aufgeräumtesten Schuppen, die ich je gesehen hatte: Jedes Werkzeug hing an einem Haken – sogar die Gartenhandschuhe waren mit *Jerry* und *Sue* beschriftet. Er zeigte uns seinen stinkenden Komposthaufen und verkündete: »Das ist er – mein ganzer Stolz!« Dann führte er uns zu einer Reihe Zypressen, die er nach ihrem Einzug gepflanzt hatte. Die Bäume waren inzwischen über zehn Meter hoch, und während er sich über ihre gesunde Rinde ausließ, spähte ich argwöhnisch durchs dichte Laub. Dahinter erstreckten sich nur die endlosen fahlbraunen Furchen der Felder.

Auf seinen Vorgarten war Mr Jenkins besonders stolz. Der große Rasen, kurz geschnitten wie ein Bowlingplatz, wurde von zahllosen Pflanzen und Büschen eingefasst, die trotz der Jahreszeit noch vereinzelt bunte Farben trugen. »Es ist wichtig, ein paar Winterblüher zu setzen«, erklärte er Mum. »Dazu viele mehrjährige Pflanzen, sonst haben Sie im Winter keine Farbe.« Mum wollte das Thema wechseln und sagte, sie verstünde nicht viel von Gärtnerei, doch Mr Jenkins betrachtete es als Aufforderung, um diese Bildungslücke auf der Stelle zu schließen. Er setzte zu einem langen Vortrag über verschiedene Erdsorten an. »Diese Erde hier ist kalkhaltig. Sie ist ein bisschen trocken, ein bisschen *hungrig*. Sie braucht viel Stalldung, Gartenkompost, Torf ...« Ich schlenderte davon, weil ich sein Gerede nicht länger ertragen konnte. »Laubkompost ... Kunstdünger ... Kalksteinschichten ...« Einmal glaubte ich, »getrocknetes Blut« zu verstehen, aber das muss wohl ein Irrtum gewesen sein.

Ich ging weiter, wobei seine aufreizende Stimme zu einem dumpfen Murmeln verklang. Schließlich stieß ich auf ein großes, ovales Rosenbeet, das sich mitten auf dem Rasen befand. Die Rosen waren rücksichtslos beschnitten worden und reckten ihre amputierten Stümpfe protestierend zum Himmel. Das ganze Beet wirkte trostlos und erinnerte mit dem großen Haufen umgegrabener Erde an ein frisch angelegtes Grab.

Während ich die Blumen und Sträucher betrachtete, wurde mir klar, dass ich die meisten Namen nicht kannte. Wenn ich Schriftstellerin werden wollte, müsste ich daran arbeiten. Schriftsteller schienen immer die Namen von Blumen und Bäumen zu kennen; es ließ sie respekteinflößender klingen, irgendwie gottähnlicher. Ich beschloss, nach unserem Einzug (denn Mums verträumter Blick hatte mir verraten, dass dies unser neues Zuhause werden würde) die Namen sämtlicher Blumen und Bäume im Garten zu lernen – und zwar sowohl die volkstümlichen als auch die lateinischen Namen.

Als ich wieder zu Mum kam, konnte Mr Jenkins seine Neugier nicht länger zügeln.

»Was ist mit dir passiert, meine Liebe?«, fragte er und deutete vage auf mein vernarbtes Gesicht.

Mum zog mich instinktiv an sich und übernahm die Antwort.

»Shelley hatte einen Unfall. In der Schule.«

# 2

Mum kaufte Honeysuckle Cottage von dem Anteil, den sie bei der Scheidung erhalten hatte. Ihrem Mäuseanteil. Mein Dad – kaum zu glauben, aber er ist Anwalt für Familienrecht – hatte uns vor eineinhalb Jahren wegen seiner Sekretärin verlassen, die unglaubliche dreißig Jahre jünger ist als er, mit lüsternem Puppengesicht und Riesendekolletee. (Sie war nur zehn Jahre älter als ich! Wie sollte ich sie als meine *neue Mutter* betrachten?) Die Regelung von Finanzen und Sorgerecht hatte fast ein Jahr gedauert. Dad kämpfte gegen Mum, als wäre sie seine schlimmsten Feindin und nicht die Frau, mit der er achtzehn Jahre lang verheiratet gewesen war. Er versuchte, ihr alles wegzunehmen – sogar mich.

Mum gab in fast allen Punkten nach – sie gab das Recht auf einen Anteil an seiner Pension auf, sie gab das Recht auf Unterhalt auf, sie gab ihm sogar einige Geschenke zurück, die er ihr während der Ehe gekauft hatte und nun kleinlich zurückforderte, doch sie weigerte sich, mich aufzugeben. Das Gericht vertrat die Ansicht, dass ich als überdurchschnittlich intelligente Vierzehnjährige selbst entscheiden konnte, bei wem ich leben wollte. Da ich um jeden Preis bei Mum bleiben wollte, wurde der Sorgerechtsantrag meines Vaters schließlich abgelehnt. Als ihm klarwurde, dass er Mum nun nicht für ihre jahrelange Hingabe bestrafen konnte, indem er mich ihr wegnahm, wanderte er prompt mit Zoe nach Spanien aus. Anscheinend wollte er mich so dringend bei sich haben, dass er sich nicht einmal verabschiedete. Seither hatte ich nichts mehr von ihm gehört.

Die Eigentumsübertragung ging ungewöhnlich schnell, und so konnten wir Ende Januar einziehen. Es war einer jener psychotischen Wintertage, an denen der Himmel gerade noch voller finsterer Wolken hängt und gleich darauf die Sonne strahlt, als wäre der Frühling gekommen – worauf sie wieder von schaurigen Wolken vertrieben wird, die scharfen Wind und kalten Regen mit sich bringen.

Die Umzugsleute kauten Kaugummi, stanken nach Schweiß und trampelten in ihren schmutzigen Stiefeln durchs ganze Haus. Sie ließen aufdringliche Bemerkungen fallen, wie durstig sie von der Arbeit geworden seien und wie gut ein »Tässchen Tee« jetzt täte. Gehorsam brachte Mum ein Tablett Tee mit Milch und gab drei oder vier Stück Zucker hinein, so wie sie es wünschten, und dann saßen sie auf den Umzugskartons, die sie eigentlich hätten schleppen sollen, tranken und rauchten. Einer bemerkte, wie Mum die hässliche Schramme betrachtete, die sie am Klavier hinterlassen hatten, und rief fröhlich: »Das waren wir nicht, Schätzchen. Das war schon so.« Sie huschte ins Haus *(Mäuse gehen Konfrontationen aus dem Weg)*, worauf alle herzlich lachten.

Sie drängten sie so lange, bis sie bar bezahlte – einschließlich der halben Stunde, in der sie ihren Tee getrunken und ihren »vornehmen« Akzent nachgeahmt hatten. Dann endlich fuhren sie ab und ließen die Zigarettenkippen in den Blattachseln der Blumen hängen.

Ich bereute es nicht, das luxuriöse Haus in der Stadt, in dem ich fast mein ganzes Leben verbracht hatte, gegen den bescheidenen Komfort von Honeysuckle Cottage einzutauschen. Nachdem die Scheidung eingereicht worden war, hatte ich es nicht mehr als mein Zuhause empfunden. Es wurde zum *ehelichen Heim* – einem wertvollen Besitz, den die Anwälte auf beiden Seiten wie zwei geschickte Schachspieler an sich bringen wollten. Ein *eheliches Heim* kann nie ein glückliches Zuhause sein.

Es barg zu viele Erinnerungen – gute und schlechte. Ich war mir nicht sicher, welche am schmerzlichsten waren: wie sich mein Dad als Weihnachtsmann verkleidet hatte, als ich sieben war, und mir mit sanften Händen einen zitternden, kleinen Goldhamster überreicht hatte; wie mein Vater sieben Jahre später in betrunkenem Zustand die Haustür eingetreten hatte, weil ich mich weigerte, das Wochenende wie geplant mit ihm zu verbringen; der fünfzehnte Hochzeitstag meiner Eltern, an dem sie Wange an Wange und vor den Augen ihrer Freunde im Wohnzimmer zu Eric Claptons »Wonderful Tonight« getanzt hatten; wie mein Dad meine Mutter drei Jahre später so heftig von sich gestoßen hatte, dass sie rücklings zu Boden stürzte und sich einen Finger brach. *In ebendiesem Wohnzimmer …*

Es gab noch einen Grund, aus dem ich erleichtert war, das *eheliche Heim* zu verlassen, auch wenn ich ihn mir ungern eingestand. Es war die Versuchung, meinen Dad weiterhin zu lieben. So abscheulich er Mum auch behandelt hatte und so sehr ich auch versucht hatte, ihn schlimmer als schlimm darzustellen, war die Bindung an ihn doch ungeheuer stark. Alles im Haus erinnerte mich an seine andere Seite, seine Freundlichkeit und den Spaß, den wir zusammen gehabt hatten. Da waren das Baumhaus in der Blutbuche, das er mir gebaut hatte, als ich sechs oder sieben war; die wunderschönen Bücherregale, die er in meinem Zimmer aufgestellt hatte, als ich auf die weiterführende Schule kam, und die ledergebundene Ausgabe von Kinderbuchklassikern, die er mir aus London mitgebracht hatte. (Dad hatte mich ermutigt, Schriftstellerin zu werden, es war seine Idee gewesen.) In der Garage, in der er Sport getrieben hatte und die noch schwach nach seinem Schweiß roch, hing die alte Dartsscheibe, auf der wir unter hysterischem Gelächter »Round the Clock« gespielt hatten.

Die schmerzlichste Erinnerung an meinen Dad stellte sich aber ein, wenn ich in den Spiegel sah – und seine haselnussbraunen Augen zurückblickten. Er war mir nie so nahe gewesen wie Mum, doch hatte es zärtliche Augenblicke gegeben – wenn er mich als kleines Mädchen hoch in die Luft schwang, als wollte er im hellen Sonnenschein durch mich hindurchblicken –, und die waren noch schöner gewesen als mit Mum.

Das hatte ich Mum natürlich nie gesagt, weil es ihr sehr weh getan hätte. Doch solange wir im *ehelichen Heim* lebten, blieb diese verräterische Versuchung bestehen, und wenn Mum und ich aus irgendeinem Grund Streit hatten, wurde sie noch stärker. Ich hoffte, dass ich dieses verstohlene Gefühl beim Umzug zurücklassen und letztlich vergessen konnte.

***

Honeysuckle Cottage war ein erfrischender Neuanfang. Ich liebte die Küche mit der altmodischen Vorratskammer, den Terrakottafliesen auf dem Boden und dem Tisch aus unbehandeltem Kiefernholz. Hier aßen wir, weil es warm und gemütlich war, so trostlos das Wetter auch sein mochte. Wunderbar war auch der offene Wohn- und Essbereich, wo ich Mum immer in meiner Nähe spürte, auch wenn wir uns getrennt beschäftigten. Ich liebte den offenen Kamin mit der Verkleidung aus schroffem grauem Stein, den Sims aus lackiertem Eichenholz und die kleinen Rauten der imitierten Tudor-Fenster. Ich liebte die abgenutzte hölzerne Treppe, bei der die vierte Stufe von unten laut knarrte, egal wohin man trat. Ich liebte mein Schlafzimmer mit den offenen Balken und dem eingebauten Fenstersitz, auf dem ich stundenlang beim klarsten, reinsten Licht, das ich je erlebt hatte, lesen konnte. Ich liebte es, morgens die Vorhänge zu öffnen und nicht auf die immer gleichen roten »hochwertigen« Vororthäuser zu blicken, vor denen der obligatorische BMW oder Mercedes parkte, sondern auf ein Flickmuster aus gepflügten Feldern. Am allerliebsten aber trug ich einen Stuhl in den Garten, setzte mich hin und sah zu, wie die Wolken über mir am Himmel unablässig die Gestalt veränderten wie das Wachs in einer Lavalampe.

Während ich zum Himmel hinaufschaute, stellte ich mir vor, in einer einfacheren und unschuldigeren Zeit zu leben – einer Zeit, bevor es menschliche Wesen gab, einer Zeit, in der die Erde ein endloses grünes Paradies war und Grausamkeit um der Grausamkeit willen völlig unbekannt.

# 3

Mum war eine brillante junge Anwältin gewesen, die schon während des Studiums ein Angebot von einer führenden Londoner Kanzlei bekam. Sie war damit aber nicht glücklich gewesen. Sie hatte das Leben in London gehasst, die aggressiven Menschenmassen, die überfüllte U-Bahn während der Rushhour, die betrunkenen Obdachlosen mit ihren blutigen Gesichtern *(London ist keine Stadt für Mäuse)*, und nach vier Jahren beschlossen, aufs Land zu ziehen. Sie hatte eine Stelle bei Everson's, der größten Anwaltskanzlei der Stadt, angenommen und dort meinen Vater kennengelernt. Er war acht Jahre älter als sie und schon Partner. Nach etwa sechs Monaten hatte er sie gebeten, ihn zu heiraten.

Wenn ich bedenke, wie unterschiedlich sie waren und wie die Ehe endete, wundert es mich, dass Dad ausgerechnet Mum ausgesucht und sie sich für ihn entschieden hatte. Zweifellos fand er Mum attraktiv – auf den Hochzeitsfotos kann man sehen, wie hübsch sie war, ein dunkler Typ mit scheuem Lächeln. Ich bin mir sicher, dass er es als Herausforderung betrachtete, das Herz dieses unbeholfenen, zurückhaltenden Mädchens mit dem Prädikatsexamen zu erobern, dem der Ruf brillanter Prozessführung vorauseilte. Vielleicht sehnte sich Mum nach den Erfahrungen in London (in ihre Wohnung wurde eingebrochen, man stahl ihr am helllichten Tag die Handtasche) nach einem starken Mann wie Dad, der sie beschützen konnte. Vielleicht glaubte sie, dass seine Kraft wie durch Zauberei auf sie abfärben könnte. Vielleicht waren es auch nur sein gutes Aussehen und der sanfte Charme; schon als kleines Mädchen war ich eifersüchtig auf die Wirkung, die sein zwangloses Lächeln auf andere Frauen ausübte.

Als ich vier Jahre später geboren wurde, bestand mein Dad darauf, dass meine Mum zu Hause blieb und sich um mich kümmerte. Er sagte, er wolle nicht, dass seine Tochter wie ein Paket von einem Kindermädchen zum nächsten weitergereicht würde; seine Tochter solle nicht aus der Schule kommen und ein leeres Haus vorfinden, weil beide Eltern bei der Arbeit waren; sein Gehalt reiche für uns alle, und es sei nicht nötig, dass sie beide arbeiteten. Das alles hatte (natürlich) nichts damit zu tun, dass Mum kurz davor stand, selbst Partnerin in der Kanzlei zu werden. Es hatte (natürlich) nichts damit zu tun, dass man sie allgemein als beste Anwältin der Kanzlei betrachtete und er sich angesichts ihrer raschen Auffassungsgabe oft unzulänglich und dumm vorkam.

Mum gehorchte. Schließlich wusste er es am besten; er war älter als sie, er war Partner, er war ein *Mann*. Wie hätte sie ihm widerstehen sollen, selbst wenn sie es gewollt hätte? Wie kann eine Maus der Katze widerstehen? Also gab sie die Arbeit, die sie liebte, auf und kümmerte sich die nächsten vierzehn Jahre nur um mich und das Haus – Kochen, Einkaufen, Waschen, Bügeln –, während mein Dad sich bei Everson's allmählich zum Seniorpartner hinaufarbeitete.

Als er sie verließ, war sie sechsundvierzig. Ihr juristisches Fachwissen war hoffnungslos veraltet, ihre Zulassung seit vierzehn Jahren nicht erneuert worden.

Sie fand nur eine Stelle als Rechtsanwaltsgehilfin bei Davis, Goodridge & Blakely, einer Kanzlei in einer der anrüchigen Straßen hinter dem Bahnhof. Die Partner nutzten die Tatsache, dass sie nach so vielen Jahren wieder in den Beruf einsteigen wollte, um ihr ein lächerliches Gehalt anzubieten, und sie nahm es natürlich an. Sie erhielt einen Schreibtisch in einem kleinen Büro, das sie mit zwei Sekretärinnen teilen musste. Damit zeigte man ihr, dass man sie nicht als selbständige Rechtsanwältin, sondern eher als weitere Sekretärin betrachtete.

Allerdings merkten die Partner schnell, wie fähig sie war, und staunten über das Tempo, in dem sie sich das fehlende Wissen aneignete. Blakely, der schmierige Strafrechtler, lud völlig schamlos einen Teil seiner Mandanten bei ihr ab und benutzte sie als persönliche Assistentin und Mädchen für alles. Davis, der für Personenschäden zuständig war, schob ihr mehr und mehr Problemfälle zu, bei denen er ein hoffnungsloses Chaos angerichtet hatte. Nach einem Jahr bearbeitete Mum einige der schwierigsten Fälle der Kanzlei und bekam dafür weniger Gehalt als die Sekretärinnen.

Brenda und Sally, mit denen Mum ihr enges Büro

teilte, betrachteten ihren Umzug aufs Land als Fehler und sagten das auch ganz offen. »Shelley ist fast sechzehn«, sagte Brenda. »Sie möchte sich doch abends mit ihren Freundinnen in der Stadt treffen –«

»Das stimmt«, meinte Sally. »Wenn sie wie meine Tochter ist, will sie am Wochenende jeden Abend in die Disco. Du wirst sie die ganze Zeit nur hin und her fahren.«

Mum versuchte, ihr Privatleben privat zu halten – jedenfalls so weit es möglich war, ohne Brenda und Sally vor den Kopf zu stoßen, die ohne jede Scham die intimsten Geheimnisse ihrer Ehe miteinander teilten.

Mum wurde rot und murmelte, das mache ihr nichts aus und Shelley werde es sicher nicht ausnutzen. Daraufhin erklang lautes Protestgeschrei: *Du bist einfach zu weich, Elizabeth!*

Brenda und Sally sagten ständig solche Sachen – *Elizabeth, du bist einfach zu nett! Warum lässt du das mit dir machen? Warum setzt du dich nicht einfach mal durch?* Sie bekamen mit, wie sie eine geradezu beleidigende Gehaltserhöhung akzeptierte, wie Davis und die anderen Anwälte ihre Probleme auf ihrem Tisch abluden und sich kaum bedankten, wenn sie sie löste. Sie hatten miterlebt, wie Blakely regelmäßig um fünf vor fünf ankam und verlangte, sie solle länger bleiben oder sich »diese Akte übers Wochenende ansehen«, denn er wusste, dass sie nicht nein sagen konnte. Es verging kaum ein Tag, an dem Brenda oder Sally nicht riefen: *Du bist einfach zu weich, Elizabeth!*

Natürlich erzählte sie ihnen nicht die Wahrheit über

mich. Sie erzählte nicht, dass sie mich nicht in die Stadt fahren musste, um Freundinnen zutreffen, weil ich keine Freundinnen hatte. Keine einzige. Sie erzählte ihnen auch nicht, dass ich Opfer einer teuflischen Mobbingkampagne gewesen war, deswegen die Schule verlassen hatte und nun zu Hause unterrichtet wurde. Sie erzählte ihnen auch nicht, dass man der Schule auf Anraten der Polizei meine neue Adresse nicht mitgeteilt hatte, aus Sorge, die betreffenden Mädchen könnten sie herausfinden.

# 4

*Die betreffenden Mädchen:* Teresa Watson, Emma Townley und Jane Ireson.

Sie waren meine besten Freundinnen gewesen, seit wir mit neun Jahren in eine Klasse gekommen waren. Wir spielten in jeder Pause zusammen (Seilspringen, Hula-Hoop, Himmel und Hölle, Schwarzer Mann). Wir saßen in jeder Mittagspause zusammen in der Mensa und aßen unser mitgebrachtes Essen. Wir verabredeten uns regelmäßig am Wochenende und in den Sommerferien. Wir waren eine unzertrennliche Clique, ein kleiner Club. Wir gaben uns sogar einen Namen, die JETS – ein Akronym aus den Anfangsbuchstaben unserer Vornamen.

Heute ist mir klar, dass die Sache schon lange vor dem Mobbing begonnen hatte.

Mit elf, zwölf, dreizehn waren wir brave Mädchen. Wir nahmen die Schule ernst – verglichen nach dem wöchentlichen Rechtschreibtest unsere Antworten, malten jede Landkarte hingebungsvoll bunt, als wäre sie die Decke der Sixtinischen Kapelle, telefonierten nach der Schule, um schwierige Hausaufgaben zu besprechen. Ich war in Englisch und Kunst immer die Klassenbeste; Emma (Spitzname »Pippi Potter« wegen ihres leuchtend roten Haares und der runden Brille) schien ein Talent für Mathe zu haben; Jane, die Ernsthafteste von uns vieren, spielte im Schulorchester und einem weiteren Ensemble Cello; und Teresa mit den schönen Augen und dem rötlich-blonden Haar war ganz wild auf Theater und wollte Schauspielerin werden. Im Unterricht schwatzten wir wie alle Kinder, hatten aber Angst vor den Lehrern; wir hätten es im Traum nicht gewagt, Widerworte zu geben, und ich kann mich nicht erinnern, dass eine von uns jemals ernsthafte Schwierigkeiten gehabt hätte.

Mit vierzehn begannen sich die anderen zu verändern. Ich nicht.

Emma tauschte die Brille gegen Kontaktlinsen und ließ sich ihr schönes Haar zu einer Punkfrisur schneiden – über den Ohren rasiert, auf dem Kopf einen Kamm aus flammendroten Stacheln. Jane gab die Musik auf und schien sich auch nicht mehr für die Schule zu interessieren. Sie färbte Haare und Fingernägel schwarz. Sie wurde dick und bekam große Brüste und wäre ohne weiteres für achtzehn durchgegangen. Jane hatte ständig Probleme mit den Lehrern, aber kein Nachsitzen und keine Strafarbeit schienen ihr etwas auszumachen. Es war, als lehnte sie alles ab, was mit Schule zu tun hatte, und zählte wie eine Strafgefangene nur noch die Tage bis zu ihrer Freilassung.

Am meisten aber veränderte sich Teresa Watson. Sie wurde praktisch über Nacht eins fünfundsiebzig groß. Ihr hübsches, rundliches Gesicht wirkte jetzt schmal und mürrisch. Ihr Körper wurde schlank, knochig und hart, das Gesicht ausgemergelt, mit vorspringenden Wangenknochen. Sie trug provokante Kleidung, die den Schulregeln widersprach – grüne Springerstiefel von Doc Martens, Hüftjeans und bauchfreie, hauchdünne Tops. In der linken Augenbraue steckte ein silbernes Piercing, obwohl der Direktor ihr mehrfach gesagt hatte, sie dürfe es nicht in der Schule tragen. Ihr langes Haar war in der Mitte gescheitelt und flach an den Kopf gedrückt. Und während ihr Körper diese harte Magerkeit annahm, trat auch eine neue, unnachgiebige Härte in ihre grünen Augen. Eine unterschwellige Drohung.

Im Nachhinein habe ich begriffen, dass sich mit ihrem Aussehen auch ihr Verhalten mir gegenüber veränderte. Und ich habe mich gefragt, ob es eine Verbindung gab. Beeinflusst das Aussehen die Persönlichkeit? Oder die Persönlichkeit unser Aussehen? Macht die Kriegsbemalung den Stammesangehörigen zu einem wilden Krieger? Oder trägt der wilde Krieger die Farbe nur auf, um seine Grausamkeit zu betonen? Sieht eine Katze immer wie eine Katze aus? Eine Maus immer wie eine Maus?

Was immer die Wahrheit sein mag, ich veränderte mich nicht. Ich war nach wie vor fleißig, paukte für Klassenarbeiten und malte meine Landkarten bunt an. Ich war immer noch Klassenbeste in Englisch und Kunst, nun aber auch in Geschichte, Französisch und Erdkunde. Ich zuckte noch immer zusammen, wenn ein Lehrer in der Klasse losbrüllte. Ich trug mein Haar, wie ich es seit meinem neunten Lebensjahr getragen hatte – glatt, schulterlang, mit Pony. Ich wurde ein bisschen größer, verlor aber nicht den Babyspeck. Ich hatte noch immer Röllchen am Bauch, und meine Oberschenkel rieben beim Gehen aneinander. Ich trug kein Make-up zur Schule, wie die anderen es taten, denn Mum sagte, es sei schlecht für die Haut. Als ich Pickel bekam, ließ ich sie in Ruhe (Mum sagte, vom Ausdrücken bekäme man Narben), während die anderen Mädchen ihre mit scharfen, lackierten Nägeln ausquetschten und die winzigen Wunden mit Abdeckstift verbargen. Ich trug keine Ohrringe, Ketten, Armbänder und Ringe, da ich gegen alles außer Gold allergisch war. Eigentlich mochte ich auch keinen Schmuck – er störte nur, und ich hatte Angst, ihn zu verlieren. Ich trug die gleichen schlichten Blusen, Pullover und Röcke zur Schule wie immer, die gleichen klobigen Schuhe mit den Schnallen an der Seite (die Teresa als »Sanitätshausschuhe« bezeichnete), während die anderen immer besessener von Kleidung und Aussehen wurden.

Mir fiel auf, dass sie sich nicht mehr zu freuen schienen, wenn ich auf dem Schulhof oder in der Mensa zu ihnen kam. Es herrschte eine andere Atmosphäre, als amüsierten sie sich über einen Witz, den ich nicht verstand. Sie betrachteten mich mit leichtem Abscheu, und zum ersten Mal war mir mein Aussehen nicht mehr egal. Ich schämte mich für das Fett, das über meinen Rockbund quoll, meinen Kleinmädchenpony und die Mitesser am Kinn.

An der Art, wie sie mich anschauten, an ihren vernichtenden Blicken, merkte ich, dass meine besten Freundinnen mich auf einmal abstoßend fanden.

In der Pause spielten wir nicht mehr zusammen, obwohl ich es gern gemacht hätte, denn sie fanden es kindisch. Stattdessen lungerten sie apathisch hinter einem Klassenzimmer herum, wo die Lehrer sie nicht sehen konnten, spielten mit ihren Handys und verachteten mich, weil ich keins hatte (Mum konnte sich nicht mal ein eigenes leisten, da konnte ich schlecht nach einem für mich fragen). Wenn sie nicht mit ihren Handys spielten, redeten sie ausschließlich über Themen, die mich nicht interessierten – Popmusik, Klamotten, Schmuck, Make-up. Und mehr und mehr auch über Jungs.

Ich hatte als Einzige keinen Freund. Ich war vierzehn, fast fünfzehn, verstand aber noch nicht, was daran so toll sein sollte. Die meisten Jungen in meiner Schule waren grob und ungehobelt. Sie spielten Fußball wie wahnsinnig und rauften sich im Flur; sie riefen die ganze Zeit Schimpfwörter, um cool zu sein, und machten die Mädchen mit derben sexuellen Anspielungen verlegen. Jahrelang hatten wir keine Jungen gemocht und uns von ihnen ferngehalten. Doch auf einmal hatten Teresa, Emma und Jane Freunde und redeten ständig von ihnen. Sie redeten von ihren Tattoos, den Ausbildungen, die sie machten, den Autos, die sie frisierten, den Verletzungen, die sie bei Schlägereien oder beim Sport erlitten hatten. Am liebsten aber planten sie das Wochenende mit ihren Freunden – welche Filme sie sich ansehen wollten, in welchen Club sie sich schmuggeln wollten, wie sie ihr Haar tragen würden, welche Jeans und welche dazu passende Tasche sie sich kaufen wollten. Am Ende einer Mittagspause merkte ich, dass ich in der ganzen Stunde, die wir miteinander verbracht hatten, kein einziges Wort gesagt hatte.

Rückblickend ist mir klar, dass ich mich viel früher von ihnen hätte zurückziehen und neue Freundinnen suchen sollen. Ich hätte einfach akzeptieren müssen, dass wir uns auseinandergelebt hatten. Aber damals war die Sache nicht so klar; obwohl ich wusste, dass sich etwas zwischen uns verändert hatte und ich ihre wachsende Feindseligkeit mir gegenüber spürte, begriff ich nicht, wie ernst die Sache war. Schließlich hatten wir uns im Laufe der Jahre immer mal wieder gestritten, doch das war schnell vorbei gewesen. Außerdem konnte ich mir die Schule ohne sie gar nicht vorstellen. Ich hatte keine anderen Freundinnen – ich hatte ja nie welche gebraucht. Ich hatte immer Teresa, Emma und Jane gehabt. Wir waren beste Freundinnen gewesen, seit wir neun Jahre alt waren. Wir hatten einander wie Schwestern geliebt. *Wir waren die JETS*.

Ich hatte keine Ahnung, welches Gift in ihnen schlummerte. Und ich hatte keine Ahnung, in welcher Gefahr ich mich befand.

# 5

Das Mobbing begann im März, als wir in der achten Klasse waren. Wir wohnten damals noch im *ehelichen Heim*. Dad hatte uns rund sechs Monate zuvor verlassen, und es sollten noch zehn Monate vergehen, bis wir ins Honeysuckle Cottage zogen.

Ich habe nie wirklich verstanden, was die Sache ausgelöst hat. Ich weiß noch, dass ich um diese Zeit den Kurzgeschichtenwettbewerb der Schule gewonnen hatte und bei der Morgenversammlung einen kleinen silbernen Pokal bekam. Ich kann mich auch erinnern, dass wir im Sportunterricht gewogen und gemessen wurden und ich das schwerste Mädchen der Klasse war. In jenem März habe ich viel geweint, da am 24. über den Sorgerechtsantrag meines Dads entschieden wurde. Obwohl Mums Anwalt mir versicherte, dass es nicht so weit kommen würde, fürchtete ich dennoch, dass der Richter mich zu ihm und Zoe schicken könnte. Unsere Klassenlehrerin Miss Briggs wusste von der Scheidung und kümmerte sich damals sehr um mich. Wenn sie merkte, dass ich niedergeschlagen war, legte sie den Arm um mich und ging mit mir ins Büro, wo sie mir bei einer Tasse Pfefferminztee wieder Mut machte. Vielleicht waren die anderen deswegen eifersüchtig, vielleicht auch, weil ich einen wichtigen Preis gewonnen hatte, vielleicht verlor ich auch durch die Tatsache, offiziell das fetteste Mädchen der Klasse zu sein, jegliches Recht, als menschliches Wesen behandelt zu werden … Ich weiß es nicht, ich habe keine Ahnung. Vielleicht folgt die Grausamkeit einer eigenen Logik.

Es fing langsam an, mit blöden Witzen und abfälligen Bemerkungen, die zuerst noch als Scherz durchgingen, bald aber jegliche Spur von gutmütigem Humor verloren. Sie waren feindselig, gemein und verletzend. Ich war wie betäubt. Nach so vielen Jahren der Freundschaft konnte ich nicht begreifen, dass mich meine besten Freundinnen nicht mehr mochten. Ich versuchte, auf Distanz zu gehen, war aber zu ihrer Unterhaltung geworden, einem neuen Zeitvertreib, mit dem sie die Monotonie der Schule durchbrechen konnten. Sie suchten in der Frühstücks- und Mittagspause nach mir, und obwohl ich mich verzweifelt versteckte, fanden sie mich immer. In einer grotesken Parodie auf die Spiele, die wir früher gespielt hatten, tanzten sie um mich herum, wobei sie sich unterhakten und eine undurchdringliche Kette bildeten. Dann riefen sie die schlimmsten Beleidigungen, bis sie mich zum Weinen brachten: *Dein Dad ist gegangen, weil er sich für dich schämt, du fetter Hirni! Shelleys Mum führt ihr die Tampons ein!*

Doch es wurde ihnen schnell langweilig. Sie mussten ihre Bosheit ein wenig höher schrauben, damit das Spiel interessant blieb.

Also zerstörten sie mein persönliches Eigentum. Jeden Tag nach der Pause war etwas passiert: alle Buntstifte durchgebrochen; eine Geschichtshausarbeit, an der ich stundenlang gesessen hatte, in Fetzen gerissen; Tippex auf meine säuberlich geschnittenen Dreiecke aus Vollkornbrot gekippt; der Inhalt des Papierkorbs in meine Schultasche geschüttet; ein schnürsenkellanger Wurm in meinem Englischbuch zerquetscht; »Pizzagesicht« und »fettes Schwein« mit schwarzem Stift auf mein Holzlineal geschmiert; das violette Haar meines Glückstrolls ausgerissen und das Gesicht mit Kugelschreiber vollgekritzelt; zwei getrocknete Stücke Hundekacke in meiner Stiftedose von Hello Kitty deponiert.

Den Lehrern konnte ich es nicht sagen, weil es die Sache nur noch schlimmer gemacht hätte. Ich wollte meinen Peinigerinnen keinen Vorwand liefern, um noch schrecklichere Dinge zu tun – damals verstand ich nicht, dass grausame Menschen keinen Vorwand brauchen. Auch vertraute ich nicht darauf, dass die Schule mich beschützen konnte. Mir fiel auf, dass die Lehrer, sogar Miss Briggs, die Augen davor verschlossen, wie Teresa, Emma und Jane sich benahmen. Sie taten, als hätten sie die Schimpfwörter nicht gehört, den ausgestreckten Finger nicht gesehen – bloß keinen Ärger.

Heute ist mir klar, dass ich es Mum hätte sagen müssen, aber ich schämte mich auch. Ich schämte mich, ihr zu erzählen, dass man nur mich so behandelte, als trüge ich ein Stigma, durch das ich mich von allen anderen unterschied. Schlimmer noch, Mum kannte die Mädchen – sie hatte Abendessen für sie gemacht, sie nach Hause gefahren, sie für meine besten Freundinnen gehalten. Ich konnte es nicht ertragen, ihr zu sagen, wie sehr sie mich inzwischen hassten. Und ich fürchtete auch die unvermeidlichen Fragen – *Was hast du ihnen denn getan? Hast du sie irgendwie verärgert?* Denn tief in meinem Inneren konnte ich mich nicht des Eindrucks erwehren, dass alles meine Schuld war.

Außerdem hätte ich mich meinen Peinigerinnen stellen müssen, wenn ich es Mum oder der Schule erzählt hätte, und dazu war ich nicht in der Lage. Den Mut besaß ich einfach nicht. Den Charakter. Schließlich war ich eine Maus. Für mich war es natürlicher, nichts zu sagen, still zu leiden, mich ganz ruhig zu verhalten und hoffentlich unsichtbar zu bleiben, an den Fußleisten entlangzuhuschen und nach einem sicheren Versteck zu suchen.

Nur einen einzigen Menschen hätte ich beinahe ins Vertrauen gezogen. Meinen Dad. Bis Zoe auf der Bildfläche erschien, hatte er mich immer beschützt. Er hatte sogar versucht, mich »abzuhärten«, wie er es ausdrückte, damit ich mich selbst verteidigen konnte. Er wollte dass ich mit ihm Joggen ging, wollte mich sogar zum Judo überreden, um Mums »schlechten Einfluss« zu kompensieren. Ich schwelgte in Phantasien, in denen Dad mir zu Hilfe eilte wie ein Superheld aus dem Comic.

Allerdings wusste ich nur zu gut, dass Dad kein Superheld war. Ich erinnerte mich, wie flegelhaft und arrogant er am Ende gewesen war, wie vulgär (einmal fand ich ein *Heiße-Schlampen*-Pornoheft in seiner Aktentasche). Ich war mir sicher, dass Zoe ihn gegen mich aufgehetzt hatte *(Shelley ist doch nur ein jammerndes Mamakind)*. Warum auch nicht? Sie wollte sein Geld für sich allein. Ich bezweifelte, dass Dad irgendetwas tun würde, das Zoe missfiel. Ich bezweifelte, dass er es riskieren würde, ihren provokativen Mund und die Pornostar-Brüste zu verlieren.

Ich hatte seine Telefonnummer in Spanien und hätte beinahe angerufen – doch der Gedanke, sie könnte an den Apparat gehen, verursachte mir Übelkeit.

Dad gehörte nicht mehr zu meinem Leben.

# 6

Die stillschweigende Unterwerfung rettete mich nicht. Denn bald richteten meine »besten Freundinnen« ihre Aggressionen nicht mehr gegen meinen Besitz, sondern gegen mich selbst.

Zum ersten Mal passierte es nach der Mittagspause. Jane hielt mich an den Haaren fest, während Teresa und Emma mir ein Brötchen vorn in die Bluse stopften. Dann rangen sie mit mir, versuchten das Brötchen zu zerdrücken und die ganze Sache so ekelhaft wie möglich zu machen. Als ich es herausholen wollte, schlug Teresa mir mit aller Kraft ins Gesicht. Der laute Knall überraschte alle – selbst Teresa –, und ich könnte schwören, dass sie sich zuerst auch entschuldigen wollte. Dann aber verhärtete sich ihr Gesicht. Gierig griff sie nach meiner Hand und bog meine Finger nach hinten. Der Schmerz erstickte meine Schreie.

Danach war es leicht für sie. Danach wurde die körperliche Gewalt zur Norm.

Ich schrieb alles, was sie mir antaten, in mein Tagebuch. Nach der Schule saß ich in meinem Zimmer und hatte einen Stuhl unter die Türklinke geklemmt, damit Mum nicht überraschend hereinkommen konnte. Heute lesen sich diese Einträge sonderbar, und zwar nicht nur, weil sie verglichen mit dem, was an meinem 16. Geburtstag – meinem persönlichen 11. September – geschah, ziemlich banal wirken. Ich wundere mich, wie emotionslos diese Einträge klingen, so als hätte ich etwas beschrieben, das jemand anderem passierte. Im selben Tagebuch finden sich seitenweise emotionale Ergüsse über die Scheidung meiner Eltern, doch sobald das Mobbing anfängt, werden die Einträge immer kürzer und zurückhaltender, und mit wachsender Gewalt werden sie immer noch knapper und sachlicher – eine Welt des Leidens, reduziert auf prägnante Zitate, die Passionsgeschichte auf der Rückseite einer Streichholzschachtel.

> Mai: *Jane hat mich auf dem Weg zum Kunstunterricht über das Mäuerchen in eine Dornenhecke gestoßen … Emma hat mich Lesbe genannt und die Spangen aus meinen Haaren gerissen – mitsamt den Haaren … Emma hat ihr Feuerzeug vor mein Gesicht gehalten und gedroht, mich in Brand zu setzen …*

> Juni: *Teresa wollte mir einen Pferdekuss verpassen. Sie traf nicht die richtige Stelle, und ich musste stillhalten, bis sie sie gefunden hatte. Habe einen riesigen blauen Fleck. Den darf Mum nicht sehen … Jane und Theresa haben einen meiner Schuhe hinter das IT-Gebäude geworfen. Als ich ihn wieder hatte, trat Teresa mir fest vors Schienbein. Bin fast ohnmächtig geworden …*

*Teresa hat mir in Erdkunde einen Kompass in den Rücken gerammt. Ging auf die Toilette und hatte hinten Blut an der Unterhose …*

Ich erkenne den schlafwandlerischen, hohlen Tonfall wieder, wenn ich im Fernsehen Opfer eines Erdrutsches oder einer Bombenexplosion sehe. *Es gab einen lauten Knall. Es gab eine Menge Rauch*. Je größer das Trauma, desto unzulänglicher die Worte, bis, so stelle ich es mir vor, irgendwann nur noch das Schweigen angemessen erscheint.

Doch in jenem Juni fand ich meine Stimme beinahe wieder. In jenem Juni hätte ich meine Lähmung fast abgeschüttelt und den Mund aufgemacht …

Die Schule war vorbei. Ich hatte Flötenunterricht, aber Teresa, Emma und Jane ließen mich nicht aus dem Klassenzimmer. Sie keilten mich hinter den Pulten ein, und als ich zur Tür laufen wollte, hielten sie mich fest und zogen mich aus dem Raum.

Jane nahm mich in den Schwitzkasten und versuchte, angefeuert von den anderen, meinen Kopf gegen die scharfe Metallkante der Fensterbank zu drücken. Ich weiß noch, dass ich mich unerwartet befreien konnte und zur Tür rannte, als mich etwas Schweres – ein dickes Physikbuch – mit solcher Gewalt im Rücken traf, dass ich mir auf die Zunge biss.

In diesem Augenblick kam Miss Briggs ins Klassenzimmer, und die Mädchen ließen rasch von mir ab und machten sich am Bücherregal zu schaffen. Miss Briggs holte einige Unterlagen und wollte schon gehen, als sie mich bemerkte – wie festgefroren und den Tränen nahe.

»Alles in Ordnung, Shelley?«, fragte sie.

Da hätte ich es beinahe gesagt. Beinahe hätte ich losgeschluchzt und wäre damit herausgeplatzt. Doch dann bemerkte ich Teresas Blick – kalt und erbarmungslos wie der eines Hais – und verlor den Mut.

»Ja, Miss. Alles in Ordnung, Miss.«

Ich musste mich sehr bemühen, damit Mum nichts merkte. Ich trug nur noch lange Ärmel, um die blauen Flecken zu verbergen, und Tücher, damit sie die Kratzer an meinem Hals nicht sah. Ich musste Schlafanzüge statt Nachthemden anziehen, damit sie nicht die gelben und violetten Flecken an meinen Schienbeinen und Oberschenkeln entdeckte, die wie die ersten Anzeichen einer schrecklichen Krankheit meine Haut sprenkelten.

Ich wurde auch sehr geschickt darin, mich zu reinigen, bevor Mum von der Arbeit kam. Ich schloss mich oben im Badezimmer ein, wusch die Flecken aus Pullovern und Röcken, wenn sie mich wieder hingeworfen oder gegen eine schmutzige Mauer gedrückt hatten. Ich nähte sogar abgerissene Knöpfe an, nachdem sie mich an ihnen herumgezerrt hatten. Wieder und wieder wusch ich meine Schultasche gründlich mit Seife aus, wenn sie sie von innen mit Unrat beschmiert hatten. Zum Glück war ich immer ein bisschen zerstreut und vergesslich gewesen, so dass Mum mir bereitwillig glaubte, wenn ich mal wieder meine

Frühstücksdose, Haarklammern oder Buntstifte verloren hatte.

Am meisten fürchtete ich mich davor, dass sie mir Hassmails schicken könnten, durch die Mum alles herausfinden würde. Obwohl wir einander selten E-Mails geschrieben hatten, wusste ich, dass sie meine Adresse kannten, und hatte Angst, dass Mum eines Tages eine widerliche Nachricht voll kranker Beleidigungen öffnen würde. Also stand ich jeden Morgen vor ihr auf und schlich nach unten, um die Mails abzuholen. Allerdings waren die betreffenden Mädchen zu schlau, um sich auf Cybermobbing einzulassen. Sie wussten natürlich, dass Mum eine solche Nachricht zu ihnen zurückverfolgen könnte. Sie wollten ihren Spaß nicht aufs Spiel setzen.

Nur einmal brachen sie ihr Schweigen im Internet. An einem Samstagmorgen öffnete ich eine Nachricht von einem Absender, den ich nicht kannte. Es war ein pornographisches Foto – ein Mann, der etwas Abscheuliches mit einer Frau tat –, ein so ekelhaftes Bild, das ich bis heute nicht daran denken mag. Es war noch auf dem Bildschirm, als Mum hinter mich trat und fragte, ob sie Nachrichten bekommen hätte. Ich konnte gerade noch rechtzeitig auf Löschen drücken. *(Nein, Mum, keine neuen Nachrichten.)*

Ich vermutete, dass sie am Abend vorher einen Bacardi Breezer zu viel getrunken und nicht mehr klar gedacht hatten. Es kam auch nie wieder vor.

Doch trotz meiner Bemühungen merkte ich, dass Mum etwas ahnte. Ich spürte, wie sie die Fühler ausstreckte, in meinem Kopf vordringen und herausfinden wollte, was sich verändert hatte. Hätte sie in jenem Sommer nicht so viel mit dem Fall Jackson zu tun gehabt – ein Personenschaden, den Davis sträflich vernachlässigt und ihr dann zugeschoben hatte, damit sie ihn für die Verhandlung vorbereitete –, wäre sie sicher darauf gekommen.

Ich zählte die Tage bis zum Ende des Schuljahres, damit mich die Sommerferien endlich – *endlich!* – retteten.

Ende Juli verließen Mum und ich das klaustrophobische graue *eheliche Heim* und fuhren für zwei Wochen in ein Ferienhaus im Lake District. Wir hatten herrliches Wetter. Wir wanderten in den Bergen, liehen uns Fahrräder und folgten den Wegen, die mit roten Farbflecken an Baumstämmen und Felsbrocken markiert waren. Wir gingen in den Seen schwimmen. In den hübschen Dörfern schauten wir uns Antiquitäten an und verschlangen in bibliotheksstillen Teestuben Scones mit Sahne und Marmelade.

Abends kochten wir ausgefallene Mahlzeiten und lasen stundenlang. Mum arbeitete sich durch die Sammlung eselsohriger Liebesromane, die im Häuschen vorhanden war, und las mir die witzigsten Passagen laut vor. Ich studierte *Macbeth,* weil es Thema bei der Abschlussprüfung im nächsten Jahr sein würde, und notierte mir akribisch sämtliche Wörter, die ich nicht kannte, in ein eigens dafür mitgebrachtes Heft. Unwillkürlich stellte ich mir die drei Hexen mit den Gesichtern von Teresa, Emma und Jane vor – diese drei widernatürlichen Weiber hatten mein Leben ebenso beeinflusst wie die drei Hexen das von Macbeth. Doch welches Schicksal, so fragte ich mich, hielten meine drei Hexen für mich bereit? Während ich weiterlas, stellte ich überrascht fest, dass in Wirklichkeit nicht Macbeth, sondern *Lady Macbeth* den Mord an König Duncan in die Wege geleitet hatte. Daher fragte ich mich, ob Frauen angesichts dessen, was meine »besten Freundinnen« mir angetan hatten, wirklich das sanftere Geschlecht waren. War es denkbar, dass sie in Wahrheit noch grausamer waren als Männer?

Manchmal konnte ich in diesem Urlaub Teresa, Emma und Jane völlig vergessen, ihre Schläge und Beleidigungen und den Schmerz ihrer Tritte. Ich konnte vergessen, dass Dad aus meinem Leben verschwunden war, wo ich ihn doch so nötig brauchte. Wenn Mum und ich in einem der eiskalten Seen schwammen und vor Kälte kicherten, schrien und juchzten, oder wenn ich mit ihr einen schmalen Bergpfad hinaufstieg und Kühe aufscheuchte, konnte ich die schmerzlichen Einzelheiten meines Lebens vergessen und glücklich sein.

Doch der September kam viel zu schnell. Als der Schulbeginn näherrückte, wurde ich kraftlos, bekam Kopfschmerzen und Fieber. Wann immer ich an die Schule dachte, spürte ich ein wütendes Brennen im Magen. Ich hatte keinen Appetit und musste beim Essen gegen die Übelkeit ankämpfen. Ich zwang mich, meinen Teller leer zu essen, damit Mum nichts merkte. Ich konnte mich auf nichts mehr konzentrieren. Keine zwei Zeilen hintereinander lesen.

Am Abend, bevor die Schule anfing, lag ich im Bett und konnte nicht einschlafen. Ich versuchte, mich für das Kommende zu wappnen. Nächstes Jahr stand die Abschlussprüfung an. Wenn ich gut war, könnte ich auf der Schule bleiben und ernsthaft auf ein Studium hinarbeiten. Die betreffenden Mädchen hatten sicher keine Lust, weiterzumachen, und würden nach der Prüfung abgehen. Das bedeutete, dass ich nur noch ein Schuljahr überstehen musste *(ganz still verhalten, hoffentlich nicht gesehen werden, an den Fußleisten entlanghuschen und nach einem sicheren Versteck suchen)*, und dann wäre alles vorbei. Ich war zuversichtlich, dass ich noch ein Jahr überstehen konnte.

Es schien sogar denkbar, dass das Mobbing aufhörte, dass die sechs Wochen Sommerferien den Impuls gebrochen hatten, so wie eine Feuerschneise einen heftigen Waldbrand stoppen kann. Immerhin mussten sie auch ihre Prüfungen ablegen, und obwohl sie kein Interesse daran hatten, weiterzumachen und auf die Universität zu gehen, brauchten sie gute Noten, um anständige Jobs zu finden. Vielleicht würden sie sich mehr darauf als auf mich konzentrieren. Vielleicht würde das Mobbing weniger. Vielleicht würde es ganz aufhören. Vielleicht …

Natürlich lag ich falsch. Vom ersten Tag an ging das Mobbing weiter. Sie schienen es wie eine Droge vermisst zu haben und wollten die verlorene Zeit wieder gutmachen.

Es steigerte sich sogar noch.

Pflichtschuldig verzeichnete ich meine entsetzten Telegramme von der geheimen Kriegsfront im Tagebuch – meinem Tagebuch, das im Sommer so herrlich leer geblieben war.

> September: *Teresa hat mich auf der Mädchentoilette ins Gesicht geboxt. Bekam schlimmes Nasenbluten, das nicht aufhörte. Erzählte Mum, ich sei im Flur gestolpert … Sie hielten mich fest, und Teresa zog mir Bluse und BH hoch und machte ein Video mit ihrem Handy. Sie sagte: »Ab heute sind deine hässlichen Titten bei YouTube zu sehen« … Sie schoben mich gegen die Toilettenwand und spuckten mir abwechselnd ins Gesicht …*

> Oktober: *Teresa hat mich mit ihrer Tasche auf den Kopf geschlagen, als ich Wasser getrunken habe. Tiefer Schnitt im Gaumen … Sie warteten nach der Schule auf mich und schlugen mich. Teresa hat sich auf mich gesetzt und mir ins Gesicht gefurzt. Als ich nach Hause kam, musste ich mich zweimal übergeben. Konnte gerade noch alles sauber machen, bevor Mum kam …*

Ein Vorfall Ende Oktober zeigte mir, dass ich ein ganzes Jahr niemals schaffen würde – nicht einmal das *erste Halbjahr.*

Eines Morgens nach der Pause bemerkte ich einen seltsamen Geruch an meinem Pult – einen leicht säuerlichen Geruch, der im Verlauf des Tages schlimmer zu werden schien. Er schien aus meiner Sporttasche zu kommen. Zu Hause kippte ich die Tasche im Wohnzimmer aus. Vielleicht war mein Handtuch muffig, oder ich hatte eine schmutzige Socke übersehen. Doch meine Sportsachen rochen alle sauber. Ich tastete in der ganzen Tasche herum, konnte aber nichts finden. Ich war ratlos. Aber der widerliche Geruch war immer noch da.

Ich wollte gerade unter die Sohle meines Turnschuhs schauen, als etwas aus dem Schuh auf mein nacktes Bein fiel. Als ich die blinden schwarzen Augen, den klaffenden Schnabel und die starren Krallen sah, konnte ich nur noch schreien und strampeln, bis es auf den Boden fiel. Ich trat es in eine Ecke, umschlang meine Knie und schluchzte hemmungslos. Ich wiegte mich wie eine Wahnsinnige hin und her. Es dauerte lange, bis ich mich so weit beruhigt hatte, dass ich den toten Spatz nach draußen in den Mülleimer bringen konnte.

Danach war mir klar, dass sie gewonnen hatten. Da begriff ich, dass ich die Angst, den Schmerz und die Demütigung nicht länger ertragen konnte.

An einem Donnerstagabend saß ich in meinem Zimmer und dachte ganz nüchtern über alles nach. Falls ich wie durch ein Wunder den Mut aufbringen könnte, sie zu verraten, würde es meine Situation dennoch verschlimmern; der Direktor würde sie in sein Büro holen, und sie würden alles abstreiten. Es gab keine unmittelbaren Beweise (niemand aus meiner Klasse würde sie verpetzen), so dass mein Wort gegen ihres stünde. Ohne Beweise würde der Direktor, der als kraftlos und halbherzig bekannt war und furchtbare Angst vor schlechter Publicity hatte, nichts unternehmen. Wenn ich alles erzählte, könnten sie mich mit noch größerer Entschlossenheit und Bosheit verfolgen. Ein Jahr vor der Prüfung war es zu spät, um noch die Schule zu wechseln. Außerdem wussten sie, wo ich wohnte.

Sie könnten mir auflauern oder, schlimmer noch, ihre Hasskampagne zu mir nach Hause tragen, an den einzigen Ort, an dem ich mich noch sicher fühlte. Ich konnte die Vorstellung nicht ertragen, dass Mum etwas Obszönes in unserem Briefkasten fände. Alles, aber nicht das.

Es schien keinen Ausweg aus meiner elenden Situation zu geben. Oder nur einen einzigen.

Ich plante es, während ich am Schreibtisch saß, als wäre es nur eine weitere Hausaufgabe. Ich beschloss, es in zwei Tagen zu tun, am Samstag, wenn Mum den großen Wocheneinkauf im Supermarkt machte. Meist fuhr ich mit ihr, doch diesmal würde ich Kopfschmerzen vorschützen. Nachdem ich es mir gründlich überlegt hatte, entschied ich mich für die beste Methode (den Balken in der Garage, an den Dad früher seinen Boxsack gehängt hatte; den dicken Gürtel meines Bademantels) und riss ein Blatt Papier aus einem Heft, um Mum einen Abschiedsbrief zu schreiben.

Doch obwohl ich über eine halbe Stunde dort saß, fiel mir einfach nichts ein. Ich konnte es nicht über mich bringen, ihr von dem Mobbing zu erzählen, nicht einmal in einem Brief, den sie lesen würde, wenn ich schon tot war. Ich verstand nicht, weshalb ich mich ihr nicht anvertrauen konnte. Es gibt wohl Grenzen, die wir einfach nicht überschreiten können, so nahe wir jemandem auch stehen mögen, und Dinge, die uns so tief berühren, dass wir sie mit niemandem teilen können. *Vielleicht,* dachte ich, *sind es eben jene Dinge, die wir nicht mit anderen teilen können, die uns wirklich ausmachen.*

Ich hatte unbewusst vor mich hin gekritzelt und die totgeborenen Sätze im Kopf gewälzt. Dann warf ich einen Blick auf das Blatt und lächelte bitter, als ich die Zeichnung sah. Es war eine Maus. Um den Hals trug sie eine dicke Henkersschlinge.

Ich wusste, dass ich schüchtern war; auch brach ich schnell in Tränen aus – bei der kleinsten Ermahnung oder Andeutung von Aggression zitterte ich und brachte kein Wort heraus. Doch es hatte monatelanges Mobbing gebraucht, um wirklich zu begreifen, was ich war: *eine Maus, eine menschliche Maus*. Gleichzeitig wurde mir klar, dass diese Zeichnung mehr sagte als alle Briefe, die ich zurücklassen konnte. Ich faltete das Blatt, schrieb *Mum* darauf und ließ es in der oberen Schublade, wo man es bald finden würde.

So wäre mein Leben geendet, genau wie die Leben vieler anderer schwacher kleiner Mäuse vor mir – ich hätte an einer selbstgeknüpften Schlinge gebaumelt, meine Füße hätten immer kleinere Kreise beschrieben, meine Hände spastisch gezuckt –, hätten mir meine

Peiniger am nächsten Tag nicht die grausamste Falle von allen gestellt.

Ironischerweise rettete mir dieser bösartige Angriff das Leben.

# 7

An den Angriff, bei dem ich hätte sterben können, erinnere ich mich weniger deutlich als an die anderen.

Ich war in der Pause aufs Mädchenklo gegangen, weil ich den ganzen Morgen schlimme Unterleibskrämpfe hatte. Ich meinte, Teresa und Emma reden zu hören, doch als ich aus der Kabine kam, spielten nur ein paar jüngere Mädchen am Handtuchspender herum. Ich wusch mir die Hände. Das Wasser war kalt, und ich ließ es laufen, bis es wärmer wurde. Ich hatte gerade türkisfarbene Flüssigseife auf meine Handfläche gedrückt, als mich jemand brutal am Hals packte und nach hinten riss.

Ich erhaschte einen Blick auf Janes gerötetes Gesicht, und die verschreckten Kleinen rannten davon, während man mich gegen die Toilettentür drückte. Ich schlug mit der Stirn gegen den Türrahmen, war wie betäubt, in meinem Kopf klingelte es, und ich sah Sterne vor meinen Augen explodieren. Ich glitt auf einem nassen Papiertuch aus und fand mich unvermittelt auf dem Boden wieder.

Ich merkte, wie Emma und Teresa sich neben mich knieten und mich festhielten, fast als wollten sie mir helfen. Ein Klicken ertönte ganz nahe an meinem Gesicht, und Emma sagte: *So brät man ein Schwein.* Teresa und Jane brachen in kehliges Gelächter aus – dann waren sie verschwunden.

Ich saß benommen auf dem Boden, sehr lange, wie es mir schien. Ich berührte meine Nase, die angefangen hatte zu bluten, und spürte ein seltsames Prickeln auf der Kopfhaut. Als ich mich gerade mühsam aufrappelte, kam ein kleines Mädchen herein. Sie stieß einen schrillen Schrei aus wie im Horrorfilm, drehte sich auf dem Absatz um und rannte weg.

Endlich kam ich hoch und konnte mit unsicheren Schritten zum Spiegel gehen. Ich wollte mich vor der nächsten Stunde sauber machen. Doch als ich in den Spiegel sah, *war ich nicht da*. Da war ein Mädchen, das meine Figur und Größe hatte und die Bluse und den Rock trug, die ich am Morgen angezogen hatte – aber sie hatte kein Gesicht. Statt eines Gesichtes sah ich nur lodernde orange Flammen.

Ich hatte das Grauen im Spiegel noch immer nicht erfasst, als Mr Morrison hereinstürmte. Er kam auf mich zu *(ich sah das alles wie in Zeitlupe)*, brüllte wie ein Soldat beim Angriff *(aber ich konnte nichts hören)* und riss seine Jacke herunter *(da begriff ich, dass ich das Mädchen im Spiegel war)*, hielt sie wie eine Decke hoch *(ich rief nach Mum)* und warf sie über meinen brennenden Kopf *(aber ich brachte keinen Laut heraus)*.

Dann wurde alles schwarz.

Während ich im Krankenhaus war, entdeckte Mum mein Tagebuch. Sie stieß zufällig darauf, als sie meinen hellblauen Lieblingspyjama suchte. Sie brach das

Schloss auf und las alles. Zutiefst entsetzt fuhr sie zur Schule und zeigte es dem Direktor.

Später erzählte sie mir, dass der Direktor die drei Mädchen in sein Büro bestellt und darauf bestanden hatte, dass Mum während des Gesprächs dabei war *(ich konnte mir genau vorstellen, wie sie sich wand, weil sie ihnen ebenso ungern begegnen wollte wie ich)*. Anscheinend waren Teresa, Emma und Jane nicht im Geringsten eingeschüchtert; der Direktor war für sie nur eine Witzfigur, ein übergewichtiger, geschwätziger Clown aus einer drittklassigen Sitcom. Auch beeindruckte es sie gar nicht, dass Mum dabei war. Sie sagte, sie hätten kichernd und grinsend auf ihren Stühlen gehangen und sie verächtlich angeschaut, als wäre alle Freundlichkeit, die sie ihnen früher gezeigt hatte, vergessen.

Der Direktor las ihnen die schlimmsten Einträge aus meinen Tagebuch vor und fragte: »Und? Was habt ihr dazu zu sagen?«

Laut Mum hatten sie eine ganze Menge zu sagen. Alle drei brüllten gleichzeitig los, stritten alles vehement ab und behaupteten, sie seien während des Vorfalls überhaupt nicht in der Nähe der Mädchentoilette gewesen. Ich konnte mir genau vorstellen, wie sich ihre Stimmen verflochten und zu einem Schrei steigerten: *Sie will uns nur Schwierigkeiten machen! Sie ist ein totaler Freak! Das ist alles erstunken und erlogen!*

Es war das einzige Mal, dass Mum etwas sagte. Es tat weh, daran zu denken, welche Überwindung es sie gekostet haben musste. Wie sie mit rotem Gesicht und bebenden Lippen hervorgestoßen hatte: *Shelley lügt nicht*.

Emma fauchte sofort: »Wenn das alles stimmt, warum hat sie Ihnen nichts davon erzählt?« Worauf Mum wieder verstummte.

Teresa beugte sich vor und sagte mit einem unterdrückten Grinsen: »Vielleicht ist Shelley ins Mädchenklo gegangen, um zu rauchen, und hatte einen Unfall mit dem Feuerzeug. Vielleicht wollte sie ein bisschen *Dampf ablassen*, Mrs Rivers.« Emma und Jane drückten die Beine zusammen und bissen sich von innen auf die Wangen, um nicht laut herauszuplatzen.

Später waren sie von der Polizei verhört worden. Diese Gespräche nahmen sie sehr viel ernster. Jedes Mädchen wurde einzeln in einen schalldichten Raum auf der örtlichen Polizeiwache geführt, wo ein Ermittler sie zu dem Angriff befragte.

Ich sah es genau vor mir: Alle drei stritten unter Tränen die Vorwürfe ab, sprachen mit verängstigter Stimme, während ihre Eltern ihnen die Hand hielten und sie trösteten, zutiefst davon überzeugt, dass ihre kostbaren Töchter vollkommen unfähig waren, etwas so Barbarisches zu tun wie die Haare eines anderen Mädchens anzuzünden. Die drei erzählten eine Lüge nach der anderen und wiederholten das Alibi, das sie sich vorher sorgsam zurechtgelegt hatten. Unterdessen warteten ihre Rechtsanwälte wie Springteufel, die im rechten Augenblick aus der Kiste schießen und jede Frage abblocken würden, die sie für ihre sensiblen jungen Mandantinnen als unangemessen betrachteten.

Sie verlangten absolute Fairness für Mädchen, die nicht einmal die Bedeutung dieses Wortes kannten.

Unterdessen lag ich auf der Lavender-Station im örtlichen Krankenhaus, zwölf Betten, die Frauen vorbehalten waren. Laut meinem behandelnden Arzt hatte ich großes Glück gehabt. Er hatte mir erklären wollen, was geschehen war, aber ich konnte ihm kaum folgen. Die Tatsache, dass die Flammen nach oben geschossen waren und mein Haar mit in die Höhe gerissen hatten, habe mich gerettet. Dies sei durch einen Luftzug verursacht worden, der durchs Toilettenfenster kam. Somit sammelte sich die größte Hitze über meinem Kopf statt in meinem Gesicht. Auch schien es, dass mein Haar nur kurz gebrannt hatte. Nur wegen des Schocks sei es mir so lange vorgekommen. Wenn man einen Schock erleide, vergehe die Zeit im Schneckentempo.

Wie durch ein Wunder hätte ich nur Verbrennungen zweiten Grades am Hals, der Stirn, dem rechten Ohr und der linken Hand erlitten, mit der ich wohl die Flammen berührt hatte, ohne irgendeinen Schmerz zu empfinden. Augen und Gehör seien unbeeinträchtigt. Nicht einmal mein ganzes Haar sei verbrannt. Ein Besuch bei einem guten Friseur, ein schicker Kurzhaarschnitt, und bis auf einen wunden roten Fleck am Hinterkopf sei alles wie vorher. Natürlich würden Narben bleiben – ein hässliches, rot-weiß marmoriertes Muster auf Stirn und Hals –, doch er versicherte mir, dass diese relativ schnell verblassen würden.

Ich erhielt Schmerzmittel und mehrere Spritzen.

Die Verbrennungen wurden mit einer kalten, süß duftenden Creme bestrichen und leicht verbunden. Danach hätte ich nach Hause gehen können, doch der Arzt sagte, er wolle mich einige Tage zur Beobachtung dabehalten, da ich einen Schock erlitten hätte und ohnmächtig gewesen sei.

An jenem ersten Abend dauerte es lange, bis ich einschlafen konnte. Da waren so viele unbekannte Geräusche um mich herum. In Wirklichkeit schläft ein Krankenhaus nie; es ruht sich nur ein bisschen aus. Die Nachtschwestern liefen auf der Station auf und ab und kümmerten sich um die Patientinnen, die geklingelt oder mit heiserem Flüstern nach ihnen gerufen hatten. Patientinnen schlurften in Pantoffeln auf die Toilette; um drei Uhr morgens wurde eine Kranke auf einer Trage hereingebracht; Sichtschirme wurden um das Bett einer älteren Frau ganz am Ende der Station aufgestellt, und mein Arzt tauchte kurz mit roten Augen und unrasiertem Kinn auf, um sie zu versorgen. Selbst wenn es auf der Station völlig still gewesen wäre, wäre mir das Einschlafen schwergefallen, da die ganze Nacht über helles Licht aus dem Gang ins Zimmer fiel.

Seltsamerweise war ich trotz des Traumas, das ich erlitten hatte, und des unangenehm kalten Gefühls, das ich an Gesicht, Hals und Händen verspürte, glücklicher als seit vielen Monaten. Jetzt wussten alle Bescheid. Mum wusste Bescheid. Die Schule wusste Bescheid. Die Polizei wusste Bescheid. Das Krankenhaus wusste Bescheid. Es war, als hätten helfende Hände die schwere Last, die ich so lange allein getragen hatte, von mir genommen. Jetzt mussten sich andere darum kümmern – Erwachsene, Profis, Experten für solche Dinge. Ich war endlich frei.

Die besondere Atmosphäre des Krankenhaus schenkte mir einen wunderbaren Frieden. Ich liebte den festen Tagesablauf *(eine Tasse Tee um drei, Besuchszeit um fünf, Abendessen um sieben)*; ich liebte die Krankenschwestern in ihren sauberen weißen Uniformen, die immer ein paar Worte mit mir sprachen, weil ich die jüngste Patientin auf der Station war. Ich liebte sogar den scharfen Kieferndu ft des Desinfektionsmittels, der alles durchdrang, und die Fahrstuhlmusik, die sie nachmittags für die älteren Damen spielten. Es waren fade, schummrige Melodien aus einer anderen Zeit, die seltsam tröstlich klangen. Ich genoss die Gesellschaft der anderen Frauen, die viel Getue um mich machten und mich mit schmutzigen Witzen und Schimpfwörtern zum Lachen brachten. Sie verwöhnten mich ganz schrecklich und bestanden darauf, mir die Süßigkeiten und Pralinen zu schenken, die Verwandte ihnen mitgebracht hatten.

Auf dieser Station gab es viele andere Mäuse – vielleicht fühlte ich mich deshalb so wohl. Beispielsweise Laura im Bett nebenan, eine einundfünfzigjährige Maus, deren Mann sie mit einem Baseballschläger verprügelt hatte, weil das Abendessen angebrannt war. Dann gab es da die achtzehnjährige Beatrice im Bett gegenüber, deren witziges Geplänkel im krassen Gegensatz zu den dicken Verbänden an ihren Handgelenken stand. Zwischen uns gab es eine geheime Verbindung, die ich mit bitterer Ironie als *Kameradschaft der Mäuse* bezeichnete. Ich stellte mir gerne vor, welches Abzeichen wir an der Brust tragen würden: eine Maus mit gebrochenem Hals in einer Falle und darüber auf einem geschwungenen Banner unser Motto »Nati ad arum« – *geboren mit dem Opfergen.* Hatte Mum mir das vererbt?

Wenn ich im Bett saß und in einer Zeitschrift blätterte oder auf meinen Skizzenblock kritzelte, war ich entspannt und blickte optimistisch in die Zukunft. In ihrer sadistischen Lust, mich zu verletzen, hatten Teresa, Emma und Jane sich selbst noch größeren Schaden zugefügt. Gewiss würde man sie für das, was sie mir angetan hatten, gerichtlich belangen – vielleicht mussten sie sogar ins Gefängnis. Auf jeden Fall würde man sie der Schule verweisen. Sie würden so oder so aus meinem Leben verschwinden. Ich könnte wieder zur Schule gehen, und alles würde wieder normal.

Normalität! Herrliche, monotone, öde Normalität! Ich konnte mir nichts Schöneres vorstellen!

# 8

Mein Optimismus schwand, nachdem ich entlassen worden und ins *eheliche Heim* zurückgekehrt war. Dort warteten die düsteren Erinnerungen an die gescheiterte Ehe meiner Eltern und meine zerbrochenen Freundschaften.

Mum und ich bekamen Besuch von einem Polizeiinspektor, der uns in trockenem Ton mitteilte, dass sie kein Verfahren gegen die drei Mädchen einleiten würden, die ich beschuldigt hatte (das Wort *beschuldigt* hörte sich an, als wäre *ich* die Lügnerin!). Es gebe einfach nicht genügend Beweise. Keine andere Schülerin habe gesehen, wie sie mein Haar in Brand setzten. Die Eltern der jüngeren Mädchen, die zumindest gesehen hatten, wie sie mich gegen die Tür stießen, erklärten nachdrücklich, dass ihre Töchter nicht in ein Strafverfahren hineingezogen werden sollten. Falls nicht eine von ihnen das Verbrechen gestand und gegen die beiden anderen aussagte, konnte man nicht mit einer Verurteilung rechnen. Natürlich war mir klar, dass sie das niemals tun würden.

Etwa eine Woche später traf ein Brief des Schuldirektors ein. Mum und ich lasen ihn gemeinsam beim Frühstück. Er wünschte mir zunächst eine rasche Genesung im Namen des Lehrpersonals und der Schüler (aller

Schüler?), doch von da an ging es bergab. Nach einer »gründlichen Untersuchung«, so schrieb er, habe er keine objektiven Beweise gefunden, die die »Behauptungen« aus meinem Tagebuch stützten. Die drei Mädchen hätten »auf das Entschiedenste bestritten«, dass sie eine »Mobingkampagne« *(falsch geschrieben!)* gegen mich betrieben hätten, und »wiesen jegliches Mitwissen« über den »unglückseligen Vorfall« vom 23. Oktober zurück. Er schrieb, er habe »starke Einwände« von den Eltern der drei Mädchen gehört, die »deren Unschuld überzeugend dargelegt« und auch »auf die Entscheidung der Polizei« hingewiesen hätten, »keine weiteren Ermittlungen durchzuführen«, weil diese jeder Grundlage entbehrten. Angesichts dessen habe der Schulausschuss beschlossen, »dass keine Disziplinarmaßnahmen gegen Teresa Watson, Emma Townley und Jane Ireson eingeleitet werden«.

Weiterhin schrieb er, die Schule verfüge über eines der strengsten Antimobbingprogramme im Land und sei sehr stolz auf die beispielhaften Erfolge. Er hoffe, Mum erwäge keine rechtlichen Schritte gegen die Schule – wenn doch, wolle er »deutlich machen«, das diese »entschieden verteidigt« werden würde. Der letzte Absatz lautete:

> *Wir freuen uns darauf, Shelley so bald wie möglich wieder in unserer Gemeinschaft willkommen zu heißen. Natürlich müssen wir Sie nicht daran erinnern, dass dies ein entscheidendes Jahr für Shelley ist. Im nächsten Juni findet die Abschlussprüfung*

*der Klasse 10 statt. Daher sollten alle Anstrengungen unternommen werden, damit sie so wenig Unterricht wie möglich versäumt.*

Also würde es nicht nur keine Strafverfolgung geben, nein, sie würden für das, was sie mir angetan hatten, nicht einmal von der Schule verwiesen. Sie würden überhaupt nicht bestraft!

Manche Leute wären umgehend zur Schule gefahren und hätten den Brief vor den Augen des Direktors zerrissen; andere hätten eine große Tageszeitung angerufen und die Schule mitsamt ihrem feigen Direktor in die Schlagzeilen gebracht; andere wiederum hätten sich beim Lokalfernsehen gemeldet, ein Kamerateam herbestellt und meine Narben filmen lassen. Manche Leute hätten alles getan, damit diese Mädchen für ihre Taten bestraft wurden und ihre Bosheit öffentlich bekannt wurde …

Doch zu diesen Leuten gehörten wir nicht. Wir waren Mäuse. Brav bedankten wir uns bei dem Polizeiinspektor, weil er sich die Zeit genommen hatte, und akzeptierten, dass es keine Strafverfolgung geben würde. Brav akzeptierten wir die Entscheidung des Direktors, die drei Mädchen nicht zur Rechenschaft zu ziehen. Wir waren brav, akzeptierten, unterwarfen uns, sagten nichts, taten nichts, denn Mäuse kennen nur Schwäche und Unterwerfung.

In der zweiten Novemberwoche hatte ich keine Schmerzen oder andere Beschwerden mehr. Eigentlich sprach nichts dagegen, wieder zur Schule zu gehen.

Nur wusste ich, dass Teresa, Emma und Jane dort auf mich warteten. Und wenn die drei mich allein erwischten – was dann?

Trübsinnig schlich ich durchs *eheliche Heim*, während Mum bei der Arbeit war. Ich saß vor dem Frisierspiegel und versuchte vergeblich, etwas mit meinem kurzen Haar anzufangen. Es stand mir überhaupt nicht – mein Gesicht wirkte männlich, der Kopf zu groß für die Schultern, und meine Ohren, die ich schon immer gehasst hatte, waren deutlich zu sehen. Voller Abscheu untersuchte ich meine Stirn und den Hals, wo die Verbrennungen ihre braunen Spinnenfinger wie eine widerliche, außerirdische Membran über meine blasse Haut gelegt hatten. *(Wieso verblassten sie nicht? Er hatte doch gesagt, sie würden verblassen!)*

Und meine Gedanken kehrten zu dem Balken in der Garage und dem Gürtel meines Bademantels zurück …

Dann aber erhielt ich die beste Nachricht der Welt. Der Schuldirektor, der unser jämmerliches Schweigen als Trotz deutete und sich vor schlechter Publicity fürchtete, schrieb uns einen weiteren Brief. Diesmal unterbreitete er uns einen Vorschlag: Falls Mum sich verpflichtete, kein Gerichtsverfahren gegen die Schule anzustrengen und den »Vorfall vom 23.« nicht mit »Nachrichtenmedien« zu diskutieren, müsste ich nicht in die Schule zurückkehren. Stattdessen würde die Schule dafür sorgen, dass ich bis zu den Prüfungen im Sommer, die ich zu Hause ablegen durfte, Privatunterricht erhielt. Außerdem würden sie dem Prüfungsausschuss nahelegen, die Noten für meine bereits eingereichten Arbeiten »angesichts der schwierigen Umstände, unter denen sie angefertigt wurden (für welche die Schule jedoch keine Haftung übernimmt), um zehn Prozent anzuheben«.

Mum unterzeichnete die Verpflichtung sofort, während ich jubelnd um sie herumtanzte, und schickte sie umgehend zurück an die Schule. Ich war im Freudentaumel. *Ich musste nicht zurück in die Schule! Ich musste meinen Peinigerinnen nicht mehr gegenübertreten!* Wenn die Lehrer fünf Tage in der Woche für fünf Stunden zu mir nach Hause kamen, würde meine Prüfung sicher richtig gut laufen. Ich würde in die Schule zurückkehren, wenn die betreffenden Mädchen abgegangen waren, und könnte mich auf die Universität vorbereiten. Ich würde neue Freundinnen finden. Ein neues Leben beginnen …

Um das zu feiern, kochte Mum an diesem Abend mein Lieblingsessen: Ente in Orangensauce mit Röstkartoffeln, Erbsen und Brokkoli, gefolgt von Apfelkuchen mit Eis. Als Überraschung stellte sie eine Flasche Rotwein und zwei große Gläser auf den Küchentisch.

»Du weißt ja wohl, dass du damit gegen das Gesetz verstößt, oder?«, neckte ich sie, als der Wein gluckernd in meinem Glas landete. »Ich darf erst in zwei Jahren offiziell Alkohol trinken. Dabei bist du Rechtsanwältin!«

»Ich glaube, du hast es verdient.« Sie lächelte.

Mir fiel auf, wie müde sie aussah. Die Falten unter ihren Augen waren ein bisschen tiefer, die grauen Strähnen in ihrem dunklen, krausen Haar mehr geworden. Da wurde mir klar, wie schwer das alles auch für sie gewesen sein musste. *Das ist der Fluch der Mütter,* dachte ich, *sie empfinden den Schmerz ihrer Kinder wie ihren eigenen.*

»Du auch, Mum.« Ich lächelte, und wir stießen miteinander an.

»Außerdem wirst du in – Moment – in vier Monaten sechzehn. Wenn man mit sechzehn heiraten kann, ist man auch alt genug, um ein Glas Wein zu trinken.«

Als wir mitten im Essen waren, klingelte das Telefon, und Mum hatte noch den Mund voll, als sie ranging. Sie stand neben dem Telefonregal und machte komische, schmerzliche Grimassen, wackelte mit dem Kopf, verdrehte die Augen, kaute und kaute und kaute, konnte aber immer noch nicht schlucken. Ich kicherte hemmungslos, weil es so lustig aussah, sicher war mir auch der Wein zu Kopf gestiegen. Endlich konnte sie den Hörer abnehmen. Es war Henry Lovell, ihr Anwalt. Er teilte ihr mit, dass das Ehepaar, das Interesse am *ehelichen Heim* bekundet hatte, nun ein offizielles Angebot eingereicht habe, das »die andere Partei« (womit er ihren Ehemann, meinen Dad, meinte) akzeptiert habe.

»Und … was macht die Haussuche?«, fragte er als Nächstes.

»Gar nichts. Wir haben noch nicht mal angefangen!«

»Dann sollten Sie besser loslegen«, warnte er sie. »Anscheinend sind die Leute ganz wild darauf, sobald wie möglich einzuziehen.«

Wir tranken die ganze Flasche Rotwein, weil wir nun doppelten Grund zum Feiern hatten, und ich erwachte am nächsten Morgen mit meinem ersten Kater. Doch selbst der bohrende Schmerz in meinen Schläfen konnte meine Laune nicht trüben. Keine Schule mehr. Keine Teresa, keine Emma, keine Jane. Keine Demütigungen mehr. Kein stilles Leiden. Kein Schmerz. Und zu alledem war auch noch das *eheliche Heim* verkauft worden. Wir würden aus dem Haus des Schreckens ausziehen, aus diesem Museum einer gescheiterten Ehe. Endlich!

Sechs Wochen später stand ich im Vorgarten von Honeysuckle Cottage vor dem ovalen Rosenbeet.

# 9

Unser Leben in Honeysuckle Cottage verlief bald in festen Bahnen.

Wir frühstückten jeden Morgen zusammen am Küchentisch. Ich bereitete alles vor (und war stolz darauf, wie leicht es mir von der Hand ging), während Mum in ihrer üblichen Morgenpanik umherrannte, auf die Schnelle eine Bluse bügelte, auf den letzten Drücker E-Mails verschickte oder das ganze Haus nach irgendetwas absuchte. Wir hatten einen festen Plan – abwechselnd Toast und Müsli –, den wir sogar an den Wochenenden strikt einhielten.

Mum verließ um Viertel nach acht das Haus, da sie jetzt einen viel längeren Weg zur Arbeit hatte. Wir verabschiedeten uns wie ein altes Ehepaar – ich gab ihr in der Diele zwei Küsschen, mahnte sie, vorsichtig zu fahren, und winkte ihr von der Tür aus, wenn sie mit dem uralten Ford Escort auf dem knirschenden Kiesweg langsam zurücksetzte. Sie schaute immer zu mir und winkte noch einmal, wobei sie die Finger nach unten klappte wie eine Handpuppe, die sich verbeugt. Wenn sie weg war, spülte ich die Sachen vom Frühstück und Abendessen, hörte Nachrichten und ging dann nach oben, um mich anzuziehen.

Um Punkt zehn erschien mein Hauptlehrer Roger

Clarke. Er unterrichtete mich in englischer Sprache und Literatur, Geschichte, Französisch und Erdkunde, den fünf Fächern, in denen ich am sichersten mit einer Eins rechnete. Roger und ich arbeiteten an dem großen Tisch im Esszimmer und tranken dabei zahllose Tassen Tee, der laut Roger so stark war, »dass der Löffel drin steckenbleibt«.

Zuerst war Mum nicht sonderlich begeistert, dass mich ein Mann unterrichten sollte, doch nachdem man ihr versichert hatte, dass er auf Herz und Nieren geprüft sei, und sie ihn persönlich kennengelernt hatte, gab sie schließlich nach. Sie musste wohl erkannt haben, dass Roger keine Gefahr für mich darstellte, denn auch er war eine Maus. Genau wie ich und Mum trug er das Abzeichen der Kameradschaft der Mäuse an der Brust, und ich spürte sofort eine innere Verbindung zu ihm.

Er war erst siebenundzwanzig, hatte aber durch eine stressbedingte Erkrankung fast alle Haare verloren. Geblieben waren nur zwei raue Flecken knapp über den Ohren. Um das auszugleichen, hatte er sich einen dichten blonden Schnurrbart wachsen lassen. Er war dünn wie ein Magersüchtiger und trug eine runde Schildpattbrille, die seine grünen Augen riesenhaft vergrößerte. Wenn er sprach, hüpfte sein Adamsapfel wie ein hartgekochtes Ei in seiner Kehle auf und ab. Trotz seiner seltsamen Erscheinung fühlte ich mich mit Roger sofort wohl und merkte schnell, welch ein begabter Lehrer er war. Durch seine sanften Erklärungen erschienen mir Dinge, die in der Schule schwer verständlich gewesen waren, auf einmal ganz offensichtlich.

Roger und ich verstanden uns wirklich gut. Er war mehr Freund als Lehrer. Während unserer regelmäßigen »Konzentrationspausen« erzählte er mir nach und nach ein bisschen über sich. Er hatte sein Geschichtsstudium mit Auszeichnung abgeschlossen und danach eine Ausbildung zum Lehrer gemacht. Das war immer sein Ziel gewesen. Seine Eltern waren beide Lehrer gewesen, und er hatte gesehen, wie befriedigend und beglückend diese Arbeit für sie gewesen war.

Für Roger war die Wirklichkeit jedoch ganz anders als die Phantasievorstellungen. Er war in einer Schule gelandet, in der die meisten Kinder gar nicht lernen wollten. Aufgrund seines Aussehens verabscheuten ihn die Schüler und gaben ihm den Spitznamen Fötus. Er hatte schreckliche Disziplinprobleme mit seinen Klassen. In den fünf Jahren, die er durchhielt, hatten ihn Schüler *elfmal* körperlich angegriffen. Sein Auto war mit einem Schlüssel zerkratzt und die Reifen so oft aufgeschlitzt worden, dass er es schließlich verkauft hatte und von da an zu Fuß zur Schule gegangen war, immerhin ein Weg von sechs Kilometern. Den Bus konnte er nicht nehmen, weil er fürchtete, darin auf Schüler zu treffen.

Nachdem ihm ein Schüler einen Kopfstoß vor den Mund versetzt und einen Schneidezahn ausgeschlagen hatte, erlitt Roger einen Nervenzusammenbruch und musste seine Arbeit aus gesundheitlichen Gründen aufgeben. Als er sich erholt hatte, kehrte er an die

Universität zurück und forschte über die Ursachen des Ersten Weltkriegs *(eines der schlimmsten Mäusemassaker in der Geschichte)*. Da sein Stipendium sehr gering war, hatte er mit finanziellen Schwierigkeiten zu kämpfen. Daraufhin hatte ihm ein Freund vorgeschlagen, sich bei den örtlichen Behörden als Privatlehrer für kranke oder psychisch belastete Kinder zu melden. Ich war erst seine zweite Schülerin.

Bei Roger schwand meine frühere Zurückhaltung, und ich konnte ihm meine eigene Geschichte erzählen: von meinem Dad, dem sein Sexleben wichtiger war als seine eigene Tochter; von den JETS, die mich fast bewusstlos geschlagen und mein Haar in Brand gesetzt hatten.

»Erstaunlich«, sagte ich eines Tages zu ihm, »dass wir beide Mobbingopfer sind – du als Lehrer und ich als Schülerin.«

Er runzelte flüchtig die Stirn, als sähe er doch einen Unterschied, lächelte dann aber: *Warum der Wahrheit nicht ins Auge sehen?*

»Wir haben viel gemeinsam«, sagte ich.

Seine verzerrten grünen Augen ruhten auf meinem Gesicht. »Ja, Shelley, wir haben viel gemeinsam.«

Um ein Uhr machten wir Schluss, und Roger fuhr zurück in die Stadt. Beim Abschied machte er immer denselben Witz: »Zum Glück habe ich ein Wollknäuel dabei, sonst würde ich nie zurück in die Zivilisation finden!«

Ich aß etwas Leichtes zu Mittag, meist einen Salat, und sah mir im Fernsehen die Nachrichten an. Mum hatte so viel zu tun, dass sie die Mittagspause durcharbeiten musste und meist nur rasch ein Sandwich am Schreibtisch aß. Während sich Blakely, Davis und die anderen Partner im örtlichen Bistro vollstopften und selbstzufrieden mit ihren dicken Brieftaschen prahlten, saß Mum allein im verlassenen Büro und korrigierte still und fleißig die Fehler ihrer Chefs.

Nach dem Mittagessen vertiefte ich mich in einen Roman. Dabei saß ich auf dem Fenstersitz in meinem Zimmer, umhüllt von dem wunderbar klaren Licht. Wenn es warm war – und wir hatten in jenem Februar ein paar wunderbare Tage –, las ich auch draußen, wobei ich immer darauf achtete, die Narben vor der Sonne zu schützen.

Um halb drei kam Mrs Harris, eine gedrungene, kampflustige Frau mit orange gefärbtem Haar. Sie mochte Mitte fünfzig sein. Mit ihr kam ich bei weitem nicht so gut zurecht wie mit Roger, und zwar nicht nur, weil sie mich in Mathe und Naturwissenschaften unterrichtete, die nun wirklich nicht zu meinen Lieblingsfächern gehörten.

Mrs Harris unterrichtete seit Jahren Mäuse wie mich und hatte ihre Sympathie für unsereins vollständig verloren. Sie war zu dem Schluss gelangt, dass wir nur Drückeberger waren – verwöhnte Kinder, die sich nicht der rauen Wirklichkeit stellen wollten. Einmal machte ich eine Bemerkung über meine Narben, worauf sie mich verächtlich ansah.

»Narben? Narben? Das nennst du *Narben*? Du solltest dir mal im Krankenhaus ansehen, wie *echte* Verbrennungen aussehen. Ein bisschen Make-up, und niemand bemerkt deine Narben. Aber das ist das Problem mit euch jungen Leuten von heute – ihr seid zu eitel und denkt nur an euch selbst.«

Ihre Haltung empörte mich, aber ich war zu schwach, um mich zu verteidigen. Mir war, als hätte ich der rauen Wirklichkeit durchaus ins Gesicht geblickt – sogar zu oft. Ich bezweifelte, dass Mrs Harris das auch von sich sagen konnte, sonst wäre sie wohl verständnisvoller gewesen.

Sie ging um halb fünf, und ich machte Hausaufgaben, bis Mum gegen halb sieben nach Hause kam. Wenn ich mit den Hausaufgaben fertig war, übte ich Flöte. Der Notenständer stand neben dem Klavier, damit ich in den Vorgarten blicken konnte. Wenn mir nicht nach Musik zumute war, las ich oder malte mit Aquarellfarben. Da ich nicht sehr geübt darin war, mir Dinge auszudenken, holte ich eines der großen Kunstbücher aus dem Wohnzimmer und kopierte ein besonders schönes Pferd oder eine interessante Landschaft. Manchmal versuchte ich mich auch an einem der Gegenstände auf dem Sideboard im Esszimmer – der Holzschale mit der Duftmischung, der Vase mit den getrockneten Blumen oder den vielen Nippfiguren aus Porzellan und Glas, die Mum im Laufe der Jahre gesammelt hatte. Die meisten dieser Gegenstände hatte Mum von ihrer eigenen Mutter geschenkt bekommen (sie hatte nie den Mut gehabt, ihr zu sagen, dass es eigentlich nicht so ganz ihr Geschmack war). Sie waren furchtbar kitschig – ein Igel von Beatrix Potter; ein viktorianisches Blumenmädchen mit rosigen Wangen; ein kleiner Junge, der mit einer Leine angelte, die an seinen dicken Zeh gebunden war; ein gläserner Delphin, der das Wasser durchbrach; ein winziges strohgedecktes Häuschen –, dennoch, je kitschiger sie aussahen, desto lustiger fanden wir sie und umso mehr hingen wir an ihnen.

Am schönsten waren die Abende, die ich mit Mum im Honeysuckle Cottage verbrachte. Wenn sie von der Arbeit kam, machte ich eine Tasse Tee, und wir unterhielten uns am Küchentisch. Wir hatten ein Ritual aus *An deiner Seite,* einem Film mit Michelle Pfeiffer, übernommen, in dem eine Familie beim Abendessen von den Höhe- und Tiefpunkten des Tages erzählt.

Meine Höhepunkte waren meist gute Noten von Roger oder ein besonders aufregendes Kapitel in meinem Roman oder ein Bild, das sich als gelungen herausstellte. Tiefpunkte erlebte ich, wenn ich wegen der Narben niedergeschlagen war oder an meinen Dad denken musste und wütend auf ihn war, weil er uns im Stich gelassen hatte. Mums Höhepunkte waren erfolgreich abgeschlossene Fälle und das Lob dankbarer Mandanten; die Tiefpunkte hatten gewöhnlich mit dem unerträglichen Mr Blakely zu tun, der wieder einmal grob gewesen war oder sie sogar beschimpft oder sich im Kopierraum an sie gepresst hatte.

Mum versuchte stets, mir Mut zu machen. Sie behauptete, dass meine Narben verheilten, und ich tröstete sie wegen Blakely, obwohl ich nicht sehr viel mehr als Allgemeinplätze anbieten konnte. Sie durfte ihren Job nicht aufs Spiel setzen. Sie brauchte ihn. *Wir* brauchten ihn. Doch die Sache mit Dad war sehr viel komplizierter. Trotz meines Zorns hatte ich auch Sehnsucht nach ihm und deswegen wiederum ein schlechtes Gewissen. Diese geheime Sehnsucht nach Dad drohte mich zu überwältigen und die Verbindung zwischen mir und Mum zu kappen. Ich merkte, wie sie zusammenzuckte, wann immer ich ihn erwähnte. Ich hatte Angst, sie zu verletzen und vor den Kopf zu stoßen. Dabei wusste ich nur zu gut, dass ich keine Freunde hatte und ohne sie verloren wäre.

Nachdem wir Tee getrunken hatten, zog Mum ihre Bürokleidung aus, und wir machten gemeinsam das Abendessen. Wir kochten für unser Leben gern und probierten komplizierte Rezepte aus unseren unzähligen Kochbüchern aus. Manchmal verbrachten wir zwei Stunden in der Küche und hackten Gemüse auf dem schweren Marmorbrett, das Mum in Italien gekauft hatte, während auf dem Herd die Töpfe zischten und blubberten.

Nach dem Essen saßen wir im Wohnzimmer, die Heizung voll aufgedreht. Wenn es wirklich kalt war, flackerte ein Feuer im Kamin. Meist lasen wir Romane (obwohl Mum oft auch Akten wälzte) oder hörten klassische Musik. Ich war mit klassischer Musik aufgewachsen, weil es eine ihrer großen Leidenschaften war – sie war eine begabte Amateurpianistin. Ich hatte versucht, Gefallen an Popmusik zu finden, aber es hatte nicht richtig funktioniert. Wir liebten Mozart und Chopin, Tschaikowsky und Brahms, doch unsere absoluten Favoriten waren die Opern von Puccini. Da es kilometerweit keine Nachbarn gab, konnten wir die Stereoanlage auf volle Lautstärke drehen und die tragische Schönheit von *La Bohème* oder *Madame Butterfly* genießen.

Außer Nachrichten schauten wir selten fern. Es schien nur deprimierende Dokumentarfilme über Cracksüchtige in New York oder Aids in Afrika zu geben, billige Seifenopern mit schlechten Schauspielern oder Reality-Sendungen, die unerträglich banal waren. Aber wir mochten Filme, vor allem romantische Komödien. Unsere Favoriten waren Oldies wie *E-m@il für dich* und *Schlaflos in Seattle* mit Tom Hanks und Meg Ryan und Klassiker mit Hugh Grant wie *Notting Hill* und *Vier Hochzeiten und ein Todesfall*. Die moderneren mochten wir nicht – sie wirkten nur vulgär, waren voller grober sexueller Anspielungen, und es war mir peinlich, sie mit Mum anzuschauen. Wir hatten beide eine Schwäche für George Clooney und nahmen für ihn das ganze Macho-Getue und den unverständlichen Plot der *Ocean's Eleven*-Serie nur zu gern in Kauf. Dann und wann hatte er so einen Blick drauf, der mich ein bisschen – ein ganz, ganz kleines bisschen – an meinen Dad erinnerte. Ich erwähnte es natürlich nie, fragte mich aber, ob Mum das Gleiche dachte.

Wir hatten uns angewöhnt, gegen zehn Uhr einen warmen Kakao zu trinken, und um elf schliefen wir meist beide zusammengerollt auf dem Sofa.

Wenn ich an Mums Schulter döste, einen Kakaoschnurrbart auf der Oberlippe, umhüllt von Brahms'

Violinkonzert oder der sechsten Symphonie von Tschaikowsky, und das Buch aus meinen schlaffen Fingern auf den Boden fiel, genoss ich die sichere, warme Atmosphäre von Honeysuckle Cottage. Wenn ich die orangefarbenen Flammen des knisternden Kaminfeuers betrachtete, dachte ich manchmal an Teresa Watson und was sie wohl gerade tun mochte – in einem Club tanzen, in einem verräucherten, überfüllten Pub Bier trinken, mit ihrem Freund auf dem Rücksitz eines Autos fummeln, und ich sagte mir: *Um nichts in der Welt möchte ich mit dir tauschen, Teresa Watson, um nichts in der Welt*. Ich weiß, ich bin eine Maus, die sich in ihrem gemütlichen kleinen Nest hinter der Wandtäfelung versteckt, aber mein Mäuseleben ist voller guter Dinge – Kunst, Musik, Literatur ... Liebe.

Es mochte ein Mäuseleben sein, aber es war ein gutes Leben, ein reiches Leben, ein *wunderbares* Leben.

# 10

Der Frühling kam zeitig in jenem Jahr. Der milde Februar ging in einen warmen März über. Die Kirschbäume prangten in einem rosigen Blütenschleier, und wenige Tage später waren die Apfelbäume morgens ganz in Weiß gekleidet. Wir nahmen uns vor, im Sommer selbstgebackenen Apfelkuchen mit einem dicken Klecks Vanilleeis zu essen. Ich lernte, wie ich mir vorgenommen hatte, die Namen aller Blumen im Garten und machte an einem Sonntagmorgen für Mum eine Führung, bei der ich sie mit allen blühenden Bewohnern bekanntmachte. Den Schluss bildete das ovale Rosenbeet, bei dem ich mit einer dramatischen Handbewegung sagte: »Und last but not least, die Remontant-Rose, Rosa Hybrida Bifera …«

Als die Tage länger wurden, verbrachten wir immer mehr Zeit draußen. Wir tranken jetzt unsere nachmittägliche Tasse Tee auf der Terrasse hinter dem Haus. Mum hatte in der Stadt billige weiße Gartenmöbel gekauft. An den Wochenenden machten wir uns im Garten zu schaffen. Wir mähten den Rasen – keine leichte Aufgabe, da der Garten einen ganzen Hektar groß war. Wir hatten das Gras länger wachsen lassen, als der eiserne Mr Jenkins es jemals geduldet hätte. Ich lief hin und her und füllte Mülleimer mit Grasschnitt, den ich zum Komposthaufen am Ende des Gartens schleppte. Mit einem Grinsen erinnerte ich mich an Mr Jenkins, der uns den klebrigen Haufen wie ein stolzer Vater präsentiert hatte.

Mum begeisterte sich für das Gemüsebeet und die Vorstellung, mit Gemüse zu kochen, das sie selbst gezogen hatte. Sie wollte sogar noch mehr anpflanzen als Mr Jenkins, und dazu auch Kräuter wie Rosmarin und Thymian, um das Essen zu würzen. Da nicht genügend Platz im vorhandenen Beet war, entschied sie, es bis zu den Zypressen hin zu erweitern. Also machten wir uns an einem Samstagmorgen an die Arbeit, nachdem wir in der Stadt Spaten und Mistgabel gekauft hatten, und gruben eine Fläche um, die für zwei Doppelbeete ausreichte, bis die Erde eine krümelige Konsistenz angenommen hatte. Wir waren froh, zur Abwechslung einmal körperlich zu arbeiten, ahnten allerdings nicht, wie anstrengend es sein würde. Am nächsten Morgen konnten wir uns kaum noch bewegen – es tat weh, den Wasserkessel hochzuheben, und das Treppensteigen wurde zur Qual.

Wenn uns danach war, spielten wir auf dem Rasen Krocket oder spannten ein Netz zwischen den Obstbäumen fürs Badminton. Mum, die groß und ziemlich unbeholfen war, taugte nichts beim Sport, und wenn sie den Ring aus wenigen Zentimetern Entfernung verfehlte oder wie wild nach dem wirbelnden Federball schlug, aber nur die Luft traf, gingen wir beide vor Lachen zu Boden.

Es war so schön, auf dem Land zu leben und keine

Nachbarn zu haben. Man konnte reden, lachen, schreien – sogar kreischen –, so laut man wollte, ohne dass einen jemand hörte. Es war völlig anders als im *ehelichen Heim*, in dem man sich kaum in den Garten traute, weil er von allen Seiten einsehbar war. Dort musste man flüstern, damit die Nachbarn, die hinter den Büschen auftauchten, einen nicht hörten.

Abends spielten wir im Wohnzimmer Duette, was wir nicht mehr getan hatten, seit Dad uns verlassen hatte. Wir hatten viele Noten für Flöte und Klavier, und eines Tages entdeckte ich beim Blättern eine Sammlung mit dem Titel *Russische Volkslieder*, die wir noch nie aufgeschlagen hatten. Es wurden unsere absoluten Lieblingsstücke, und in diesem März arbeiteten wir uns durch das ganze Buch. Die Flötenpartien waren eingängig und ziemlich leicht zu spielen, während die Klavierbegleitung schwierig war und selbst Mum gelegentlich auf die Probe stellte. Es waren Melodien, die einem nicht mehr aus dem Kopf gingen, und am nächsten Tag pfiffen und summten wir sie immer vor uns hin. Wenn ich einen besonders schlimmen Fehler machte, mussten wir so kichern, dass wir in der nächsten halben Stunde kaum vorankamen. Ich genoss diese Duette und hatte noch nie so viel Spaß am Flötenspiel gehabt wie jetzt.

Manchmal schaute ich zu Mum, wenn sie auf Zehenspitzen versuchte, den Federball aus den Ästen des Kirschbaums zu angeln, oder eine komische Grimasse schnitt, wenn ich ihren Krocketball quer durch den Garten schlug, und dann überwältigte mich die Liebe zu ihr. Mit ihrem großen, unbeholfenen Körper, den großen Händen, die sie irgendwo unterzubringen versuchte, dem dunklen, krausen Haar, das kein Kamm der Welt zähmen konnte, wirkte sie so … *so verletzlich*, dass ich sie am liebsten in die Arme genommen und so fest wie möglich an mich gedrückt hätte.

Ich wusste, dass das Geld knapp war. Als Mum sich erkundigte, was ich mir zu meinem sechzehnten Geburtstag wünschte, gab ich ihr daher nur eine kleine Liste mit Büchern. Als sie ungläubig nachfragte, ob das wirklich alles sei, antwortete ich, ich hätte schon alles, was ich mir nur wünschen könnte.

Natürlich stimmte das nicht so ganz. Es gab in der Tat etwas, das ich mir wünschte, aber es wäre zu egoistisch gewesen, es zu erwähnen. Mum fuhr in einem schrottreifen Auto durch die Gegend und ging in Kostümen zur Arbeit, die über fünfzehn Jahre alt waren. Ich konnte mich nicht erinnern, wann sie sich zuletzt etwas Neues gekauft hatte. Wir aßen gut, und es war immer genügend Geld da, um neue Kleidung und Schuhe für mich zu kaufen, ein Buch oder eine Zeitschrift, eine DVD oder eine Kinokarte. Ich merkte, dass sie meine Bedürfnisse stets vor ihre eigenen stellte, und das durfte ich auf keinen Fall ausnutzen.

Doch es gab etwas, das ich gerne gehabt hätte. Sehr gern sogar, vielleicht sogar noch lieber als die Flöte, die ich mir als kleines Mädchen gewünscht hatte. Ich wollte einen Laptop haben – einen dieser flachen neuen Laptops, die ich beim Einkaufen mit Mum gesehen hatte. Sie waren so flach und leicht, dass man sie in einer Schultertasche mitnehmen konnte, und kaum größer und schwerer als ein dünner Papierstapel.

Wir hatten einen PC in dem kleinen Vorderzimmer stehen, das Mum als Büro benutzte. Er war fast zehn Jahre alt (natürlich hatte Dad den neueren mitgenommen), also praktisch Steinzeit. Er zeigte die Macken des Alters – hängte sich regelmäßig auf, ließ sich oft nicht richtig herunterfahren und war unerträglich langsam! Ich benutzte ihn, wenn ich ins Internet musste, fühlte mich aber nie sehr wohl dabei. Eigentlich war es Mums Computer, und ich hatte Angst, versehentlich die Aussage eines Mandanten oder eine komplizierte Schadensberechnung zu löschen, an der sie stundenlang gesessen hatte. Ich zog es vor, meine Aufsätze von Hand zu schreiben, statt mich mit der Bestie abzugeben, wie wir sie getauft hatten. Andererseits war mir klar, wie viel einfacher die Hausaufgaben mit einem eigenen Computer wären. Ich könnte Absätze verschieben, ganze Abschnitte löschen (statt sie wie eine Vierjährige durchzustreichen), die Rechtschreibung überprüfen und genau zählen, wie viele Wörter ich geschrieben hatte. Das würde viel Zeit sparen, wenn Roger mir ein bestimmtes Wörterlimit setzte.

Ich dachte schon über das Abitur hinaus an die Universität. Dort würde ich viele Hausarbeiten schreiben müssen, wobei ein Laptop ein Riesenvorteil wäre, und wenn ich schnell genug tippen konnte, könnte ich mir sogar während der Vorlesungen Notizen machen.

Am aufregendsten aber war die Vorstellung, wie sich mit einem Laptop mein kreatives Schreiben verbessern würde. Dann könnte ich einen wirklich langen Text in Angriff nehmen, vielleicht sogar meinen ersten Roman …

Doch ich sagte nichts. Ich wusste, dass Mum mir beim geringsten Hinweis einen Laptop kaufen würde – selbst wenn sie deswegen mit Löchern in den Schuhen und Laufmaschen in den Strümpfen zur Arbeit gehen musste.

# 11

Der März ging zu Ende, und der April begann. Unser angenehmer Alltag lief weiter – morgens kam Roger, nachmittags Mrs Harris. Ich arbeitete fleißig und blickte zuversichtlich auf die Prüfungen, die in nur zweieinhalb Monaten anstanden. Mum arbeitete immer noch für drei und ertrug schicksalsergeben Blakelys Unverschämtheiten und grapschende Hände.

Mein Geburtstag rückte näher, und die Vorstellung, sechzehn zu werden, war ziemlich aufregend. Ich bekam Geld von meiner Großmutter in Wales, und einige entfernte Verwandte schickten Geburtstagskarten, die Mum auf dem Sideboard aufstellte. Eine wirklich reizende Karte erhielt ich aus dem Krankenhaus, unterzeichnet von den Krankenschwestern, die sich um mich gekümmert hatten. Zu meiner Überraschung leitete die Polizei auch einen Brief von der Schule an mich weiter, in dem mir »Geburtstagsgrüße« übermittelt wurden und der Direktor mit »den allerbesten Wünschen« unterzeichnet hatte. Ich zerriss ihn und warf ihn in den Papierkorb.

Gegen meinen Willen wartete ich auch auf eine Reaktion meines Vaters. Doch es kam keine. Diese kleinliche Grausamkeit setzte sich tief in mir fest, und je mehr ich sie verdrängte, desto mehr ärgerte ich mich darüber. Ich konnte einfach nicht glauben, dass unsere Beziehung vorbei war, dass ich ihn wahrscheinlich nie wiedersehen würde. Ich wusste, dass er unsere neue Adresse hatte, und argwöhnte schon, Mum könnte ein Geschenk unterschlagen haben. Einmal durchsuchte ich sogar wie eine Irre die Mülleimer. Doch als ich vernünftig darüber nachdachte, wurde mir klar, dass Mum überhaupt nichts vor mir verstecken konnte. Der Briefträger kam erst, nachdem sie zur Arbeit gefahren war. Tatsächlich hatte Dad mich nicht einmal angerufen, als ich aus dem Krankenhaus gekommen war. Warum also sollte er sich bei mir melden, nur weil ich sechzehn wurde? Mir war klar, dass er mich aufs Abstellgleis geschoben hatte, weil ich mich auf Mums Seite gestellt und entschieden hatte, bei ihr zu bleiben. Anscheinend konnte er die Zuneigung, mit der er mich früher überhäuft hatte, wie einen Wasserhahn auf- und abdrehen.

Der 11. April, mein Geburtstag, fiel in diesem Jahr auf einen Dienstag. Am Abend vorher rief Mum um sechs an und sagte, es würde später – Blakely habe sie abgepasst und gebeten, mit einem Mandanten zu sprechen, der nur nach Feierabend Zeit hatte *(du bist einfach zu weich, Elizabeth!)*.

Ich war früh mit den Hausaufgaben fertig und zeichnete im Esszimmer. Dann beschloss ich, mich nützlich zu machen und schon einmal das Abendessen vorzubereiten. Nach dem Vorfall in der Schule zündete ich äußerst widerwillig den Gasherd an, doch wenn ich ihn niedrig stellte, gelang es mir, das Streichholz ans Gas zu halten, ohne aufzuschreien. Ich kochte Spaghetti Bolognese, die mir ziemlich gut gelangen und gerade fertig waren, als ich Mums Schlüssel in der Tür hörte.

»Was ist das denn?« Sie kam lächelnd in die Küche. »Ich dachte, *du* hättest morgen Geburtstag.« Als sie mich küsste, spürte ich ihre kalte Nase an meiner Wange.

»Du bist ja eiskalt«, sagte ich.

»Ja, ein kalter Abend. Es hat auch angefangen zu regnen.«

Ich legte *La Bohème* auf, während Mum sich umzog, deckte für zwei am Küchentisch und zündete einige Duftkerzen an. Ich öffnete eine Flasche Rotwein und schenkte zwei Gläser ein, verschloss die Flasche wieder und stellte sie in die Vorratskammer. Nach dem ersten Mal hatte ich meine Lektion gelernt – ein Glas reichte völlig aus.

Mum kam in Jogginghose und ihrem bequemsten Polopullover herunter, als ich gerade das Essen auf die Teller tat. Wir stießen auf meinen bevorstehenden Geburtstag an und langten zu. Dabei spielten wir das übliche Spiel mit den Höhe- und Tiefpunkten. Mum hatte den Prozess gegen eine örtliche Busgesellschaft gewonnen, womit sie nie gerechnet hatte; Blakely hatte sie im Beisein von Brenda und Sally angeschrien, weil sie ihm morgens die falsche Akte ins Gericht gebracht hatte (übrigens genau die Akte, *die er verlangt hatte*). Ich hatte mit den Gleichungen gekämpft, die Mrs Harris mir am Nachmittag aufgegeben hatte, und nur drei von zehn richtig gelöst; ich hatte aus unserem Goya-Buch das Gemälde mit dem Titel *Der Schlaf der Vernunft gebiert Ungeheuer* abgemalt, und obwohl die Beine des Mannes, der am Schreibtisch eingeschlafen ist, ein bisschen zu kurz ausgefallen waren, war ich mit den Eulen, Fledermäusen und Katzen, den *Ungeheuern*, die sich drohend anschlichen, sehr zufrieden.

Während des Essens merkte ich, wie Mum mich anschaute.

»Was ist?« Seitdem ich die Narben hatte, reagierte ich sehr empfindlich auf Blicke.

»Nichts«, erwiderte sie verträumt. »Ich kann nur nicht fassen, dass mein kleines Mädchen morgen sechzehn wird. Sechzehn! Mir kommt es vor, als hätte ich dich gestern noch gestillt.«

»Bitte, Mum, ich *esse*!«

»Die Zeit vergeht so schnell.« Sie seufzte und schüttelte den Kopf. »Du hattest immer einen gesunden Appetit, hast nie nein zu meiner Brust gesagt.«

»Mum, du willst doch nicht schon wieder in Erinnerungen schwelgen, oder?«

»Nicht wenn es dir peinlich ist – vielleicht solltest du lieber noch einen zur Brust nehmen …«

Ich hatte gerade einen Schluck Wein im Mund und erstickte beinahe vor Lachen. Als ich mich erholt hatte, schaute sie wieder so verträumt.

»Morgen wird gefeiert, Shelley. Wir gehen in ein richtig nettes Restaurant.«

»Das ist nicht nötig, Mum.«

»Und ob.« Sie malte mit dem Zeigefinger nachdenklich in einer kleinen Weinpfütze. Dann bekam sie feuchte Augen.

»Ich möchte mich entschuldigen, Shelley.«

»Wofür?«

»Weil ich dich im Stich gelassen habe. Weil ich dich nicht vor diesen *furchtbaren* Mädchen beschützt habe.«

Meine Antwort klang so gepresst, dass sie kaum zu hören war. »Du hast es doch nicht gewusst.«

»Das ist es ja gerade. Du hättest zu mir kommen müssen.«

Ich malte mit den Gabelzinken Muster in meine Soße.

»Warum hast du geglaubt, du könntest es mir nicht sagen?«

»Ich weiß nicht«, sagte ich achselzuckend. »Ich war – irgendwie – gelähmt. Und es war mir peinlich.«

»Weißt du, das hat mir mehr weh getan als alles andere – dass du dich mir nicht anvertrauen konntest. Es war *meine Schuld*. Nach der Scheidung habe ich mich immer noch selbst bemitleidet und nur mit der Arbeit beschäftigt. Ich habe dich ausgeschlossen.«

Ich wusste, dass es nicht ihre Schuld gewesen war. Immerhin hatte *ich* beschlossen, das *Mobbing* vor ihr geheim zu halten. Gleichzeitig tat es aber ungemein gut, dass sie die Schuld auf sich nahm.

»Manchmal wünsche ich, du wärst mir nicht so ähnlich, Shelley.«

»Sag das nicht, Mum.«

»Ich meine, ich wünschte, du wärst mehr wie – hättest eher sein können wie –« Sie fand nicht die richtigen Worte. Was immer sie sagen wollte, war zu kompliziert und zu heikel. Sie gab es auf und schaute mich flehend an. »Die Welt ist so *hart*, Shelley!«

Sie wischte sich über die Wange, als hätte sie geweint, und versuchte zu lächeln. Dann plötzlich veränderte sich ihr Gesichtsausdruck, als wäre ihr ein so schwerwiegender Gedanke gekommen, dass er sie quasi in den Stuhl drückte. »Vielleicht war es falsch hierherzuziehen. Vielleicht hätte ich dich nicht aus der Schule nehmen sollen. Womöglich wäre es besser gewesen, sich zu stellen –«

*»Nein!«* Panik überfiel mich. »Ich will nicht wieder in die Schule!«

Mum griff über den Tisch nach meinen Händen. »Das musst du auch nicht. Das musst du nicht.«

Sie drückte meine Hände so fest, dass es weh tat. »Ich lasse dich nicht mehr im Stich, Shelley, das verspreche ich dir.«

Ihr durchdringender Blick verunsicherte mich, und ich wandte mich ab. Als ich sie wieder ansah, war er zum Glück einem sanften, nachdenklichen Lächeln gewichen.

»Du sollst wissen, wie stolz ich auf dich bin«, sagte sie. »Wie stolz ich darauf bin, wie du mit den ganzen schrecklichen Dingen umgegangen bist.«

*»Mum.«*

»Ich meine es ernst. Du warst wunderbar. Ruhig und vernünftig. Keine Hysterie, kein Selbstmitleid. Wir gehen richtig schön essen. In ein ganz schickes Restaurant, einverstanden?«

*Kein Selbstmitleid.* Ich dachte an den Gürtel des Bademantels und den Balken in der Garage, an den Dad früher seinen Boxsack gehängt hatte … erwähnte sie aber nicht.

»Einverstanden, Mum.« Ich lächelte. »Einverstanden.«

Nach dem Abendessen spielten wir noch ein Duett aus unseren *Russischen Volksliedern* namens »Zigeunerhochzeit«, mit dessen schnellem, stampfendem Rhythmus ich nicht Schritt halten konnte. Wann immer Mum zur Hälfte durch war, blieb ich hoffnungslos zurück und musste loskichern. Ich machte zahllose Fehler, und je mehr Fehler ich machte, desto mehr mussten wir lachen.

An diesem Abend waren wir beide sehr müde. Mum schlief noch vor den Zehn-Uhr-Nachrichten ein. Sie berichteten nur über einen langweiligen politischen Skandal, den ich mir nicht antun wollte. Ich umarmte Mum, küsste sie und ging ins Bett.

Ich lag lange wach und horchte auf den Regen, der gegen das Fenster prasselte, genoss die letzten Augenblicke meines Lebens als Fünfzehnjährige. Morgen früh würde ich sechzehn sein. *Süße sechzehn und noch nie geküsst,* hieß es. Auf mich traf das zu. Ich war *tatsächlich* noch nie geküsst worden.

Und zum ersten Mal im Leben wollte ich es. Ich wollte einen Freund haben. Ich wollte geküsst werden. Vielleicht würden meine Narben verheilen, wenn ich sechzehn war, dann könnte ich jemanden kennenlernen. Einen gutaussehenden Mann wie George Clooney, aber mit der jungenhaften Unschuld des frühen Tom Hanks; einen treuen und aufrichtigen Mann, der einen nicht verließ, wenn die ersten Krähenfüße kamen …

Etwas regte sich in mir und erwachte zum Leben, so wie der Garten von Honeysuckle Cottage vor meinem Fenster im sanften Frühlingsregen zum Leben erwachte, grüne Schösslinge sprießen ließ, verklebte Knospen und jungfräuliche Blütenblätter öffnete. Wenn ich aufwachte, würde ich sechzehn sein. *Alt genug zum Heiraten,* hatte Mum neulich gesagt. Mir war, als stünde ich an der Schwelle zu neuen aufregenden Erfahrungen, neuen Emotionen, neuen Beziehungen, und ich sehnte mich danach wie der Schmetterling in der Puppe sich sehnt, seine zerbrechlichen Flügel auszubreiten und zu fliegen.

Und so versank ich in einen süßen, köstlichen Schlaf.

# 12

Ich riss die Augen auf und war sofort wach. Obwohl ich ganz, ganz tief geschlafen hatte, drang das unmissverständliche Knarren der vierten Treppenstufe bis in mein Gehirn. Ich war sicher, dass ich mich nicht verhört hatte, und wusste auch, was es bedeutete: *Jemand war im Haus.*

Die Leuchtanzeige meines Weckers stand auf 3.33 Uhr.

Mein Herz hämmerte in meiner Brust, als führte es ein Eigenleben, als wäre es ein Kaninchen, das sich in einer Schlinge wand, die sich immer fester zusammenzog, je mehr es kämpfte. Das Rauschen in meinen Schläfen war so laut, dass ich angestrengt horchen musste. Ich horchte, was sich vor meiner Schlafzimmertür tat – auf dem Treppenabsatz und den Stufen –, und es kam immer dieselbe Information: *Stille, Stille, Stille, wir hören nur Stille, da ist nichts.* Hatte ich mich geirrt? Nein, dessen war ich mir sicher. Die vierte Treppenstufe hatte unter dem Gewicht eines Menschen geknarrt.

Nach einer Ewigkeit knarrte eine andere, höhere Stufe: *Jemand war im Haus.*

Ich war wie gelähmt vor Angst. Meine Augen waren offen, doch ansonsten hatte ich keinen Muskel bewegt. Ein primitiver Instinkt befahl mir, mich absolut still zu verhalten und keinen Laut von mir zu geben, bis die Gefahr vorüber sei. Ich atmete so langsam und flach, dass es nicht zu hören war und die Decke sich keinen Millimeter hob und senkte. Ich dachte an den Schlagball-Schläger, den ich unter dem Bett aufbewahrte, falls »Einbrecher kamen«, fand aber nicht die Kraft, nach ihm zu greifen. Etwas Stärkeres hielt mich zurück. *Lieg still,* befahl es mir, *mach kein Geräusch, bis die Gefahr vorbei ist*.

Die Schritte kamen näher – lauter jetzt, als gäbe sich der Eindringling keine Mühe mehr, leise zu sein. Ich hörte, wie ein Körper schwer gegen die Vitrine auf dem Treppenabsatz polterte *(betrunken?)* und jemand fluchte *(ein Mann)*.

Ich hörte, wie sich Mums Schlafzimmertür öffnete, und merkte, dass er das Licht einschaltete, denn die völlige Dunkelheit in meinem Zimmer wurde minimal heller. Ich hörte Mums Stimme. Schläfrig. Verwirrt. Ängstlich. Dann die des Mannes, ein aggressives, kehliges Grunzen, das mehr tierisch als menschlich klang. »Warten Sie«, hörte ich Mum deutlich sagen. »Mein Bademantel.« Dann kamen beide zu meinem Zimmer herüber.

Meine Tür strich über den dicken Teppich, und grelles Licht explodierte vor meinen Augen.

Obwohl sie beide in meinem Zimmer standen, bewegte ich mich nicht *(lieg still, mach kein Geräusch, bis die Gefahr vorbei ist)*. Ich lag so still und hilflos da, als hätte ich mir den Hals gebrochen.

Mum sagte meinen Namen, um mich zu wecken, aber ich konnte nicht antworten. Sie sagte ihn lauter, trat näher ans Bett. Dann endlich konnte ich sie sehen. Ihr blasses Gesicht war noch vom Schlaf verknittert, und ihr Haar stand wild vom Kopf ab, was ich normalerweise komisch gefunden hätte. Den Bademantel hatte sie hastig übergezogen und nicht zugebunden. Sie begriff, dass ich die ganze Zeit über wach gewesen war und genau gemerkt hatte, was los war.

»Shelley, Liebes, du brauchst keine Angst zu haben. Er will nur Geld. Wenn wir tun, was er sagt, lässt er uns in Ruhe und geht wieder.«

Ich glaubte ihr nicht. Ihre zitternden Hände und ihre Stimme verrieten mir, dass sie es selbst nicht glaubte. Wenn eine Katze ins Mauseloch eindringt, lässt sie die Mäuse nicht ungeschoren davonkommen. Ich wusste, wie die Geschichte enden würde. Er würde mich vergewaltigen. Er würde Mum vergewaltigen. Und dann würde er uns beide töten.

Mit ungeheurer Anstrengung schob ich schließlich mein linkes Bein an die kalte Bettkante. Damit durchbrach ich den jahrtausendealten Bann, konnte mich aufsetzen und nach meinem Bademantel greifen.

Der Einbrecher war jung, ein schmächtiger Kerl von höchstens zwanzig mit dünnem Wieselgesicht und langem schwarzem Haar, das ihm in die Augen fiel und in schmierigen Strähnen herunterhing. Er trug eine abgewetzte olivgrüne Bomberjacke und dreckverkrustete Jeans, die so tief auf den Hüften saßen, dass sie jeden Augenblick herunterrutschen konnten.

Ich roch den Alkoholdunst, der ihn wie ein unsichtbarer Nebel umgab. Er war offenkundig betrunken, aber noch *mehr als das*. Er stand wacklig auf den Füßen, und sein ungesund blasses Gesicht glänzte von Schweiß. Er konnte kaum die Augen offen halten. Seine Lider flatterten vor Anstrengung. Die Augen wirkten glasig und verdrehten sich nach oben, er schien einer Ohnmacht nahe, als plötzlich ein heftiger Ruck durch seine Schultern ging. Er schaute sich um, als wollte er sich daran erinnern, wo er war.

In der rechten Hand hatte er ein riesiges Messer – wie Jäger es benutzen, um Kaninchen auszuweiden.

Er stand oben an der Treppe und schwankte wie ein Matrose auf einem sturmgepeitschten Schiff. *(Würde er fallen? Bitte, Gott, mach, dass er die Treppe hinunterfällt und sich den Hals bricht!)* Aber das tat er nicht. Mit dem Messer bedeutete er Mum und mir, nach unten zu gehen.

Zitternd und erschreckt gehorchten wir.

Ich ging voran. Die Dielenbretter waren eiskalt unter meinen nackten Füßen. Unten konnte ich die Haustür erkennen. Draußen war es dunkel, dunkel und sicher, und es gab hundert Orte, an denen wir uns verstecken konnten. Würde ich es schaffen, wenn ich plötzlich losrannte? Die Kette war vorgelegt. Wenn ich erst daran herumfummeln musste … außerdem stand er mit seinem schrecklichen Messer genau hinter Mum.

Dann kam die letzte Stufe, und die Chance – *unsere letzte Chance?* – war dahin.

Er scheuchte uns ins Wohnzimmer und schaltete

das Licht ein. Mir war eiskalt, nachdem ich mein warmes Bett verlassen hatte, und ich zitterte am ganzen Körper. Mum schlang instinktiv die Arme um mich und rieb mich heftig, doch das Zittern wollte nicht aufhören. Dann wurde mir klar, dass es gar nicht die Kälte war. Ich zitterte vor Angst.

»Hierbleiben«, grunzte er. »Ihr rührt euch nicht, sonst gibt's das hier!« Er holte mit dem Messer in Richtung Mum aus, und die gezackte Klinge sauste nur wenige Zentimeter an ihrem linken Auge vorbei.

Er schwankte ins Esszimmer, als hätte sich der Boden um fünfundvierzig Grad geneigt, und wirkte deutlich erleichtert, als er sich am Tisch abstützen konnte. Mum und ich standen eng umschlungen mitten im Wohnzimmer. Sie flüsterte wieder und wieder: »Alles wird gut, Shelley, alles wird gut.« Ich vergrub mein Gesicht an ihrem Hals und kniff die Augen zu. *Bitte,* betete ich, *lass es nur einen Albtraum sein, mach, dass es nicht wirklich passiert!*

Ich konnte hören, wie er zusammenhanglos vor sich hin murmelte, während er die Schubladen im Sideboard und dem antiken Sekretär durchsuchte. Seine Suche wurde hektischer, und ich hörte, wie die Schale mit der Duftmischung auf den Boden fiel, die Geburtstagskarten wie ein Schwarm Pappvögel durch die Luft wirbelten und die Vase mit den getrockneten Blumen auf dem Parkett zerbrach. Die ganze Zeit über brabbelte er sinnloses Zeug, unterbrochen von kindischem Gekicher und wüsten Beschimpfungen.

»Wonach sucht er, Mum?«, flüsterte ich.

»Keine Ahnung, Liebes. Vielleicht weiß er es selbst nicht. Keine Sorge. Gleich ist er weg.«

Während ich auf den sinnlosen Strom der Worte horchte, kam mir die schreckliche Erkenntnis, dass der Einbrecher gar nicht wusste, wo er sich befand, dass er gefangen war in einem Cocktail aus Alkohol und Drogen. All das hier – Mum und ich, zitternd in unseren Bademänteln, die Schubladen, die er achtlos aus dem Schreibtisch riss und auf dem Boden ausleerte – war nur ein Traum für ihn. Es war überhaupt nicht real. Er konnte uns mit seinem Jagdmesser erstechen, und es würde ihm gar nichts ausmachen, weil wir für ihn nicht existierten, weil wir nur Phantome in einem Traum waren. Sein Verstand war woanders, schlief im Drogenrausch. Und ich wusste nur zu gut, was der Schlaf der Vernunft gebar.

Ich schaute von Mums Schulter auf und sah ihn auf uns zukommen. Er zerrte zwei Stühle vom Esstisch hinter sich her. Dann stellte er sie mit den Lehnen gegeneinander und befahl uns, uns hinzusetzen.

»Wir spielen Reise nach Jerusalem«, sagte er und lachte los, als hätte er einen besonders guten Witz gemacht.

»Yeah, genau das, wir spielen Reise nach Jerusalem. So wie in der Schule mit dem Lehrer. La di la di la di la. Stop! Wer kriegt den Stuhl? Ich krieg den Stuhl! Wer kriegt den Stuhl? Ich krieg den Stuhl! La di la di la di la!«

Mit einer weiteren hektischen Geste des Messers deutete er auf die Stühle. Zögernd ließen wir einander los und gehorchten. Ich bereute es sofort, denn nun konnte ich Mum nicht mehr sehen. Meine Angst wurde schlimmer, und Panik stieg in mir auf. Ich schloss die Augen, holte tief Luft und versuchte, die Hysterie zu verdrängen.

Der junge Typ stand ein kleines Stück links von mir, schweigend wie ein Schauspieler, der seinen Text vergessen hat. Wieder zuckten seine Augenlider, und die Augäpfel verdrehten sich nach oben, bis ich nur noch das verfärbte Weiß sehen konnte. Sein Kopf sackte nach vorn. Es sah aus, als wäre er im Stehen eingeschlafen. Das Messer hing schlaff in seiner Hand, er hielt es nur noch mit den Fingerspitzen.

Ich starte ihn an und erwartete, dass er plötzlich zusammenzuckte, doch es kam nichts. Er blieb reglos stehen wie ein Aufziehspielzeug. *Wenn ich mich jetzt auf ihn stürze, genau jetzt, lässt er das Messer fallen, und Mum kann es aufheben.* Ohne das Messer wäre er nicht mehr die Katze im Mauseloch – höchstens ein Kätzchen, ein krankes, orientierungsloses Kätzchen. Wenn ich mich auf ihn stürzte, während er in Trance war, könnte ich ihm das Messer aus der Hand schlagen. Das könnte ich. Das sollte ich. Das musste ich …

Doch dann öffneten sich langsam seine Lider, und die graue Iris mit der winzigen Pupille blickte mich unmittelbar an. Er lächelte zerstreut und schmatzte, als wäre er nach langem Schlaf mit einem üblen Geschmack im Mund erwacht. Seine Finger umklammerten das Messer wieder fester. Er wischte sich mit dem Handrücken ein schaumiges Rinnsal ab, das ihm übers Kinn lief.

Zu spät. Wieder einmal zu spät.

»Yeah«, sagte er langsam, als ihm wieder bewusst wurde, wo er war. »Yeah – wir spielen Reise nach Jerusalem.«

Dann suchte er in seiner Tasche und holte ein zerfasertes Seil heraus.

# 13

»Sie brauchen uns nicht zu fesseln«, sagte Mum und versuchte, so ruhig und vernünftig wie möglich zu klingen. Dennoch hörte ich die Angst in ihrer Stimme. Wenn er uns fesselte, wären wir ihm vollkommen ausgeliefert; wir könnten nicht weglaufen, wenn er uns mit dem Messer angriff. Wir wären so hilflos wie die Truthähne, die ich Weihnachten auf dem Markt gesehen hatte, jämmerlich zusammengeschnürt in einer schmutzigen Ecke, wo sie auf das Beil des Metzgers warteten.

»Es ist wirklich nicht nötig«, fuhr Mum fort. »Wir werden nichts unternehmen. Nehmen Sie, was Sie wollen – in dem roten Kasten in meinem Schlafzimmer ist Schmuck, und ich habe Bargeld unter der Matratze – nehmen Sie es. Wir rufen auch nicht die Polizei, versprochen.«

Der junge Typ stand stocksteif da, das Gesicht seltsam verzerrt. Vielleicht dachte er über ihre Worte nach; vielleicht raste er auf seinem Trip in schwindelerregendem Tempo durch eine besonders beängstigende Kurve.

Dann lachte er und wischte sich wieder mit dem Handrücken über den Mund. Er band Mums Handgelenke zusammen. »Ich muss euch fesseln. Dafür hab ich doch das Seil dabei.«

Er kniete sich auf den Boden und fesselte ihre Beine, dann kroch er auf allen vieren zu mir. Wieder und wieder schlang er gedankenverloren das Seil um meine Knöchel. Ich betrachtete seinen fettigen Kopf und versuchte, nicht den widerlichen Gestank einzuatmen. Als er fertig war, hatte er fast das ganze Seil verbraucht. Dann riss er meine Handgelenke grob zu sich und fesselte sie mit dem zerfaserten Ende. Es reichte gerade für einen winzigen Knoten.

»Na bitte, jetzt könnt ihr nirgendwohin!«

Er stand langsam und schwer atmend auf, hielt sich den Bauch und verzog das Gesicht, als müsste er sich übergeben. Dann stieß er einen lauten, säuerlichen Rülpser hervor.

»Sorry, Ladys«, sagte er. »Sorry, Madam. Sorry, *Madame*. Ich hätte die Eier nicht essen sollen. Die waren nicht mehr gut.«

Langes Schweigen. Unerträglich langes Schweigen. Ich konnte ihn nicht sehen, spürte aber, dass er vor Mum stand. Ich versuchte, über die Schulter zu schauen, doch er befand sich im toten Winkel. *Er wird sie erstechen,* dachte ich. *Jetzt fängt das Töten an. Er wird sie töten, und dann wird er mich töten. Er interessiert sich nicht für unsere Sachen. Er ist gekommen, um uns zu töten. Er wird uns in unserem eigenen Wohnzimmer die Kehle durchschneiden. Dieses widerliche Schwein wird uns die Kehle durchschneiden.*

Ich zerrte an den Fesseln, aber sie waren zu fest angezogen und gaben nicht nach. Ich war machtlos. Ich sackte auf meinem Stuhl zusammen und wartete.

»Ich brauche eine Tasche«, sagte er. »Ich habe keine Tasche dabei.«

»Unter – unter der Treppe sind welche«, schlug Mum zaghaft vor. Ich war erleichtert, ihre Stimme zu hören.

»Das Seil hab ich mitgebracht, aber ich hab die Tasche vergessen«, sagte er wie ein kleiner Junge, der sich beim Lehrer entschuldigt, weil er seine Schulsachen nicht beisammen hat.

»Unter der Treppe«, wiederholte Mum sanft. »Da steht eine Sporttasche. Die können Sie nehmen.«

»Ich geh jetzt rauf. Ich hole das Geld und den Schmuck. Und wenn ihr irgendwas versucht, bring ich euch um. Ich bring euch *beide* um. Verstanden?«

»Ja«, sagte Mum.

»Verstanden?«, brüllte er.

»Ja, wir haben verstanden«, wiederholte Mum so gehorsam wie möglich.

Wieder herrschte langes, unbehagliches Schweigen.

»Sie können die Sporttasche unter der Treppe holen«, sagte Mum. »Sie ist rot.«

»Ich weiß, was ich brauche, Lady! Ich weiß, was ich brauche!«, rief er mit nörgelnder Stimme. »Du sagst mir nicht, was ich brauche! *Du* hast mir nicht zu sagen, was *ich* brauche!«

Einen Moment lang schien er zu zögern, als wäre er versucht, den Funken des Zorns hell auflodern zu lassen, doch dann sprach er mit ruhiger Stimme weiter. »Ich weiß, was ich brauche, Lady. Ich weiß, was ich tue. Lasst das meine Sorge sein …«

Dann war er verschwunden. Ich hörte ihn unter der Treppe rumoren, als er die Sporttasche holte, und dann stampften seine schweren, schlafwandlerischen Schritte die Treppe hinauf.

»Mum?«, flüsterte ich. »Was machen wir jetzt?«

»Ruhig bleiben, Shelley. Wenn wir in Panik geraten, stecken wir ihn damit an. Wir müssen ruhig bleiben.«

»Aber er wird uns umbringen!«

»Nein, wird er nicht. Er will nur Geld. Wenn er alles hat, was er kriegen kann, wird er gehen – das ist alles, wofür er sich interessiert.«

Sie hatte unrecht. Ich war mir sicher, dass sie unrecht hatte, aber es hatte keinen Sinn, deswegen zu streiten. Wir waren beide gefesselt. Wir konnten nur abwarten. Im Zimmer über uns fiel etwas Schweres zu Boden. Kurz darauf hörten wir die Toilettenspülung.

Da stand das Klavier, der Deckel noch aufgeklappt, die *Russischen Volkslieder* bei der »Zigeunerhochzeit« aufgeschlagen. Meine Flöte lag noch auf dem samtbezogenen Sitz des Klavierhockers. Kaum zu glauben, dass Mum und ich noch vor wenigen Stunden in diesem Zimmer ein Duett gespielt und wild gelacht und gekichert hatten, während ich mit dem frenetischen Tempo der Musik Schritt zu halten suchte. Jetzt saßen wir verschnürt und verängstigt hier und warteten ab, ob uns ein von Drogen benebelter Einbrecher töten oder am Leben lassen würde.

Dann wurde mir klar, dass ich offiziell Geburtstag

hatte. *Happy Birthday to me!* Wie viele Menschen waren wohl an ihrem Geburtstag gestorben? Eine echte Ironie des Schicksals. Ich wollte schon etwas sagen, besann mich aber eines Besseren. Meine morbiden Überlegungen würden uns nicht weiterhelfen.

Ich betrachtete die Bücherregale rechts und links des Kamins. Sie waren alle da – *Shakespeares gesammelte Werke, Krieg und Frieden, Madame Bovary, Verbrechen und Strafe, Stolz und Vorurteil, Don Quichotte, Oliver Twist, Die Elenden* – eine würdige Sammlung von Klassikern der westlichen Literatur, dichtgedrängt in den Regalen aus Walnussholz. Darüber standen unsere Kunstbücher – gewaltige Bildbände über Renaissance, Impressionisten, Moderne, Degas und Vermeer, Michelangelo, Turner und Botticelli. In unserer »Musikabteilung« standen alphabetisch aufgereiht von Bach bis Wagner die dreißig Bände von *Das Leben der großen Komponisten*, die wir in einem Buchclub bestellt hatten.

Ja, da waren sie, die Götter und Göttinnen aus Kunst, Literatur und Musik. Alle Gottheiten der Mittelklassekultur. Zum ersten Mal in meinem Leben empfand ich bei ihrem Anblick keine Ehrfurcht und Bewunderung, sondern Abscheu. Mehr als Abscheu – *Ekel*. Ich hätte am liebsten gekotzt.

Denn es waren alles Lügen. Ein einziger gigantischer Schwindel. Sie taten, als ginge es um das Leben – *das wirkliche Leben* –, doch damit hatten sie nicht das Geringste zu tun. Das wirkliche Leben hatte nichts mit Romanen oder Gedichten zu tun, mit Landschaften in

Öl oder abstrakten Gemälden mit roten und gelben Quadraten, es hatte nichts damit zu tun, wie sich Töne zu einer harmonischen Melodie fügten.

Das wirkliche Leben war das absolute Gegenteil von Ordnung und Schönheit; es war Chaos und Leid, Grausamkeit und Schrecken. Es hieß, dass dein Haar angezündet wurde, obwohl du niemandem etwas getan hattest; es hieß, dass man von Terroristen in die Luft gesprengt wurde, wenn man seine Kinder zur Schule brachte oder in seinem Lieblingsrestaurant saß; es hieß, dass man wegen der mageren Rente, die man vielleicht gerade von der Bank abgeholt hatte, in einer dunklen Straße zu Tode getreten wurde; es hieß, von betrunkenen Fremden vergewaltigt zu werden; es hieß, dass ein Drogensüchtiger, der in ein Haus eingebrochen war, um Geld zu stehlen, dir die Kehle durchschnitt. Im wirklichen Leben wurden Tag für Tag Unschuldige massakriert. Es war eine Abdeckerei, ein Schlachthof, übersät von den Leichen zahlloser Opfermäuse …

Die ganze Kultur und Kunst war nur ein Trick, der es uns erlaubt, uns Menschen als edle, intelligente Wesen zu betrachten, die ihre tierische Vergangenheit längst überwunden und sich zu etwas Besserem und Reinerem entwickelt hatten. Und weil sie malen und schreiben konnten wie Engel, *waren* sie Engel. Doch die Kunst war nur ein Schirm, hinter dem sich die hässliche Wahrheit verbarg – dass wir uns überhaupt nicht verändert hatten, dass wir immer noch dieselben Wesen waren, die mit scharfen Steinen in die warmen Bäuche ihrer Beutetiere geschnitten und ihren Zorn an den Schwachen ausgelassen hatten, indem sie sie mit einer stumpfen Keule traktierten. Hübsche Bilder und kluge Gedichte veränderten unsere wirkliche Natur kein bisschen.

Nein – Kunst, Musik und Dichtung hatten nichts mit dem wirklichen Leben zu tun. Sie waren nur ein Zufluchtsort für Feiglinge, eine Täuschung für jene, die zu schwach waren, um der Wahrheit ins Gesicht zu blicken. Indem ich diese ganze Kultur in mich aufgenommen hatte, hatte ich mich schwach gemacht, schwach und hilflos und unfähig, mich gegen die menschlichen Bestien zu verteidigen, die den Dschungel des 21. Jahrhunderts bevölkerten.

»Er wird uns töten, Mum. Das weiß ich genau.«

»Shelley, du musst ruhig bleiben. Tu einfach, was er sagt.«

»Begreifst du nicht, in welcher Gefahr wir uns befinden? Er ist im Drogenrausch! *Er wird uns töten!*«

Was für eine Gerechtigkeit war das? Welcher Gott würde so etwas zulassen? Hatten Mum und ich nicht genug gelitten? Dad hatte uns im Stich gelassen, während er sich mit seiner vierundzwanzigjährigen Schlampe in der spanischen Sonne aalte. Ich war so schlimm gemobbt worden, dass ich die Schule verlassen musste und zu Hause unterrichtet wurde. Mein Gesicht trug die Narben, die die Bosheit anderer hinterlassen hatte. Und nun brach diese wandelnde Zeitbombe ausgerechnet in unser Haus ein, als wir uns gerade ein neues Leben aufbauen wollten und alles sich zum Guten zu wenden schien.

Was mussten wir noch erdulden? Vergewaltigung? Folter? Welches Verbrechen hatten wir begangen außer, dass wir schwach, dass wir Mäuse waren? Wem hatten wir geschadet, dass wir eine solch erbarmungslose Strafe verdienten? Warum passierte das nicht Teresa Watson und Emma Townley? Warum passierte das nicht den Mädchen, die mich so schlimm gequält hatten, dass ich mir das Leben nehmen wollte? Warum passierte das nicht meinem Dad und Zoe? Warum passierte es uns? Schon wieder? Hatten wir nicht genug gelitten?

»Mum?«

»Ja, Liebes?«

»Mum, das Seil gibt nach. Ich glaube, ich bekomme die Hände frei.«

Dann roch ich wieder den Alkohol und wusste, dass er zurückgekommen war.

# 14

Er ging mit der prall gefüllten roten Sporttasche an uns vorbei. Es sah aus, als hätte er wahllos alles hineingeworfen, das ihm in die Finger kam – sogar die Familienflasche Shampoo, die aus einer der Seitentaschen hervorlugte.

Er ging ins Esszimmer und fing an, den Nippes vom Sideboard in die Tasche zu fegen. Die ganze Zeit über starrte er mit glasigen Augen an die Wand, als wäre er blind und bemerkte gar nicht, was er tat. Er achtete nicht darauf, wenn eines der winzigen Glastiere oder eine Porzellanfigur auf den Boden fiel, sondern fegte weiter wie ein Automat.

Ich aber konnte nur ungläubig auf das Messer starren. Er hatte das gezahnte Jagdmesser tatsächlich auf dem Tisch liegen lassen. *Er war unbewaffnet.*

Ich hatte jetzt die Hände frei. Ich legte sie locker in den Schoß, das Seil noch herumgewickelt, und begann, an meinen Beinen zu arbeiten. Das Seil musste uralt sein, und als ich die Knöchel auseinanderdrückte, spürte ich, wie die Fasern nacheinander durchrissen.

»Mum!«, zischte ich und drehte mich um, bis meine Lippen fast ihre Wangen berührten. »Das Seil ist so alt, dass –«

»Hey!«

Ich zuckte zusammen, als wäre ein Feuerwerkskörper unter mir explodiert. Er glotzte mich an und fletschte die Zähne wie ein hässlicher Hund.

»Klappe!«, schrie er. Die Adern an seiner Stirn traten hervor, und Speichel sprühte wie ein feiner Regen aus seinem Mund. Er schrie so laut, dass das Wort noch lange wie ein Echo im Raum nachhallte.

Als er nichts mehr fand, das er in die Tasche stopfen konnte, kam er zu uns herüber. Das Messer lag noch immer hinter ihm auf dem Tisch. Er trat vor uns und wiegte sich schwankend vor und zurück. Im hellen Licht der Deckenlampe glänzte seine Haut vor Schweiß, und er war totenblass. Sein Gesicht war schmerzverzerrt wie das eines Kindes, das bei einem Geburtstag zu viel gegessen hat, unter furchtbarem Bauchweh leidet und sich jeden Moment übergeben muss. Ich konnte die Haare an Kinn und Oberlippe erkennen – keine männlichen Stoppeln, sondern die hässlichen, kümmerlichen Härchen eines Heranwachsenden.

»Ich geh jetzt.«

Aber er rührte sich nicht. Er stand schwankend vor uns, während das schon vertraute Flattern der Augenlider aufs Neue begann und seine Augen sich wie bei einem Epileptiker verdrehten, der kurz vor einem Anfall steht. Sein Kopf sank auf die Brust, und dann kippte er ganz langsam nach vorn. Als die Tasche auf den Boden prallte, kam er zu sich, aber es war zu spät. Er fiel schwer gegen mich. Sein schmieriges Gesicht strich an meinem entlang, und ich atmete seinen widerlichen Atem ein. Er hielt sein Gesicht nah an meins und lachte leise vor sich hin, genoss die Angst und den Ekel, die er in mir hervorrief. Ich hielt die Hände eng beieinander und betete, dass er nichts merkte.

»Bisschen kuscheln?«, fragte er.

Ich kniff die Augen zu und biss die Zähne zusammen, machte mich innerlich bereit. Doch es kam nichts. Er richtete sich auf.

»Ich will nicht mit dir kuscheln. Du bist eine hässliche, hochnäsige Schlampe.«

Ich öffnete einen Spalt weit die Augen und sah seine olivgrüne Gestalt neben mir.

»Was ist das –«, er schnitt eine Grimasse, »– was ist das für eine *Scheiße* in deinem Gesicht?«

Ich konnte nichts sagen. Meine Angst war so groß, dass ich es kaum noch ertragen konnte. Mir war, als würde mein hämmerndes Herz jeden Moment stehenbleiben und ich vor Angst sterben, wie es bei Tieren vorkam, noch bevor die Jagdhunde die Zähne in sie schlugen.

»Na, was ist das?«

Stille. Eine lange, unbehagliche Stille.

»Was ist das?«

»Sie hatte einen Unfall in der Schule«, antwortete Mum.

Mit einer Schnelligkeit, die ich ihm nicht zugetraut hatte, schoss er herum und versetzte ihr einen heftigen Schlag ins Gesicht. Ich spürte, wie ihr ganzer Körper zur Seite geschleudert wurde.

»*Dich* habe ich nicht gefragt!«, brüllte er.

»Tut mir leid«, sagte Mum, die selbst nach diesem

Schock noch klar denken konnte. Sie versuchte, ihn zu beschwichtigen, damit er nicht gänzlich die Fassung verlor und außer Kontrolle geriet.

»Ich hatte einen Unfall in der Schule!«, schrie ich, um seine Aufmerksamkeit von Mum abzulenken. Er holte schon wieder aus. »Es ist bei einem Brand passiert! Das sind Narben! Ich bin vernarbt!«

Er löste die Faust und ließ den Arm sinken.

»Yeah, sieht richtig beschissen aus.«

»Ja, ich weiß«, sagte ich. Er sollte weiterreden, seine Aufmerksamkeit auf mich konzentrieren.

»Deine alte Mum ist hübscher als du.« Er bekam Schluckauf und stieß einen weiteren sauren Rülpser hervor.

Dann griff er nach der roten Tasche und wankte trunken davon. Er kam an dem Jagdmesser vorbei, ohne es eines Blickes zu würdigen, und verschwand in der Küche.

Lange Zeit hörten wir nichts.

»Ich glaube, er ist weg«, flüsterte Mum.

Wie aufs Stichwort kehrte er ins Wohnzimmer zurück, in der Hand ein großes Geschenkpaket. Es war mit einer leuchtend roten Schleife verziert, und obendrauf lag ein rosa Umschlag, auf den Mum in ihrer schönsten Handschrift meinen Namen geschrieben hatte.

»Was ist *das denn*?«

»Das Geburtstagsgeschenk für meine Tochter«, erwiderte Mum mit kalter Stimme.

»Was ist drin?«

»Ein Computer, ein tragbarer Computer.«

»Wie schön!«, rief er begeistert, als hätte sie das Geschenk nur für ihn gekauft. »Ich gehe jetzt. Du solltest lieber nicht die Polizei rufen, sonst komm ich zurück.«

Er schloss die Augen, und ein schwaches Lächeln huschte über sein Gesicht, als amüsierte er sich über einen Witz, den nur er verstand. Er öffnete die Augen mühsam, seine Lider schienen unerträglich schwer zu sein. Er schaute sich um, als wüsste er nicht, wo er war und was er zuletzt gesagt hatte. »Yeah, das stimmt«, nuschelte er. »Ich komm zurück und bring dich um. Kapiert?«

»Ja, das haben wir kapiert«, wiederholte Mum. »Wir werden nicht die Polizei rufen. Versprochen.«

Er stand wie angewurzelt da, verloren im unendlichen Labyrinth seines Trips. Er murmelte etwas und wollte rülpsen, konnte aber nicht. Seine Augen fielen wieder zu, und ich vermutete schon, dass er wieder in eine seltsame Trance verfallen war. Dann klappten sie unvermittelt auf wie bei einer Puppe. Er fixierte mich mit einer so kalten und tödlichen Intensität, dass ich wegsehen musste. *Jetzt beginn das Blutvergießen, jetzt beginnt das Blutvergießen, gerade als wir dachten, er würde gehen und uns in Frieden lassen! Jetzt beginnt der Wahnsinn …*

Er taumelte vorwärts, wobei der rosa Umschlag vom Laptop rutschte und auf den Boden fiel. Bei dem Geräusch richtete er sich auf, schmatzte laut und leckte sich die Lippen.

»Ich komm zurück und bring dich um«, wiederholte er kaum hörbar.

Er fummelte ungeschickt an dem Paket herum und klemmte es unter den linken Arm. Dabei fiel die schöne rote Schleife ab und segelte wie ein Herbstblatt zu Boden. Langsam tastete er sich zurück ins Esszimmer. Er blieb am Tisch stehen, und ich vermutete schon, dass er jetzt nach dem Messer greifen würde. Aber nein, er schien hindurchzublicken, als wäre es unsichtbar oder eine Halluzination. Dann wankte er in die Küche und war verschwunden.

Ich hörte, wie er in der Küche rumorte, als er mit meinem Computer unter einem Arm und der roten Sporttasche unter dem anderen zur Tür hinauswollte. Er war zu weggetreten, um eins davon abzustellen und mit der freien Hand die Tür zu öffnen.

»Es ist vorbei«, sagte Mum. »Jetzt geht er wirklich. Ich habe doch gesagt, er tut uns nichts.«

Ja, diesmal hatte sie recht. Er ging wirklich und nahm das Geschenk zu meinem sechzehnten Geburtstag mit, das er an seine stinkende Jacke gedrückt hielt. Das Geschenk, das Mum sorgfältig eingepackt, mit einer hübschen roten Schleife dekoriert und auf den Küchentisch gelegt hatte, bevor sie schlafen ging, damit es am nächsten Morgen als wunderbare Geburtstagsüberraschung auf mich wartete, wenn ich zum Frühstück herunterkam. Ihre mütterliche Intuition hatte ihr verraten, dass ich mir einen Laptop wünschte, den sie sich nicht leisten konnte, mir aber dennoch schenken wollte, und wenn sie selbst dafür auf vieles verzichten musste.

Er ging – und hinterließ eine tiefe Schramme auf Mums Wange, wo sein dicker Siegelring sie getroffen hatte, und einen dunklen Ring um ihr rechtes Auge. Er ging – und ließ zwei wehrlose Frauen zurück, die er systematisch gedemütigt, gequält und beschimpft hatte, als wäre dies die natürliche Ordnung, als wäre es sein *Recht*.

Bis heute weiß ich nicht genau, was mich dazu getrieben hat. Vielleicht war es dieser bleiche, boshafte Schläger, der mit meinem Geburtstagsgeschenk verschwinden wollte, dem Symbol meines Ehrgeizes und meiner Zukunftshoffnungen; vielleicht war es die Empörung über das, was er Mum angetan hatte; vielleicht lag es auch daran, dass er mich hässlich genannt hatte; vielleicht gibt es in Wahrheit für jeden Menschen eine Grenze dessen, was er ertragen kann – *sogar für Mäuse* –, und wenn diese Grenze überschritten wird, brennt eine Sicherung durch. Vielleicht war es auch die Tatsache, dass Mums wunderschöne rote Schleife so langsam und traurig zu Boden gesegelt war …

Ich zerriss die wenigen Fasern, die meine Beine noch fesselten, schnappte mir das Messer und rannte ihm nach in den Garten.

# 15

Er war nicht weit gekommen, nur bis zum Rand der Terrasse, und befand sich noch im gelben Lichtfleck vor dem Küchenfenster. Er hörte mich und warf einen Blick über die Schulter, bevor er ungerührt weiterging, als hätte er nur eine Katze umherschleichen sehen.

Ich rammte ihm das Messer mit aller Kraft zwischen die Schulterblätter.

Ich konnte nicht fassen, wie hart sein Rücken war. Es war, als würde man in einen Baumstamm stechen. Die Klinge blieb einige Zentimeter vor dem Heft stecken, und ich konnte sie nur mit großer Mühe herausziehen. Er stieß einen langen Seufzer aus und ließ den Laptop und die rote Tasche fallen. Er beugte sich vor, als hätte man ihm in den Magen geboxt, und drehte sich mit einer Miene empörter Unschuld zu mir.

»Warum hast du das getan?«, stöhnte er, als hätte ich ihm einen geschmacklosen Streich gespielt.

Ich stach wieder und wieder zu, mit halb geschlossenen Augen, weil ich nicht die Wunden und das Blut sehen wollte, die das Messer hinterließ.

Gebückt wie ein Soldat unter Beschuss rannte er zurück zum Haus, den linken Arm erhoben, um meine Angriffe abzuwehren. *Gut!*, dachte ich. *Genau hier will ich dich haben! Du entkommst mir nicht!*

Er schaffte es in die Küche und wollte die Tür schließen, war aber nicht schnell genug. Ich bahnte mir mit der Schulter den Weg. Er taumelte in Richtung Vorratskammer, wollte sich hinter dem Tisch verschanzen, war aber wieder zu langsam. Ich stach willkürlich auf ihn ein, reizte ihn wie ein Picador, der dem Stier die Lanze in die Flanken stößt. Er lief um den Tisch, und ich folgte ihm und stach, stach, stach immer wieder zu.

*»Wir spielen Reise nach Jerusalem!«,* kreischte ich. *»Wir spielen Reise nach Jerusalem!«*

Ich weiß nicht mehr, wie oft ich zugestochen habe. Er schien schwächer zu werden und taumelte gegen die Spüle, wobei das Abtropfbrett mit dem Geschirr vom letzten Abend scheppernd zu Boden fiel. Während er versuchte, das Gleichgewicht wiederzugewinnen, traf ihn mein Messer am Hals, und das Blut schoss heraus wie Wasser aus einem geborstenen Rohr. Er presste die Hände auf die Wunde und kauerte sich in die Ecke neben dem Brotkasten, den Rücken zu mir gewandt.

Ich wollte, dass er liegenblieb, sich nicht mehr bewegte, uns nicht mehr bedrohte. Ich betrachtete den Rücken seiner zerrissenen, blutigen Jacke und überlegte, wo sein Herz sein mochte. Dann stieß ich so fest zu, wie ich nur konnte. In eben dieser Sekunde drehte er sich weg. Das Messer traf mit solcher Gewalt auf sein Schulterblatt, dass es mir aus der Hand flog und über den Boden schlitterte.

Ich sah, wie sich sein Gesichtsausdruck von Unterwerfung zu spöttischem, mörderischem Triumph wandelte. Nun war er im Vorteil, und noch bevor ich nach dem Messer suchen konnte, stürzte er sich auf mich.

Meine Knie gaben nach, und ich prallte auf den Boden. Ich landete auf etwas Scharfem, das sich in mein Steißbein bohrte, und schrie vor Schmerz auf. Das Messer!

Er zappelte auf meiner Brust, stützte sich auf mir ab und drückte mit dem Unterarm mein Kinn nach hinten. Das Blut strömte aus seinem Hals wie Wein aus der Flasche. Es lief über mein Gesicht, eine nicht endende Flut, drang in meinen Mund, dass ich spucken und nach Luft ringen musste wie eine Ertrinkende, es brannte wie Seife in meinen Augen und blendete mich.

Jetzt presste er sein Gesicht gegen meins, so dass sich unsere Lippen in der grotesken Parodie eines Kusses beinahe berührten. Er wollte die Hände um meinen Hals legen, doch ich schlug wie wahnsinnig danach und kratzte mit den Fingernägeln in seinem Gesicht. Sobald er meine Hände auf den Boden drückte, entwand ich mich seinem Griff und drückte ihm die Nägel in die Augen. Ich zappelte und schrie und versuchte verzweifelt, sein erstickendes Gewicht von mir zu schieben. Ich musste nur die Hand unter meinen Rücken bekommen, wo das Messer lag. Dann wäre ich wieder im Vorteil. Wenn ich doch nur an das Messer könnte …

Aber er war zu stark. Trotz der Wunden, die ich ihm zugefügt hatte, trotz des Blutes, das aus seinem

Hals strömte, war er immer noch zu stark für mich. Schließlich gelang es ihm, die Hände um meinen Hals zu legen. Sie schnitten mir wie ein Schraubstock abrupt die Luft ab. Weiße Lichter explodierten vor meinen Augen, und ich erkannte mit absoluter Gewissheit, dass ich sterben würde, wenn ich nicht in den nächsten Sekunden einatmete. Es gelang mir, meine brennenden Augen zu öffnen, und ich sah sein verzerrtes Gesicht widerlich nah vor mir. Seine Pupillen waren irre erweitert, und er biss die gelben Zähne aufeinander, während er das Leben aus mir herauswürgte. Ein winziger rosa Speichelfaden baumelte von seiner Unterlippe. *Dies ist das Letzte, was ich sehe,* dachte ich noch.

In meinem Hals gab etwas nach; es schien, als könnte er jeden Moment brechen. Ich berührte das Messer mit den Fingerspitzen, hatte aber keine Kraft mehr. Meine Arme lagen schlaff auf dem Boden. Mir blieb kaum noch Luft. Die weißen Lichter wurden größer und größer, bis sie mein ganzes Gesichtsfeld ausfüllten. *So ist es also, wenn man stirbt,* dachte ich, *das ist das Sterben – das ist das weiße Licht, von dem sie reden –*, und ich hörte auf zu kämpfen, auch im Geiste, schloss die Augen und gab auf und wartete auf den Tod, den eigentlichen Augenblick des Todes, und dann ertönte ein gewaltiger Knall, und das schwere Gewicht war wie durch einen Zauber verschwunden, und der furchtbare Druck an meiner Kehle auch.

Als ich die Augen öffnete, sah ich Mum, die das Schneidbrett mit beiden Händen hielt. Die Oberfläche aus weißem Marmor war mit dunklem Blut bespritzt. Sie hatte ihn mit solcher Gewalt geschlagen, dass er zur Seite geschleudert worden war und mich nur noch mit den Beinen berührte.

Wie durch ein Wunder war er noch bei Bewusstsein. Seine Augen starrten irre, sein Gesicht war eine Maske aus karminrotem Blut. Er stützte sich auf die Unterarme und wollte unter den Küchentisch kriechen, bevor der nächste Schlag niederging, doch Mum war zu allem entschlossen. Ich sah zu, wie sie ausholte, sorgfältig zielte, den Griff fester umfasste, damit er ihr nicht entglitt. Dann hob sie das Brett hoch über den Kopf.

Ich schloss die Augen, als es heruntersauste. Ich fürchtete mich vor dem obszönen Geräusch. Dennoch hörte ich den Aufprall und spürte, wie ein scharfes Stück Schädelknochen meine Wange streifte.

# 16

Die Uhr am Küchenherd zeigte 4.57 Uhr.

Ich saß an die Waschmaschine gelehnt und sog begierig Luft in meine brennende Kehle. Mum saß am Tisch, den Kopf in die Hände gestützt, und schluchzte leise.

Der Einbrecher war tot. Daran bestand kein Zweifel. Er lag ausgestreckt auf dem Boden, Kopf und Oberkörper unter dem Küchentisch. Seine Jacke war bis zu den Ohren hochgerutscht, und er hatte den rechten Arm ausgestreckt, als hätte er im Sterben nach etwas greifen wollen.

Sein Gesicht konnte ich nicht sehen – Gott sei Dank –, nur seinen Hinterkopf, den Mums tödlicher Schlag grotesk verformt hatte. Eine Blutlache bereitete sich um ihn aus, ein richtiges *Meer* aus Blut, das im hellen Licht glänzte. Es kroch langsam in dicken, öligen Zungen über die Fliesen, bis an die Füße der Schränke, den Herd, die kratzige Kokosmatte vor der Hintertür, die verstaubten Heizungsrohre und die Frühstücksbank. Ich dachte an die Zeile in *Macbeth*, die mir so seltsam erschienen war. Lady Macbeth erinnert sich an den Mord an Duncan und sagt: »Aber wer hätte gedacht, dass der alte Mann noch so viel Blut in sich hätte?« Jetzt konnte ich sie verstehen. Ich fragte mich beiläufig, ob Shakespeare jemals einen Menschen getötet hatte. Wie sonst hätte er so genau wissen können, wie man sich danach fühlt? *Wer hätte gedacht, dass der magere Einbrecher so viel Blut in sich hätte?*

Die rote Flut bedrohte meine Füße, erstreckte sich vor mir, und ich wich ein Stück zurück, um die klebrige Pfütze nicht zu berühren. Weiter bewegte ich mich nicht – ich war einfach zu erschöpft. Außerdem war ich ohnehin schon mit seinem Blut bedeckt. Meine Hände waren glitschig davon, mein Haar verfilzt, mein Nachthemd bespritzt und befleckt, mein Frotteebademantel vollgesogen wie ein Schwamm, mein Mund von seinem scharfen, metallischen Geschmack erfüllt.

Als ich das nächste Mal auf die Uhr schaute, war es 5.13 Uhr.

Ich wollte etwas sagen, doch drang nur ein Krächzen aus meiner brennenden Kehle. Dann versuchte ich es noch einmal, und es fiel mir leichter.

»Mum?«

Sie saß gedankenverloren am Tisch, den Kopf noch immer auf die Unterarme gestützt, als wäre er unsagbar schwer. Sie blickte hoch, doch ihre Augen mussten erst zurück in die Gegenwart finden.

»Mum, solltest du nicht die Polizei rufen?«

Sie lächelte traurig und schüttelte den Kopf. »Darüber denke ich gerade nach, Liebes.«

Ich verstand nicht, was sie damit meinte, und glaubte, sie stünde unter Schock. »Wir müssen die Polizei rufen, Mum«, sagte ich sanft. »Wir müssen sagen, was passiert ist. Dann rufen sie einen Krankenwagen. Ich muss ins Krankenhaus – mein Hals – der Schmerz bringt mich um.«

Doch sie ging nicht zum Telefon. Sie blieb am Küchentisch sitzen, die nackten Füße auf die Streben des Nachbarstuhls gestützt, damit sie nicht in die geronnene Lache gerieten. Ihre rechte Gesichtshälfte war geschwollen, das Auge halb geschlossen und von schwarzen und violetten Flecken umgeben. Sie sah gar nicht mehr aus wie sie selbst – es war, als schaute ich einen fremden Menschen an.

»Mum?«, fragte ich noch einmal. »Die Polizei? Ich muss ins Krankenhaus.«

Doch sie bewegte sich noch immer nicht in Richtung Telefon.

»Shelley …«

»Hm?«

»Was ist passiert, als du in den Garten gelaufen bist? Ich konnte dich nicht sehen – ich musste noch meine Beine losbinden. Ich habe nur gesehen, wie du das Messer genommen hat. Was ist dann passiert?«

»Ich habe ihn gestochen«, erwiderte ich.

»Wo?«

»In den Rücken.«

»War er bewaffnet?«

»Nein.«

»Wie oft hast du zugestochen, bevor ich euch in der Küche gefunden habe?«

»Ich weiß nicht … oft … oft. Mum, wann rufst du endlich die Polizei?«, stöhnte ich.

Ihre Antwort überraschte mich völlig.

»Ich will nicht ins Gefängnis, Shelley.«

»Wovon redest du eigentlich?«, krächzte ich. »Was meinst du mit *Gefängnis*?«

»Ich will nicht ins Gefängnis«, wiederholte sie kalt. »Und du auch nicht.«

»Wovon redest du, Mum? Du musst doch nicht ins Gefängnis. Er ist in unser Haus eingebrochen. Er hatte ein Messer. Wir haben uns verteidigt, um Gottes willen. Er wollte mich erwürgen – wärst du nicht gekommen, hätte er mich *getötet*!«

Ich fand ihr Verhalten jämmerlich. Ich wollte Hilfe. Ich wollte ins Krankenhaus, damit der Schmerz in meinem Hals aufhörte. Ich wollte, dass man das klebrige, säuerliche Blut von mir abwusch. Ich wollte wieder sauber sein und nach Seife und Talkumpuder riechen und in einem frischen, kühlen Krankenhausbett liegen und von den Schwestern verwöhnt werden. Vor allem aber wollte ich schlafen, stundenlang schlafen und das Grauen vergessen, das ich soeben durchlebt hatte …

Als ich wieder zu Mum schaute, begann sie zu meiner Verwunderung zu lachen – kein glückliches Lachen, sondern trübsinnig und verbittert.

»Wenn es so einfach wäre, Shelley … aber das ist es nicht.« Geduldig sammelte sie sich, bevor sie weitersprach. »Er hatte das Haus schon verlassen, als du ihm nachgelaufen bist. Er war unbewaffnet –«

*»Unbewaffnet!«,* rief ich ungläubig. »Er ist ein Mann. Ich bin nur ein Mädchen.«

»Das ist unerheblich! Er war dabei, das Haus zu verlassen. *Du* hattest ein Messer, *er* nicht.«

»Mum, das ist doch lächerlich. Es war Notwehr. Er hat uns gefesselt. Er hat dich ins Gesicht geschlagen. Ich wusste nicht, ob er wirklich weg war oder zurückkommen und uns töten wollte. Er war schon einmal zurückgekommen – da wollte ich kein Risiko eingehen. Die Polizei würde sich niemals gegen uns stellen …«

»Shelley, ich bin Anwältin. Ich weiß, wovon ich rede. Wenn wir die Polizei rufen, wird die Spurensicherung dieses Haus Zentimeter für Zentimeter durchkämmen. Sie werden bald herausfinden, dass er schon *draußen* war, als du ihn angegriffen hast. Dann müssen wir zugeben, dass du das Messer hattest und er unbewaffnet war. Ihnen wird nichts anderes übrigbleiben, als uns anzuklagen –«

»Uns anklagen? Weswegen?«

»Wegen Mordes.«

»Wegen *Mordes*?« Ich traute meinen Ohren nicht. Sicher stand sie unter Schock und redete Unsinn …

»Es wird einen Prozess geben. Vorher drei oder vier Aussagen vor Gericht, vielleicht vergeht ein ganzes Jahr bis zum eigentlichen Prozess. Es wird in die Medien kommen, die Presse wird die ganze Sache genüsslich ausbreiten – solche Geschichten sind ein gefundenes Fressen für sie. Ich verliere meinen Job. Blakely wird nicht wollen, dass die Kanzlei mit so etwas in Verbindung gebracht wird. Wenn wir Glück haben, werden die Geschworenen Verständnis aufbringen – sie werden begreifen, dass wir um unser Leben fürchteten, dass man in einer solchen Lage nicht rational denken kann.«

»Und wenn wir Pech haben?«

»Wenn wir Pech haben und ungünstige Geschworene oder einen besonders guten Staatsanwalt bekommen –«

»Was dann?«

»Dann könnte man uns wegen Mordes verurteilen.«

»Wie kann das sein? Das ist doch Irrsinn!«

»Das Gesetz besagt, dass man Gewalt anwenden darf, um sich gegen einen Angreifer zu verteidigen, aber nur *angemessene* Gewalt. Sollten die Geschworenen befinden, dass auch nur eine der Wunden – *nur eine* –, die du ihm mit dem Messer zugefügt hast, nicht angemessen und mutmaßlich tödlich war –«

»Was heißt das?«

»Dass er daran gestorben wäre, auch wenn ich ihn nicht geschlagen hätte. Sollten die medizinischen Indizien darauf hinauslaufen, könnte man dich des Mordes für schuldig befinden.«

Ich saß wie betäubt da. Plötzlich sah die Sache ganz anders aus.

Gewiss, ich hatte mich verteidigt. Ich hatte Mum verteidigt. Ich hatte geglaubt, er könnte zurückkommen … doch es stimmte auch, dass er nicht entkommen sollte, dass ich mich gefreut hatte, als er in die Küche gelaufen war. Ich erinnerte mich, wie ich ihn gereizt und auf ihn eingestochen hatte, als wir den Tisch umkreisten, wie ich auf seinen Rücken gezielt hatte, wo ich das Herz vermutete, während er neben dem Brotkasten in der Ecke kauerte. All das, damit es *ein für alle Mal* vorbei war. Hatte ich ihn denn nicht wirklich töten wollen? Und wenn ja, war das nicht Mord?

Ich hätte ihn nicht verfolgen sollen. Das war ein ganz dummer Fehler gewesen. Wenn ich dafür bestraft werden musste, sollte es so sein, aber ich begriff nicht, weshalb Mum für meine Tat leiden sollte.

»Was ist denn mit dir, Mum? Du hast ihn geschlagen, als er mich erwürgen wollte. Du hast mir das Leben gerettet. Wie könnte das Mord sein?«

»Das stimmt, Shelley, das stimmt, er hat dich gewürgt. Aber ich habe ihn *zweimal* geschlagen. Der zweite Schlag ... ich wusste, dass du nicht mehr in Gefahr warst. Ich wusste, dass er keine Bedrohung mehr darstellte. Da hätte ich die Polizei anrufen können. Wer weiß, vielleicht wäre er jetzt im Krankenhaus und würde sich sogar von seinen Verletzungen erholen. Aber ich habe ihn noch einmal geschlagen. Mit voller Absicht. Ich – ich weiß nicht, was über mich gekommen ist. Aber es stimmt, *ich wollte ihn töten*. Sicher, es geschah in der Hitze des Gefechts, aber wenn die Geschworenen entscheiden, dass der zweite Schlag nicht angemessen war – dann bin auch ich des Mordes schuldig.«

»Ich kann es nicht fassen«, wimmerte ich. Wir hatten die mörderische Attacke des wieselgesichtigen Einbrechers abgewehrt, doch er bedrohte uns noch immer. Obwohl wir ihn getötet hatten, konnte er noch immer unser Leben zerstören. »Was machen wir jetzt, Mum?«

»Ich glaube, ich würde es nicht überleben. Der Prozess, die Reporter, die Publicity. Und das Gefängnis – das Gefängnis würde mich umbringen.«

»Was sollen wir tun, Mum?«, stöhnte ich. *»Was sollen wir tun?«*

Es war 5.56 Uhr, als Mum wieder sprach. Ein wässriges graues Licht sickerte durchs Küchenfenster, und die Vögel in den Bäumen zirpten fröhlich, als würden sie einen ganz gewöhnlichen Morgen willkommen heißen.

»Wir sollten ihn im Garten begraben«, antwortete sie.

# 17

Und das machten wir auch. Wir vergruben ihn im Garten.

»Surreal«, anders kann man die folgende Stunde nicht beschreiben. Es war, als hätten Mum und ich ein bizarres Spiegelkabinett betreten, in dem die vertraute Realität zu absurden, grotesken Formen verzerrt war. Ich *wusste*, dass alles wirklich passierte, konnte aber gleichzeitig nicht *glauben*, dass es wirklich passierte.

Mum und ich zogen Gummistiefel an, damit wir nicht barfuß in die klebrige Pfütze treten mussten, wenn wir den Einbrecher an den Beinen unter dem Tisch hervorzogen.

Wir diskutierten so sachlich darüber, ob wir ihn nun im Gemüsebeet oder dem ovalen Rosenbeet begraben sollten, als sprächen wir über eine neue Tapete für mein Schlafzimmer (schließlich entschieden wir uns für das ovale Rosenbeet, weil das Gemüsebeet zu weit vom Haus und zu nah an der Straße lag).

Es war nicht leicht, den Körper des Einbrechers zu bewegen, er war in der Blutlache festgeklebt.

Mum und ich zerrten die Leiche *(eine Leiche! Ein toter Mensch!)* durchs taunasse Gras, während die Vögel um uns herum hysterisch zwitscherten und der

Tag, ein wunderbar warmer Frühlingstag, zu dämmern begann.

Der Kopf des Einbrechers schlug auf die Betonstufen, die in den Vorgarten führten (ich zuckte bei jedem Aufprall zusammen und sagte mir dann: er kann nichts fühlen – er ist *tot* –, und ich erkannte, dass der Tod noch immer zu ungeheuerlich war, um ihn zu erfassen, dass ich noch immer der Vorstellung anhing, er müsse etwas fühlen).

Mum taumelte abrupt nach hinten, weil sie plötzlich nur noch seinen Turnschuh in der Hand hielt, und fiel auf den Hintern wie die Leute in den Pannenshows im Fernsehen.

Wir wankten lachend im Garten umher, während die Leiche mit dem Gesicht nach unten im Gras lag, den rechten Arm nach vorn ausgestreckt wie ein Schwimmer.

Mum und ich holten Spaten aus dem Schuppen – diesmal würden wir jedoch kein Gemüse pflanzen, sondern eine Leiche. Wir würden einen mageren, blassen Zwanzigjährigen in die kalkhaltige Erde unseres Vorgartens pflanzen.

Als wir mit unserem Werkzeug zurückkamen, entdeckten wir eine große rötliche Katze, die wir noch nie gesehen hatten und auch seither nicht mehr gesehen haben. Sie leckte das Blut von den Fingerspitzen der Leiche (schlich zögernd davon, als wir uns näherten, und verschwand durch ein unglaublich kleines Loch in der Hecke).

Als wir beim Graben aufblickten, bemerkten wir

einen Bauern, der hoch oben auf einem lächerlich großen landwirtschaftlichen Gerät von Heath Robinson thronte, das lautstark den schmalen Weg entlangdonnerte. Er war nicht mehr als hundertfünfzig Meter von uns entfernt. Er warf einen raschen Blick zu uns herüber und grüßte mit erhobenem Arm, bis er außer Sichtweite war.

Wir winkten verwirrt zurück, zwei Frauen in blutbefleckten Nachthemden, die morgens um halb sieben eine Leiche in ihrem Vorgarten vergruben.

Das Beet bot gerade genügend Platz für die Leiche, ohne dass wir die Rosensträucher versetzen mussten. Die oberste Erdschicht war nass vom Regen, und die scharfen Spaten drangen mühelos hinein. Sie haftete allerdings in Klumpen an den Kanten, und wir mussten sie mit unseren Stiefeln wieder und wieder abkratzen. Je tiefer wir gruben, desto schwieriger wurde es jedoch. In einem halben Meter Tiefe wurde die Erde trocken und hart wie Stein.

Ich begann zu schwitzen. Mir war schwindlig, und ich musste den dicken Bademantel ausziehen, bevor ich weitermachen konnte. Wir waren beide zu schwach und erschöpft vom Schlafmangel, um etwas gegen diese hartnäckige Erdschicht auszurichten. Während wir vergeblich mit den Spaten draufloshackten, wurde es immer heller. Ich kann mir furchtbar entblößt und angreifbar vor, obwohl niemand in der Nähe war – der Bauer war längst weg, der Weg verlassen, und die umgebenden Felder lagen still und leer wie auf einer

Fotografie. Ich erinnerte mich an etwas, das mein Religionslehrer gerne gesagt hatte: *Das Auge Gottes sieht alles*.

Als wir fast einen Meter geschafft hatten, hörte Mum auf zu graben. Sie war rot im Gesicht und atmete schwer.

»Es ist nicht tief genug, Mum. Tiere könnten ihn ausgraben.«

»Es wird reichen, um ihn erst mal zu verstecken. Wir müssen das Haus sauber machen.«

Wir zogen die Leiche an den Rand des schmalen Grabens und schoben sie mit Füßen und Spaten hinein, um nicht etwas Widerliches mit den Händen zu berühren. Zu meinem Entsetzen blieb er auf dem Rücken liegen, und ich schaute wieder in sein Wieselgesicht. Dasselbe Gesicht, und doch anders, der Tod hatte es subtil verändert.

Die Augen waren halb geöffnet, der Blick glasig und unkoordiniert. Seine Augenbrauen waren tief in die Stirn gesunken und bildeten einen dunklen Balken wie bei einem Neandertaler. Mums Hieb musste ihm den Kiefer gebrochen haben, denn die untere Gesichtshälfte war zur Seite verschoben. Dadurch stand sein Mund offen, und die Zähne im Unterkiefer ragten leicht über die Oberlippe, ein wilder, tierischer Anblick, der an einen Boxer erinnerte. Sein linker Arm lag eng am Körper an, die Hand auf dem Oberschenkel, als spielte er Gitarre, während der rechte Arm hoch über den Kopf ausgestreckt war wie bei einem eifrigen Schüler, der die Antwort auf eine schwierige Frage weiß.

*Und vielleicht weiß er wirklich die Antwort auf eine schwierige Frage,* dachte ich, *die schwierigste Frage von allen – was geschieht mit uns, wenn wir sterben?*

Die flache Grube, die wir ausgehoben hatten, war nicht lang genug für den steifen rechten Arm. Unterarm und Hand ragten aus der Erde wie eine groteske fünfblättrige Blume. Statt weiterzugraben, stieg Mum vorsichtig in das Loch und versuchte, den Arm zu verbiegen. Die Leichenstarre hatte eingesetzt, und er entglitt ihrem Griff und richtete sich wieder gerade, als würde der Einbrecher absichtlich Widerstand leisten – noch im Tod.

Als Mum aus dem Loch kletterte, war sie furchtbar blass.

Wir schaufelten Erde auf ihn. Ich begrub seine Füße (einen im Turnschuh, den anderen in einer durchlöcherten grünen Socke), seine Beine, seine linke Hand, seine Taille, brachte es aber nicht über mich, Erde auf sein Gesicht zu werfen. Als ich sah, wie Mum einen ganzen Spaten voll auf sein Gesicht kippte, zuckte ich zusammen *(er bekäme Dreck in die Augen – Dreck in den Mund!)* und verfluchte mich, weil ich so ein Schwächling war.

*Er kann nichts fühlen – er ist tot!*

Als wir fertig waren, hatten wir den jungen Typen vom Angesicht der Erde verschwinden lassen. Da war Honeysuckle Cottage mit dem hübschen Vorgarten, da war das ovale Rosenbeet, dessen Sträucher schon die ersten rosa Knospen zeigten. Und keine Spur mehr von der Leiche.

Wir stützten uns auf die Spaten, trunken vor Erschöpfung, und rasteten einen Moment, bevor wir uns an die nächste furchtbare Aufgabe machten – die Küche zu reinigen.

Da hörte ich das Geräusch. Weich, gedämpft, eine Reihe musikalischer Töne wie von einem Vogel oder einem Insekt. Es verstummte und ertönte ein paar Sekunden später erneut. Mum und ich schauten uns verwirrt an. Das Geräusch hörte auf. Begann wieder. Ich sah mich zwischen Büschen und Blumenbeeten um, und dann dämmerte es mir. Ich kannte die Melodie. Ich hatte sie schon oft gehört, auf der Straße, in Cafés, Restaurants, Zügen …

Es war der Klingelton eines Handys. Und er kam aus dem ovalen Rosenbeet.

# 18

Das Handy des Einbrechers musste mehr als zwanzigmal geklingelt haben, bevor es endlich aufhörte. Mir wurde klar, dass ich die ganze Zeit über die Fäuste geballt und die Zähne zusammengebissen hatte, als erduldete ich einen furchtbaren körperlichen Schmerz.

Mum fluchte selten, aber dies war so ein Fall. Sie stieß ein Stakkato hässlicher Schimpfwörter hervor.

»Oh, mein Gott!«, jammerte ich. *»Ohmeingott!«*

Entsetzt starrten wir beide auf das Rosenbeet, als hätte sich die Erde zu einem Mund geformt und zu sprechen begonnen.

»Was machen wir jetzt, Mum? Was sollen wir nur machen?«

Mum brauchte lange, bis sie antwortete. »Wir müssen ihn wieder ausgraben. Wir müssen das Telefon rausholen. Wir können nicht riskieren, dass es noch einmal klingelt, jemand könnte es hören … Außerdem kann die Polizei es nachverfolgen und den genauen Standort finden. Wir müssen es rausholen.«

Sie raufte sich die Haare. »*Verdammt!* Ich hätte seine Taschen durchsuchen sollen! Wie konnte ich das nur vergessen?«

Die Vorstellung, die Leiche wieder auszugraben und

ihre Taschen zu durchsuchen, war zu viel für mich. Ich ließ mich ins Gras fallen.

Mum schaute mich über die Schulter an. Ich kämpfte mit den Tränen. Mir war unnatürlich heiß, geradezu fiebrig. Ich war kurzatmig, doch selbst wenn ich tief einatmete, schien es nicht zu helfen. Ich wollte das Gesicht nicht mehr sehen. Ich wollte nicht mehr das Gesicht mit dem Dreck in Mund und Augen sehen. Ich konnte es nicht ertragen …

»Ich mache es, Shelley«, sagte sie, als könnte sie meine Gedanken lesen. »Aber uns bleibt nicht viel Zeit. Geh rein, nimm den Wischmop aus dem Küchenschrank und fang schon mal mit dem Boden an. Nirgendwo sonst hingehen – *du musst unbedingt in der Küche bleiben* – sonst tragen wir das Blut durchs ganze Haus.«

»Okay, Mum«, sagte ich im Flüsterton, bewegte mich aber nicht. Ich wurde niedergedrückt von unserem sinnlosen, dummen, starrköpfigen Tun.

»Vielleicht sucht man schon nach ihm, Mum. Jemand hat ihn angerufen. Damit kommen wir niemals durch. Die werden uns erwischen!«

Als sie mich ansah, wirkte ihr Gesicht mit den Blutergüssen sonderbar finster.

»Dafür ist es jetzt zu spät«, sagte sie mit seltsam hohl klingender Stimme, als wäre sie in Gedanken ganz woanders. Vielleicht wappnete sie sich schon für die grausige Aufgabe, die ihr bevorstand.

In diesem Augenblick klingelte das Handy des Einbrechers erneut, und ich fuhr zusammen, als hätte mir jemand einen elektrischen Schlag versetzt. Ich stand rasch auf und eilte ins Haus. *Bloß weg hier!* Ich konnte das Geräusch nicht mehr ertragen!

Die fröhliche, aus acht Tönen bestehende Melodie wiederholte sich unablässig und klang in meinen Ohren wie das Gelächter des Einbrechers – als reizte und verspottete er uns noch aus der Dunkelheit seines flachen Grabes.

Als Mum fünfunddreißig Minuten später in die Küche kam, war ihr Gesicht angespannter und gequälter, als ich es je gesehen hatte. Sie leerte den Inhalt einer ihrer Taschen auf der Sitzbank aus. Ein zerdrücktes Päckchen Zigaretten, ein Zippo-Feuerzeug, eine abgeschabte lederne Brieftasche, Bonbonpapiere, Autoschlüssel mit einem Fußball-Anhänger und das Handy.

»Ich habe es ausgeschaltet«, sagte sie.

Dann wühlte sie in der anderen Tasche und holte ein Bündel Geldscheine hervor. »Sieh dir das an! Er hatte das ganze Geld, das unter meiner Matratze lag, in der Gesäßtasche – fast zweihundert Pfund! Nicht zu fassen, dass ich nicht in seine Taschen geschaut habe, bevor wir …« Ihre Stimme erstarb.

»Wir hatten kaum geschlafen, Mum. Wir konnten nicht klar denken.«

»Nun, von jetzt an müssen wir klar denken – sonst werden sie uns erwischen.« Sie stützte die Hände in die Hüften und kaute auf der Unterlippe, wie immer, wenn sie erregt war. »Wir müssen genau überlegen. Wir müssen *nachdenken*.«

Sie versuchte, Panik, Entsetzen und Ekel zu unterdrücken; sie ging dieses Blutbad an wie ein Problem, das auf ihrem Schreibtisch landete – ein geistiges Puzzle, eine intellektuelle Herausforderung. Wenn sie mit der ganzen Kraft ihres brillanten Verstandes daran arbeitete, mit ihrem gesunden Menschenverstand und ihrem Blick fürs Detail, würde sie es lösen wie alle anderen Probleme.

Erst da schaute Mum sich in der Küche um und sah, welche Arbeit ich geleistet hatte. Ich hatte das zerbrochene Geschirr aufgehoben und in einen Karton neben der Hintertür geworfen. Dann hatte ich mit dem Mop das meiste Blut aufgewischt, am Spülbecken einen Eimer nach dem anderen gefüllt und zugesehen, wie das Putzwasser allmählich von Dunkelrot zu Hellrosa verblasste. Ich hatte den Boden so gut wie möglich mit Geschirrtüchern getrocknet und wollte mich gerade um die Blutflecken an den Wänden und auf den Arbeitsflächen kümmern, als Mum zurückgekommen war.

»Gut gemacht, Shelley«, sagte sie lächelnd. »Das Schlimmste ist weg.« Sie schaute auf die Uhr am Herd. »7.23 Uhr. In Ordnung. Wir liegen gut in der Zeit.«

Dann konzentrierte sie sich wieder. *Das Problem. Sie musste das Problem angehen.*

Sie holte eine Rolle schwarze Müllbeutel aus der Schublade unter dem Waschbecken und riss einen ab.

»Hör mir genau zu, Shelley. Wir müssen alles zusammensuchen, an dem Blutflecken sind und mit dem man beweisen kann, dass der Einbrecher in unserem

Haus gewesen ist. Wir müssen es in Müllbeutel verpacken und sie im Gästezimmer verstecken, bis wir sie sicher entsorgen können.«

Sie fegte die wenigen Besitztümer des Einbrechers in den Müllbeutel und versuchte dann, den Karton mit dem blutigen Geschirr hineinzupacken. Ich hielt den Beutel auf, holte die Geschirrtücher und warf sie ebenfalls hinein.

»Das Messer?«

Ich nahm es vom Abtropfbrett und gab es ihr, ohne auf das dunkle, verkrustete Blut an der Klinge zu schauen. Sie stopfte es tief in den Karton.

Dann schaute sie sich nach anderen blutbefleckten Gegenständen um und bemerkte die Matte. Sie kniete sich hin und steckte sie zusammengefaltet in den Müllbeutel. Ich wischte den rechteckigen rosa Fleck vom Boden weg.

Mum riss den nächsten Müllbeutel ab und steckte ihren blutbefleckten Morgenmantel hinein.

»Wo ist deiner, Shelley?«

Ich musste überlegen, dann fiel es mir ein. Er lag noch neben dem Rosenbeet.

»Hol ihn bitte schnell. Er muss leider weg. Wir können es nicht riskieren, ihn zu waschen.«

Eigentlich wollte ich nicht mehr in die Nähe des Grabes gehen. Doch angesichts dessen, wozu Mum sich soeben gezwungen hatte, konnte ich nicht anders. Also rannte ich über den Rasen und versuchte, nicht zum Rosenbeet zu schauen, nicht an eine Stimme zu denken, die aus der Erde drang *(bisschen kuscheln?)*

oder eine kalte Hand, die nach meinem Knöchel griff. Ich schnappte mir den Bademantel und rannte so schnell ich konnte zurück.

Mum steckte ihn in den Müllbeutel.

»Und jetzt die Gummistiefel.« Das Wort erinnerte mich an Kindheit und Unschuld und wirkte in diesem Augenblick und in dieser Küche seltsam fehl am Platze.

Ich setzte mich auf den Stuhl und zog sie aus. Mum zog ihre ebenfalls aus und steckte beide Paare in den nächsten Müllbeutel.

»Okay«, sagte sie und wischte sich mit dem Handrücken über die Stirn. »Jetzt werde ich hier drinnen alles abschrubben – Schränke, Wände, *alles*.«

Sie verschwand im Abstellraum mit den Jalousietüren, in dem wir die Reinigungsmittel aufbewahrten, und kam mit einer Plastikschüssel, Scheuerbürsten, sauberen Geschirrtüchern und einer riesigen Flasche Desinfektionsmittel zurück. Als ich sie so in ihrem Nachthemd und den leuchtend gelben Gummihandschuhen sah, das Haar zerzaust wie ein Vogelnest, verspürte ich den Drang zu lachen, genau wie vorhin, als sie mit dem Schuh des Einbrechers in der Hand auf den Hintern geplumpst war.

*»Manchmal lacht das Publikum bei den grausigsten Szenen in* Macbeth*«, hatte Roger einmal gesagt.*

*»Wieso?«, hatte ich gefragt.*

*»Weil grausige Dinge komisch sind.«*

Zum Glück gelang es mir, das Lachen zu unterdrücken.

»Was soll ich tun, Mum?«

Sie antwortete nicht. Sie füllte die Schüssel mit heißem Wasser und vertiefte sich ganz in ihre Aufgabe – die Zeit zurückzudrehen und das Haus so aussehen zu lassen, wie es vor dem Einbruch gewesen war; die Küche so zu reinigen, dass die Polizei keinen einzigen Blutfleck finden würde. Ich musste meine Frage wiederholen.

»Ich glaube, du gehst am besten unter die Dusche und wäscht das Blut ab«, sagte sie, während sie den nächsten Müllbeutel abriss. »Steck dein Nachthemd hinein, und auch alle Handtücher, die du benutzt hast. Selbst wenn sie nicht *aussehen,* als wäre Blut dran. Man kann … Wir dürfen jedenfalls kein Risiko eingehen.«

# 19

Zum zweiten Mal im Leben erkannte ich mich nicht im Spiegel. Das Gesicht einer Wilden blickte mich an – kein sechzehnjähriges englisches Mädchen aus der Mittelklasse, sondern eine primitive Wilde, deren Gesicht vom Töten gezeichnet war, die Augen weit aufgerissen von der Erregung des Kampfes, das Haar mit getrocknetem Blut verkrustet, dass es stachelig nach oben stand. Es war ein schockierender Anblick, und ich brauchte mehrere Sekunden, bis ich akzeptieren konnte, dass *ich* die Wilde im Spiegel war.

Als ich mit dem Zeigefinger über meine Wange rieb, rieselte das getrocknete Blut wie Rost herab und hinterließ auf dem weißen Waschbecken eine Spur aus rötlichem Staub. Ich untersuchte die grauen Flecken an meinem Hals, zwei dunkle Halbmonde beiderseits der Luftröhre, wo mich der Einbrecher gewürgt hatte. Meine Kehle tat noch weh, und beim Schlucken spürte ich einen störenden Klumpen. Meine Augen waren völlig blutunterlaufen, nur hier und da sah man mikroskopisch kleine weiße Flecken. Ich hatte einmal gelesen, dass die Polizei an den geplatzten Blutgefäßen im Auge erkennen konnte, ob jemand erwürgt worden war. Es hatte etwas mit dem Sauerstoffmangel im Blut zu tun. *Wie nahe war ich dem Tod gewesen?* In meinem

Kopf hämmerte es, und ich war so müde, dass ich mich am liebsten auf dem Boden des Badezimmers zusammengerollt und geschlafen hätte.

Eine gewaltige Niedergeschlagenheit überflutete mich und riss mich mit sich. Was für ein Durcheinander! Was für eine Katastrophe! *Und es war alles meine Schuld.* Ich hatte einen unerfreulichen, aber nicht weiter ungewöhnlichen Einbruch in eine Katastrophe von so ungeheuerlichen Ausmaßen verwandelt, in ein so schockierendes Desaster, dass ich schon die sensationsgierigen Schlagzeilen vor mir sah.

Vermutlich hatte ich mein Leben und das meiner Mutter endgültig zerstört. Wir würden mit dem, was wir getan hatten, nicht davonkommen. Niemand kommt mit einem Mord davon, es gibt immer irgendeinen Hinweis, den die Täter übersehen. Früher oder später werden sie von der Polizei erwischt. Wir würden im Gefängnis enden, und zwar beide. Und das nur, weil ich die Beherrschung verloren hatte. Weil ich mich geweigert hatte, auf Mum zu hören. *Sie* hatte mir gesagt, ich solle ruhig bleiben; *sie* hatte mir gesagt, ich solle nicht in Panik geraten. *Sie* hatte mir gesagt, er werde uns nicht weh tun. Was war nur in mich gefahren? Warum hatte ich nicht auf sie gehört? Ich hatte alles zerstört. Ich wollte verschwinden, im Boden versinken.

Und dennoch spürte ich neben all den Schuldgefühlen und Selbstvorwürfen noch etwas anderes, ein hartnäckiges und rebellisches Gefühl, das sich weigerte, sich der vorherrschenden Stimmung zu unterwerfen. Es war wie in einem klassischen Musikstück, wenn sich inmitten des langsamen, traurigen Klagens der Violinen und Celli eine blecherne Trompete erhebt, die eine völlig andere Melodie spielt – etwas Trotziges, Grelles wie einen Militärmarsch. Was war das für ein Gefühl – unvertraut, roh, unabhängig, das Unruhe stiftete wie ein Betrunkener auf einer Hochzeit?

Ich betrachtete meine blutunterlaufenen Augen und die Flecken am Hals. Er hatte wirklich versucht, mich zu töten – er hatte wirklich versucht, mich zu erwürgen, während ich hilflos auf dem Küchenboden lag. Ich erinnerte mich an die Entschlossenheit und den Hass in seinem Gesicht, wie mir plötzlich die Luft wegblieb, als hätte man ein Ventil geschlossen. Er hätte es getan, er hätte das Leben in mir erstickt, und dann wäre er ins Wohnzimmer gegangen und hätte das Gleiche mit Mum getan … aber wir hatten das Spiel gedreht. Die Katze war ins Mauseloch eingedrungen, doch diesmal hatte die Maus die Katze getötet.

Als ich mich wieder im Spiegel betrachtete, sah ich zu meiner Überraschung, wie meine Zähne weiß aufblitzten. Ich lächelte breit. Und dann erkannte ich das verstörende Gefühl: *freudige Erregung*.

Mein Nachthemd klebte an der Haut, wo das Blut getrocknet war, und ich musste es wie ein Pflaster abziehen. Es tat gut, unter der heißen Dusche zu stehen, während die harten Tropfen beruhigend auf meine Kopfhaut prasselten. Mit einer seltsamen Befriedigung beobachtete ich, wie das Blut in einem rosa Wirbel im Abfluss verschwand.

Gab es eine geheimnisvolle Verbindung zwischen Frauen und Blut? Hatte ich nicht Blut von meinen Händen und aus meiner Kleidung gewaschen, seit ich zwölf war? Davon hatten Jungen keine Ahnung. Verfügten Frauen über ein besonderes Wissen, was Blut anging? Wurden deshalb so viele von ihnen Krankenschwester? Ich erinnerte mich an die Schwestern im Krankenhaus: Frauen, die beim Anblick von Blut niemals ohnmächtig wurden, die sich niemals abwendeten, die nie zusammenzuckten, weil Blut ihnen keine Angst einjagte. Es war ein alter Freund.

Ich schäumte die Seife auf und bedeckte meinen ganzen Körper damit, genoss das Schmatzen und Quietschen von Haut auf Haut. Ich wollte jeden Zentimeter meines Körpers sauber schrubben, makellos machen und mit einer vollkommen *neuen Haut* aus der Dusche steigen. Als ich die Seife abspülte, entdeckte ich im Spiegel eine üble Schwellung, wo ich auf das Messer gefallen war. Knapp über dem Po prangte ein schwarzer, faustgroßer Knubbel, der von einem aggressiven roten Ring umgeben war.

Ich wollte nach dem Shampoo greifen, doch es stand nicht an der üblichen Stelle. Ich erschauerte, als mir einfiel, dass der Einbrecher es mitgenommen hatte. Also wusch ich mir das Haar mit Seife und dann mit Conditioner aus einer kleinen grünen Flasche, die schon ewig im Regal verstaubte. Als ich alles ausgespült hatte, wusch ich mir die Haare noch einmal.

Dann trocknete ich mich gründlich ab und stopfte das Handtuch zu meinem Nachthemd in den Müllbeutel, wickelte mich in ein anderes Handtuch und steckte es unter den Armen fest. Ich rieb mich mit meiner Lieblingsfeuchtigkeitscreme ein und verteilte die kalte Flüssigkeit mit kreisförmigen Bewegungen. Danach benutzte ich Mums Handcreme mit dem intensiven Vanilleduft. Ich putzte mir die Zähne, um den widerlichen Blutgeschmack loszuwerden, bürstete und bürstete, bis das Pfefferminzaroma so sehr brannte, dass ich es nicht mehr aushalten konnte.

Als ich fertig war, rieb ich den Spiegel trocken und betrachtete mich wieder. Die Wilde war verschwunden, weggeschwemmt in einer Flut heißen Wassers, und ich war wieder ich selbst, mein Haar weich, das Gesicht so sauber geschrubbt, dass meine Wangen glühten. Mir kamen die Worte in den Sinn, die Lady Macbeth nach dem Mord an Duncan spricht.

*Ein wenig Wasser spült von uns die Tat.*

Aber sie hatte sich gründlich geirrt; das Wasser hatte das Blut von ihrem Körper gewaschen, aber es konnte nicht die Erinnerung aus ihren Gedanken vertreiben. Die Schuldgefühle wegen Duncans Tod hatten sie schließlich in den Wahnsinn getrieben …

Würde es für Mum und mich auch so sein? Würden wir das, was wir getan hatten, mit ein wenig Wasser abspülen? Oder würde auch unser Verstand darunter leiden? Würden wir in ein normales Leben zurückkehren können, während der Einbrecher knapp einen Meter unter der Erde in unserem Vorgarten verweste?

Könnten wir die Polizei belügen, wenn sie vor der Tür stand? Können Mäuse so lügen? Können Mäuse ihr Gewissen ersticken und friedlich schlafen, wenn sie von so vielen dunklen Geheimnissen umgeben sind?

Und dann kam mir ein Gedanke. Vielleicht waren wir nach dem, was wir getan hatten, gar keine Mäuse mehr.

Aber – *was waren wir dann*?

# 20

Als ich aus dem Badezimmer kam, sah ich Mum mit zwei schwarzen Müllbeuteln im Gästezimmer verschwinden. Als sie herauskam, hielt ich den Beutel mit meinem Nachthemd und dem Handtuch in die Höhe. »Brauchst du den auch?«

»Ja«, sagte sie. Ihre Stimme war nicht mehr als ein Flüstern. »Ich tue meins dazu.« Ihr Gesicht hatte alle Farbe verloren, und sie zuckte plötzlich vor Schmerz zusammen, doch bevor ich nachfragen konnte, war sie schon ins Bad geschlüpft und hatte abgeschlossen.

Während ich mir in meinem Zimmer die Haare fönte, meinte ich sie würgen zu hören, doch als ich den Fön ausschaltete, war alles still.

Ich zog eine verwaschene Jeans und eine weiße Bluse an und band mir ein rotes Tuch um den Hals, um die Druckstellen zu verbergen. Obwohl es ein warmer Tag werden würde, zog ich dicke Socken und Wanderstiefel an. Wenn ich in die Küche ging, wollte ich die sichere Gummisohle zwischen meinen Füßen und den Fliesen wissen.

Mum war noch im Bad, doch die Dusche rauschte nicht mehr. Ich wollte gerade die Treppe hinuntergehen, als ich in einer Ecke des Gästezimmers die schwarzen Müllbeutel bemerkte. Mum hatte sie schützend um Wischmop und Eimer aufgestapelt wie Sandsäcke um eine Flak.

Ich blieb stehen. Ihr Anblick erregte mich auf seltsame Weise. *In einem dieser Beutel steckte die Brieftasche des Einbrechers*. Und in der Brieftasche, da war ich mir sicher, fände sich irgendein Ausweis. Mit seinem Namen. Seiner Adresse. Seinem Geburtsdatum …

Plötzlich überkam mich der unwiderstehliche Drang zu erfahren, wie der Einbrecher geheißen hatte. Den Namen des Mannes zu lesen, den ich getötet hatte.

Ich horchte an der Badezimmertür. Mum würde durchdrehen, wenn sie mich beim Herumstöbern in den blutgetränkten Gegenständen ertappte. Ich hörte den Reißverschluss ihres Rocks. Sie war beim Anziehen. Es würde noch ein bisschen dauern. Leise stahl ich mich ins Gästezimmer.

Ich suchte nach dem Beutel mit der Matte und dem zerbrochenen Geschirr, in den sie auch sein Handy und die Brieftasche gesteckt hatte. Ich kniete mich auf den Boden und tastete die Beutel nacheinander ab. Es war wie eine makabere Parodie auf die Weihnachtsfeste meiner Kindheit, wenn ich unter dem Weihnachtsbaum gesessen und meine Geschenke gedrückt und geschüttelt und geraten hatte, was drin sein mochte. Der Beutel mit unseren Bademänteln war leicht zu erkennen, ebenso der mit den Gummistiefeln. Ich glaubte schon, den richtigen gefunden zu haben, doch er enthielt nur die rote Sporttasche (ohne die Beute), das Schneidbrett aus Marmor, das Geschenkpapier von meinem Laptop und die einsame rote Schleife.

In diesem Moment hörte ich, wie Mum hustete und an der Türklinke fummelte. Ich sprang auf und schoss aus dem Zimmer. Auf dem Treppenabsatz rief ich: »Mum, möchtest du etwas essen, bevor du fährst?«

Schon beim Gedanken an Essen wurde mir übel. Mein Appetit schien für immer vergangen; ich konnte mir nicht vorstellen, jemals wieder etwas zu essen. Mum ging es vermutlich genauso.

»Nein, Liebes«, erwiderte sie mit schwacher Stimme. »Nur Kaffee, bitte – ganz starken Kaffee.«

Mum hatte schwer gearbeitet, während ich in der Dusche gewesen war. Alle Blutflecken waren verschwunden – von den Schränken, dem Kiefernholztisch, dem Brotkasten, der Waschmaschine, den Kacheln an der Spüle. Sie hatte die blutbefleckten Vorhänge abgenommen (und zweifellos in einen der schwarzen Müllbeutel gepackt), und die Küche war von goldenem Sonnenlicht durchflutet. Die Arbeitsplatten, die Spüle und das Abtropfbrett schimmerten im hellen Licht, und der Küchenboden, den sie noch einmal geschrubbt und trockengewischt hatte, strahlte förmlich.

Mum hatte die Hintertür offen gelassen, damit der Boden schneller trocknete. Sie hatte außerdem die Terrasse abgespritzt, um unsere blutigen Fußabdrücke und die glänzend rote Schneckenspur, die die Leiche hinterlassen hatte, zu entfernen. Beim Anblick der offenen Tür wurde mir plötzlich unbehaglich. *Wenn wir den Einbrecher nun nicht getötet, sondern nur verwundet hatten? Wenn er sich in ebendiesem Moment über den Rasen zum Haus schleppte?* Ich rannte hin, schlug sie zu und schob den Riegel vor, wobei ich mich gleichzeitig schämte, diesen kindlichen Ängsten nachzugeben. Doch mir fehlte die Kraft, ihnen zu widerstehen.

Im Esszimmer und Wohnzimmer hatte Mum ähnliche Wunder gewirkt. Das zerrissene Seil war vom Boden verschwunden. Die Stühle standen an Ort und Stelle. Meine Flöte lag in ihrem Kasten, die *Russischen Volkslieder* im Fach des Hockers, und der Klavierdeckel war geschlossen. Den Inhalt des Sideboards und des antiken Sekretärs hatte sie sorgsam aufgehoben und zurück in die Schubladen gepackt. Die Duftmischung war zusammengefegt worden und lag wieder in der hölzernen Schale auf dem Sideboard. Alle Scherben der zerbrochenen Vase waren verschwunden, und ihr Zwilling aus der Vitrine auf dem Treppenabsatz enthielt nun die violetten Trockenblumen. Alle Dekogegenstände waren genau dort, wo sie sich befunden hatten, als ich gestern Abend um zehn ins Bett gegangen war. Wie durch ein Wunder hatten sie die grobe Behandlung durch den Eindringling unbeschadet überstanden – bis auf das winzige strohgedeckte Häuschen, dessen Schornstein abgebrochen war.

Mum hatte alle Geburtstagskarten wieder auf das Sideboard gestellt und ihre eigene hinzugefügt. Sie zeigte eine rosafarbene Rose mit Tautropfen auf den Blütenblättern und die Aufschrift »Für einen ganz besonderen Tag«. Mum hatte hineingeschrieben: *Für meine wunderschöne, geliebte Tochter Shelley. Süße sech-*

*zehn! Mögest Du Dich für den Rest Deines Lebens an dieses Jahr erinnern.*

Wie ironisch die Worte nun klangen. Ich hatte erst seit wenigen Stunden Geburtstag und wusste schon jetzt, dass ich ihn nie vergessen würde. *(Warum hast du das getan?)*

Ich kochte eine große Kanne Kaffee und gab sechs statt der üblichen vier Löffel hinein. Wenn wir den Tag überstehen wollten, konnten wir jede Unterstützung gebrauchen. Ich trug Kaffee und Tassen ins Esszimmer. In der Küche wollte ich nicht bleiben. Es lag nicht nur an dem grellen Licht, das mir in den Augen weh tat. Es war, als ginge der Kampf der letzten Nacht dort drinnen weiter, das Stechen, das Ringen, das Schreien, wie ein Film, der in einem leeren Kino in Endlosschleife gezeigt wird …

Um kurz nach acht kam Mum in ihrem marineblauen Kostüm nach unten. Sie hatte schon die Aktentasche dabei. Ich staunte, wie geschickt sie die Verletzungen im Gesicht überschminkt hatte. Sie hatte das Auge gekühlt, wodurch die Schwellung beträchtlich zurückgegangen war, und grauen und violetten Lidschatten aufgelegt, um die gleichfarbigen Blutergüsse zu verdecken. Den Kratzer an der Wange hatte sie mit Grundierung getarnt und das Haar nach vorn gekämmt (gewöhnlich strich sie es hinter die Ohren). Man musste sie schon sehr genau ansehen, um zu erkennen, dass sie einen Schlag ins Gesicht erhalten hatte.

»Dein Auge sieht erstaunlich aus, Mum – wie hast du das gemacht?«

»Ich habe Make-up nicht immer gehasst. Ich war auch mal sechzehn.« Sie wollte mir zuzwinkern, doch dabei traten ihr vor Schmerz die Tränen in die Augen.

Sie setzte sich und trank geräuschvoll von ihrem Kaffee.

»Was ist mit deinem Hals, Liebes?«

»Geht so. Es tut weh, wenn ich schlucke. Irgendetwas scheint verrutscht zu sein – ausgerenkt oder so.«

Mum schaute mich besorgt an. »Ich bringe dir was aus der Stadt mit.«

»Hustenbonbons werden da wohl kaum helfen«, sagte ich plötzlich gereizt. »Ich muss zum Arzt.«

»Wenn es nicht besser wird, gehen wir zum Arzt, aber es ist riskant, Shelley.«

»Ich weiß nicht, wie ich den heutigen Tag überstehen soll, Mum«, jammerte ich. »Ich bin so müde! Kann ich nicht einfach Roger und Mrs Harris anrufen und sagen, ich sei krank?«

»Auf gar keinen Fall!«, erwiderte sie so heftig, dass mir die Röte in die Wangen stieg. »Wir dürfen unseren Tagesablauf nicht verändern – alles muss *normal* aussehen. Wenn die Polizei kommt und du deinen Unterricht abgesagt hast und ich nicht zur Arbeit gegangen bin, machen wir uns verdächtig.«

Dann lächelte sie warmherzig und drückte meine Hand, und ich wusste, dass sie sich für ihre barschen Worte entschuldigen wollte. »Ich weiß, dass es nicht leicht ist, aber du wirst es schaffen, ganz sicher.«

Ich schwieg resigniert und starrte trübsinnig vor

mich hin. Ich wollte nicht, dass sie zur Arbeit ging. Ich wollte nicht allein im Haus bleiben. Nicht mit diesem *Ding* im Vorgarten.

»Mum?« Etwas hatte mir schon den ganzen Morgen keine Ruhe gelassen. »Meinst du, der Bauer hat uns gesehen?«

»Gesehen hat er uns, definitiv. Aber nicht richtig. Er war zu weit entfernt und fuhr zu schnell. Er hat nur zwei Frauen gesehen, die im Bademantel im Garten arbeiten. So ungewöhnlich ist das nicht. Jedenfalls nicht hier auf dem Land.«

Ich lächelte erleichtert, weil sie so sorglos wirkte. Dann verzog sich mein Gesicht zu einem gewaltigen Gähnen. »Mein Gott, ich kann kaum die Augen offen halten!«

Mum nahm mein Kinn zwischen Daumen und Zeigefinger und schaute mich eindringlich an. »Deine Augen sind sehr blutunterlaufen. Falls Roger oder Mrs Harris eine Bemerkung machen, sagst du einfach, wir hätten gestern Abend zu viel Wein getrunken. Du hättest jetzt einen schlimmen Kater.«

»Gute Idee«, sagte ich. »Genauso fühlt es sich auch an.«

Mum trank ihren Kaffee aus und schaute nervös auf die Uhr. Dann plusterte sie sich auf wie eine Glucke, die ihre Küken beschützt, wie sie es immer tat, wenn es etwas Wichtiges zu verkünden gab *(Shelley, dein Daddy will sich scheiden lassen ...)*. Sie drückte meine Hand und sah mir tief in die Augen. »Hör zu, ich habe keine Ahnung, was heute passieren wird. Das Haus ist so sauber, wie es in der kurzen Zeit nur möglich war. Doch du solltest trotzdem niemanden in die Küche lassen, und auch nicht nach oben, egal was geschieht. Falls –«, und sie drückte meine Hand noch fester – »falls die Polizei herkommt, ruf mich sofort an. Sag ihnen, deine Mutter sei unterwegs, sie werde in einer Stunde hier sein. *Lass sie auf keinen Fall ins Haus* – auch nicht mit einem Durchsuchungsbefehl. Sie werden warten, ganz bestimmt. Sollte aber das Schlimmste passieren, und du wirst verhaftet, dann sag *nichts, zu niemandem* – hast du mich verstanden? Verweigere jede Aussage. Du kannst gerne erklären, dass du auf meine Anweisung handelst.«

Dann stand sie auf. »Ich muss los. Ich darf mich nicht verspäten.«

Ich blieb, wo ich war, schockiert von ihren Worten: *Sollte aber das Schlimmste passieren, und du wirst verhaftet … du wirst verhaftet … du wirst verhaftet …*

»Sei tapfer«, sagte Mum. »Alles wird gut, du wirst schon sehen. Heute Abend reden wir weiter.«

***

Ich winkte halbherzig, als sie wegfuhr, doch sie schaute nicht zurück und winkte auch nicht auf ihre besondere Art. Sie kauerte über dem Lenkrad und konzentrierte sich ganz auf das Problem, das die letzte Nacht für sie darstellte. Unser vertrauter Tagesablauf war durcheinandergeraten – wir hatten nicht zusammen in der Küche gefrühstückt, wir hatten einander an der Tür nicht zum Abschied geküsst, ich hatte nicht gesagt, sie solle vorsichtig fahren, wie ich es sonst immer tat. Alles hatte sich verändert. Alles veränderte sich: *Sollte aber das Schlimmste passieren, und du wirst verhaftet …*

Ich wollte schon die Haustür schließen, als ich es spürte. Ein unheimliches, kaltes Gefühl, das über die linke Seite meines Gesichtes kroch, eine plötzliche Befangenheit, das scharfe Bewusstsein meiner selbst in meiner Haut, meines Gesichtsausdrucks, der Haltung meiner Hände, der Art, wie ich dastand. *Das Gefühl, dass mich jemand beobachtete.*

Ich betrachtete die Bäume und Sträucher auf der Insel in der Mitte der Kiesauffahrt, den gähnenden Mund der Garage mit der Trittleiter und der Öldose, die Hecke rechts, die ans Feld des Bauern grenzte, konnte aber niemanden sehen. Links standen die Büsche, die die Kiesauffahrt vom Vorgarten trennten, und durch ihr dichtes Laub konnte ich den kurz geschnittenen Rasen erkennen.

Und den bedrohlichen Haufen auf dem ovalen Rosenbeet.

*Er ist tot, Herrgott nochmal! Er ist tot!*

Ich schlug die Tür zu und legte mit zitternden Händen die Kette vor.

# 21

Ich weiß bis heute nicht, wie ich den Tag überstanden habe. Nachdem Mum zur Arbeit gefahren war, saß ich zusammengesunken wie eine Marionette, deren Fäden man durchtrennt hat, am Esstisch. Ich muss fast zwei Stunden dort verbracht und die Ereignisse der vergangenen Nacht wieder und wieder durchlebt haben, vom Augenblick, in dem ich aufwachte, bis zu dem Moment, in dem Mum den Schädel des Einbrechers mit dem Schneidbrett zerschmettert hatte.

Es war, als hätte mein Verstand die ungeheuerlichen Geschehnisse nicht erfassen können, und versuchte nun verzweifelt, sie irgendwie zu verarbeiten. Ich konnte nichts dagegen tun und saß da wie ein Zombie, starrte ins Leere, sah das grausige Drama in Großaufnahme und Zeitlupe vor meinem inneren Auge. Und sobald es zu Ende und der Einbrecher tot war, begann es von neuem.

Ein lautes Klopfen an der Tür riss mich in die Gegenwart.

*Die Polizei! Es ist die Polizei! Wie hatten sie uns so schnell gefunden?*

Wie eine Schlafwandlerin tappte ich durchs Wohnzimmer, wobei mein erschöpftes Herz wild in meiner Brust trommelte.

*Ich darf sie nicht reinlassen, selbst wenn sie einen Durchsuchungsbefehl haben, ich darf sie nicht reinlassen!*

Mit zitternder Hand schob ich die Vorhänge beiseite und spähte hinaus. Kein Polizeiauto, kein Blaulicht, keine Beamten in schwarzer Uniform mit knisterndem Funkgerät. Da stand nur Roger. Roger mit seiner alten Umhängetasche. Roger, der vor sich hin pfiff. Roger, der zum wolkenlosen blauen Himmel hinaufblinzelte.

Roger war an diesem Morgen ausgesprochen gutgelaunt. Noch nie hatte ich ihn so fröhlich und redselig erlebt, fast als hätte er und nicht ich Geburtstag. Er hatte mir eine wunderschöne gebundene Ausgabe von Daphne du Mauriers *Rebecca* gekauft und dazu eine Geburtstagskarte, auf der ein Anstreicher mit Kelle vor einer Wand stand und sagte: *Lass uns mal richtig auf den Putz hauen!*

Es war ungeheuer mühsam, die mädchenhafte Aufregung vorzutäuschen, die Roger von mir erwartete. Mir war, als würde mein Verstand jeden Moment in tausend Stücke zerbrechen. Schon das Wort Geburtstag mit seinen schrecklichen neuen Assoziationen *(Was ist das denn? Das Geburtstagsgeschenk für meine Tochter. Was ist drin?)* ließ mich erröten, und Tränen stiegen mir in die Augen, die ich schnell wegblinzelte.

Ich bemühte mich, Rogers fröhliche Fragen zu beantworten *(Was hast du von deiner Mum bekommen? Unternehmt ihr heute Abend etwas Besonderes?)*, und ich stolperte über die Wörter, als hätte ich eine Narkose hinter mir oder sei das Sprechen nicht gewöhnt.

Mein Lächeln war so gezwungen, dass mein Gesicht weh tat. Vorsichtshalber erklärte ich so schnell wie möglich, dass Mum und ich zu viel getrunken hatten und heute Morgen beide teuer dafür bezahlten.

»Ja, junge Dame, mir war schon aufgefallen, dass deine Augen ziemlich rot sind«, neckte er mich.

Wir gingen ins Esszimmer und setzten uns auf die üblichen Plätze. Roger packte seine Umhängetasche aus. Ich war nervös, weil ich fürchtete, dass seine scharfen Augen etwas bemerken könnten. Sie sahen riesig aus hinter der Brille und schossen hin und her wie intelligente grüne Fische. War uns etwas entgangen? Ragte etwa ein Stück von dem zerfaserten Seil, mit dem er uns gefesselt hatte, unter dem Sofa hervor? Würde er die weiße Stelle am Dach des Häuschens bemerken, wo der Schornstein abgebrochen war? Lag ein Splitter der kaputten Vase neben seinem Stuhlbein? Welches winzige Fädchen würde das ganze Gewebe aufribbeln? Ich kritzelte auf dem Rand meines Heftes herum und wagte nicht, ihn anzuschauen. Mein Gesichtsausdruck hätte mich verraten.

Für mich war alles in diesem Zimmer beschmutzt, besudelt, *durchdrungen* von den Ereignissen der vergangenen Nacht – das Sideboard und der antike Sekretär waren erst vor wenigen Stunden geplündert worden; die hölzerne Schale der Duftmischung war bei seiner hektischen Suche zu Boden gefallen; der Nippes auf dem Sideboard war in die rote Sporttasche geschaufelt worden, die er noch in der Hand gehalten hatte, als ich auf ihn einstach; sein Messer hatte auf dem Esstisch gelegen (genau dort, wo Roger gerade sein Stiftmäppchen platzierte), bevor ich es auf dem Weg in den Garten mitgenommen hatte; auf Rogers Stuhl, dem mit der Schramme in der Rückenlehne, hatte Mum mit gefesselten Händen und Füßen gesessen und ergeben auf ihr Schicksal gewartet.

Ich war davon überzeugt, dass Roger die Spuren der Ereignisse sehen würde, die für mich so deutlich waren wie die Kondensstreifen eines Flugzeugs am azurblauen Himmel. Ich rechnete damit, dass er jeden Augenblick rufen würde: *Was ist denn hier passiert, Shelley? In diesem Haus ist etwas Furchtbares geschehen!*

Ich konnte unmöglich glauben, dass das Esszimmer für ihn so war wie immer, dass er nichts am Sekretär, dem Nippes oder seinem Stuhl bemerkte; dass die finsteren Veränderungen nur eine Projektion meines schlechten Gewissens waren. Ich war davon überzeugt, dass er etwas bemerken würde, das Mum und ich übersehen hatten, ein winziges verräterisches Detail, das uns in unserer Erschöpfung nicht aufgefallen war. Und wenn … was dann? Mum hatte nicht gesagt, was ich tun sollte, wenn Roger unser Geheimnis entdeckte.

Nachdem er scheinbar endlos seine Notizen geordnet hatte, begann Roger mit den Ursprüngen des Ersten Weltkriegs, ein Gebiet, auf dem er ein echter Experte war. Ich nickte, gab zustimmende Laute von mir und schrieb gelegentlich etwas in mein Notizbuch, während mein Verstand wie besessen wieder und wieder die Ereignisse der Nacht abspulte.

»Du musst bedenken, dass Deutschland an den Schlieffenplan gebunden war, nach dem Frankreich durch einen Blitzangriff ausgeschaltet werden musste, damit sich die deutschen Streitkräfte ganz auf Russland konzentrieren konnten – das war ein absoluter Glaubensartikel für sie.«

*Ihr rührt euch nicht, sonst gibt's das hier!*

»Sollten die Russen ihre Mobilmachung vollenden, hätten sie sechs Millionen Männer unter Waffen, und trotz ihrer Niederlage gegen Japan fürchtete man sich in Deutschland noch immer vor der ›russischen Dampfwalze‹.«

*Ich muss euch fesseln. Dafür hab ich doch das Seil dabei.*

»Österreich-Ungarns Ultimatum an Serbien war so strikt, dass es kaum einzuhalten war, obwohl die Serben sich sehr darum bemühten – Kaiser Wilhelm erkannte sogar an, dass der Kriegsgrund sich erledigt hatte …«

*Ich hätte die Eier nicht essen sollen. Die waren nicht mehr gut.*

»Es gibt Hinweise darauf, dass Berchtold einen gefälschten Bericht über serbische Aggressionen an der Donau benutzte, um den Kaiser zur Unterzeichnung der Kriegserklärung zu zwingen …«

*Ich weiß, was ich brauche, Lady! Ich weiß, was ich brauche!*

»Großbritanniens Grund für den Kriegseintritt war die Tatsache, dass Deutschland die belgische Neutralität verletzt hatte. Allerdings plante Großbritannien selbst, im Notfall Truppen nach Belgien zu entsenden.

Ein wirklich neutrales Belgien hätte die britischen Pläne, Deutschland durch eine Seeblockade auszuhungern, durchkreuzt …«

*Er wird uns töten, Mum. Das weiß ich genau.*

»Falls Frankreich seine Neutralität verkündete, würde Deutschland die Festungen von Verdun und Toul verlangen …«

*Bisschen kuscheln?*

»Frankreich sollte zum Krieg gezwungen werden, ob es ihnen gefiel oder nicht …«

*Mum, das Seil gibt nach. Ich glaube, ich bekomme die Hände frei …*

Als wir mit den Ursachen des Ersten Weltkriegs durch waren und Roger mir einen Aufsatz zur Wiederholung aufgegeben hatte *(Diskutiere die Aussage: Das Bündnissystem machte den Ersten Weltkrieg unvermeidlich.)*, gingen wir zu einer Verständnisübung in englischer Literatur über: eine lange Passage aus *Moby Dick* mit dem Titel »Stubb tötet einen Wal«, die im vergangenen Jahr Prüfungsthema gewesen war.

Wie üblich gab er mir eine halbe Stunde, um die zehn Fragen zu beantworten, und danach gingen wir die Antworten gemeinsam durch.

Ich hatte *Moby Dick* nie gelesen und fand die Passage fast unverständlich, voller nautischer Fachbegriffe, die ich nicht kannte, und seltsamer Namen – Queequeg, Pequod, Daggoo, Tashtego. Die Fragen zum Text *(Welche literarische Rolle spielt Stubbs Pfeife in dieser Passage?)* erschienen mir viel schwieriger als sonst. Ganze Sätze ergaben überhaupt keinen Sinn für mich.

Wellen der Müdigkeit überkamen mich, und ich konnte nur mit Mühe die Augen aufhalten. Mir war unglaublich heiß, das Tuch um den Hals drohte mich zu ersticken, mein Mund war ausgetrocknet. Ich konnte mich unmöglich auf die Seite konzentrieren, weil schwarze Ameisen über sie hinwegmarschierten und vor meinen Augen umherwirbelten.

Mir dämmerte, dass es um eine Gruppe Seeleute in einem Ruderboot ging, die von einem Mann namens Stubb angeführt wurde und einen Wal jagte, und dass Stubb den Wal mit seiner Harpune tötete, doch wurde meine Fähigkeit, die Feinheiten zu erfassen, immer wieder gestört, weil der Text unangenehme Erinnerungen wachrief. Als Stubb seine »verbogene Lanze wieder und wieder« in den Wal »sandte«, sah ich mich den Einbrecher um den Küchentisch jagen und wieder und wieder auf ihn einstechen. *(Wir spielen Reise nach Jerusalem! Wir spielen Reise nach Jerusalem!)* Als »die rote Flut die Flanken« des sterbenden Wals herabströmte, sah ich den gewaltigen See aus Blut, der über die Terrakottafliesen auf mich zugekrochen war, während ich erschöpft neben der Waschmaschine kauerte. Als der Wal »Schwall auf Schwall klumpigen roten Blutes« aus seinem Blasloch schoss, sah ich den roten Strahl, der aus dem Hals des Einbrechers gespritzt war, als ich ihn mit der Messerspitze verletzt hatte. Als Stubb »nachdenklich dastand und den riesigen Leichnam betrachtete, das Werk seiner Hände«, erinnerte ich mich an die Stille in der Küche, nachdem Mum ihren vernichtenden Schlag gelandet hatte und wir uns allmählich der unglaublichen Tatsache bewusst wurden, dass wir jemanden getötet hatten.

Dann bemerkte ich Rogers Stimme, ganz weit entfernt und kaum hörbar. Er sagte etwas zum zweiten oder dritten Mal.

»Entschuldigung, hast du was gesagt?«

»Du bist wirklich *fertig*, was?«, meinte er lachend. »Ich habe gesagt, es ist vorbei. Schluss.«

*Es ist vorbei*. Würde die Polizei das sagen, wenn sie heute zu uns nach Hause käme? *Es ist vorbei* … Ich schrieb das Wort zu Ende und legte den Stift hin. Ich hatte nur die Hälfte der Fragen beantwortet.

»Sollen wir eine kleine Teepause machen, bevor wir uns das anschauen? Normalerweise hätten wir schon zwei oder drei Tassen getrunken …«

Ich hatte ihm keinen Tee angeboten, weil er mir gern in die Küche folgte und plauderte, während das Wasser kochte, und ich an Mums Warnung denken musste: *Du solltest niemanden in die Küche lassen*.

»Ich nehme an, ich soll ihn heute machen, weil du Geburtstag hast«, scherzte Roger. »Nun ja, weil es ein besonderer Tag ist – nur dieses eine Mal –« Er wollte aufstehen.

*»Nein!«*, schrie ich und sprang auf. »Ich mache es schon, Roger. Ich hatte es nur vergessen. Wie gesagt, zu viel Wein gestern Abend. Ich bin noch nicht ganz wach.«

Er setzte sich wieder, doch als ich an ihm vorbeigehen wollte, lehnte er sich zurück und versperrte mir den Weg.

»Hättest du möglicherweise noch ein Stück Zitronenkuchen übrig, Shelley? Ich sterbe vor Hunger.«

»Natürlich.« Ich lächelte, worauf er mich mit einem frechen Grinsen vorbeiließ. Ich war mir sicher, er würde mir folgen, und suchte verzweifelt nach einem Weg, ihn im Esszimmer zu beschäftigen.

»Vielleicht wirfst du schon mal einen Blick auf meine Antworten. Leider bin ich nicht sehr weit gekommen.«

»Na klar«, sagte Roger und griff nach meinem Heft. »Na klar.«

Das Lächeln wich aus meinem Gesicht, sobald ich allein in der Küche war. Ich musste mich beeilen. Wenn ich nicht schnell genug war, würde er mir nachkommen. Ich holte den Zitronenkuchen aus der Dose und legte ihn auf den Tisch. Dann füllte ich rasch den Kessel, gab zwei Teebeutel in die Kanne und holte einen Teller aus dem Schrank. Ich nahm eine Gabel aus der Besteckschublade und suchte nach einem Messer, um den blöden Zitronenkuchen zu schneiden. Ich fand das lange scharfe Messer mit dem schwarzen Plastikgriff, doch sowie ich es in der Hand hielt, kamen die Erinnerungen wieder. *Ich bohrte das Messer zwischen seine Schulterblätter. Ich stach auf ihn ein, als er gebückt zum Haus rannte. Ich verletzte ihn am Hals, während ich ihn durch die Küche verfolgte. »Wir spielen Reise nach Jerusalem! Wir spielen Reise nach Jerusalem!«*

»Es fällt dir sehr schwer, oder, Shelley?«, sagte eine Stimme hinter mir.

Ich schoss herum, das Messer in der Hand.

Roger war in die Küche gekommen und schlenderte unbekümmert zur Hintertür.

Was meinte er damit? Was fiel mir schwer? So zu tun, als wäre letzte Nacht nichts geschehen? Sprach er davon, dass wir den Mord an dem Einbrecher vertuschen wollten?

»Es ist nicht einfach, vor allem, wenn so viel Blut im Spiel ist.«

*Er wusste es! Er wusste es! Irgendwie hatte Roger davon erfahren!*

Ich umklammerte das Messer und wusste nicht, was ich tun sollte. Ihn erstechen? Hätte Mum das gewollt?

»Es war ein blutiges Geschäft, nicht wahr?«

»Wovon redest du?«, krächzte ich heiser und so leise, dass die Frage kaum zu hören war.

Roger sah mich überrascht an. »Die Passage – die Passage aus *Moby Dick*. Sie ist nicht nur technisch, sondern auch emotional schwierig. Der Walfang war ein wildes, blutiges Geschäft. Ich bin überrascht, dass sie den Text letztes Jahr überhaupt für die Prüfung ausgewählt haben. Viele Schüler waren durcheinander, es gab zahlreiche Beschwerden. Was dachtest du denn, wovon ich rede?«

Ich nahm den Kuchen aus dem Einwickelpapier und versuchte ihn mit zitternder Hand zu schneiden. Meine Nerven lagen bloß. Mein Kopf fühlte sich seltsam an: kreisender Schwindel, eine Verrücktheit und das Übelkeit erregende Gefühl, dass ich meine eigenen Handlungen nicht länger unter Kontrolle hatte. Ich wusste einfach nicht, was ich als Nächstes tun würde und wozu ich fähig war. *Ich musste ihn aus der Küche schaffen!* Dies war das Epizentrum. Hier hatte der Mord stattgefunden. Hier war alles voller Blut gewesen. Das Messer wollte nicht aufhören zu zittern, und ich musste es mit beiden Händen halten.

»Hier drinnen sieht es irgendwie anders aus«, sagte Roger.

Ich tat, als hätte ich nichts gehört, doch mein Herz schlug noch schneller.

»Wo sind die Vorhänge hin?«

»Hm – in der Wäsche«, sagte ich und versuchte, fröhlich und sorglos zu klingen.

»Die Matte vor der Tür ist auch nicht mehr da.«

»Ja. Mum mochte sie nicht. Sie hat sie weggeworfen.«

Roger lehnte sich mit verschränkten Armen an die Hintertür. Seine riesigen grünen Augen wanderten wie Sicherheitskameras durch die Küche.

»Da ist noch etwas …«, sagte er, als dächte er laut nach. »Noch etwas ist anders …«

*Ich hätte es ihm sagen können: Das schwere Schneidbrett aus italienischem Marmor hing nicht mehr am Haken neben dem Herd. Es lag oben in einem Müllbeutel, verklebt mit Blut und Hirnmasse des Einbrechers.*

»Was ist es nur? Was *ist* es nur?«

Irgendwie gelang es mir, ein Stück Kuchen abzuschneiden und auf den Teller zu legen. Ich hielt ihn Roger lächelnd hin, doch er musterte noch immer die Küche und zupfte dabei an seinem blonden Schnurrbart.

Und da entdeckte ich ihn. Mum hatte ihn übersehen. Ich hatte ihn übersehen. Er befand sich auf dem meerblauen Türrahmen in Höhe von Rogers rechtem Ellbogen, genau über dem Griff. Ein nierenförmiger Fleck mit vier senkrechten Streifen darüber. Eher braun als rot, aber unverwechselbar.

Ein Handabdruck.

*(Er hatte versucht, mir die Tür vor der Nase zuzuschlagen, aber ich hatte mir mit der Schulter Zutritt verschafft.)*

Ein blutiger Handabdruck.

Roger musste den Kopf nur ein winziges Stückchen drehen, dann würde er ihn sehen.

Zu meinem Erstaunen behielt ich die Nerven.

Ich fixierte Roger, bis die grünen Fische zur Ruhe kamen, und sprudelte mit den erstbesten Worten heraus, die mir in den Sinn kamen.

»Ich fand die Passage unmöglich – die schwerste Verständnisübung, die ich je hatte, und Frage fünf habe ich gar nicht verstanden, Roger, überhaupt nicht – ›Welche literarische Rolle spielt Stubbs Pfeife?‹. Was heißt in diesem Zusammenhang ›literarische Rolle‹? Ich meine, es ist doch nur eine Pfeife, oder? Sie mag ja sein Markenzeichen sein, das ihn als Charakter kennzeichnet, aber ich sehe da keine *literarische Rolle* …«

Ich redete die ganze Zeit und bewegte mich langsam in Richtung Esszimmer, den Kuchen vor mir ausgestreckt. Roger folgte mir mit den Augen, so dass sich sein Kopf ganz allmählich vom Blutfleck an der Hintertür abwendete …

»Da hast du recht, Shelley – die Frage ist nicht gut formuliert, aber sie wollen wohl darauf hinaus, dass die Pfeife nicht nur eine Pfeife ist, sondern ein Symbol –«

»Komm«, unterbrach ich ihn von der Tür des Esszimmers aus – »wir setzen uns, und du kannst deinen Kuchen essen.«

Er folgte mir gehorsam wie ein Hund, dessen Herrchen schon die Leine vom Haken genommen hat. Lächelnd stieß er sich von der Tür ab, die Arme noch immer verschränkt, und folgte mir aus der Küche.

# 22

Als Roger endlich gegangen war, ließ ich mich gegen die Haustür fallen und rutschte daran hinunter, bis ich mit ausgestreckten Beinen auf dem Teppich saß. Die drei Stunden mit ihm hatten mich vollkommen erschöpft. Noch nie in meinem ganzen Leben war ich so fertig gewesen.

Meine Augen schienen geschwollen, und mein Blick war seltsam ungleich, als könnte ich auf dem rechten Auge besser sehen als auf dem linken. Ich musste aufstoßen, und als mir der Geschmack der Spaghetti Bolognese von gestern Abend in den Mund stieg, wurde mir ganz übel. Mein Magen brodelte besorgniserregend. Mir war schwindlig. Ich blieb lange in der Diele sitzen, den Kopf in den Händen, und starrte auf den Teppich. Ich hoffte, dass sich die Übelkeit legte und ich mich nicht übergeben musste.

Dann fiel mir der Blutfleck ein. Ich musste ihn entfernen, bevor Mrs Harris kam.

Ich rappelte mich hoch, taumelte in die Küche und rieb mit einem feuchten Küchenhandtuch an dem Fleck. Er ließ sich nicht so einfach entfernen – er war tief in das rissige Holz gezogen, und ich musste fest schrubben. Ich hatte keine Kraft im Handgelenk, und die Anstrengung verstärkte noch die Übelkeit. Mir brach kalter Schweiß aus, und bittere Galle stieg mir in den Mund. Das war die letzte Stufe vor dem Erbrechen. Das verschmierte Blut auf dem Handtuch gab mir den Rest.

Ich schaffte es gerade noch rechtzeitig ins Bad.

Dann lag ich auf dem Sofa im Wohnzimmer, war aber zu unruhig und fiebrig, um richtig zu schlafen. Ich warf mich in einer Art Delirium herum, wobei mein Verstand mit einer Million Stundenkilometer dahinraste, ein Zug voller verwirrter, paranoider, schuldbewusster Gedanken, der auf einem winzigen Gleis in schwindelerregendem Tempo im Kreis fuhr.

Wir hatten den Einbrecher nicht richtig begraben; der rechte Arm ragte steif aus der Erde. Wenn es nicht der Arm war, dann eben der Fuß, der Fuß ohne Schuh und in einer fadenscheinigen grünen Socke: Ich musste hingehen und ihn richtig vergraben, sonst würde Mrs Harris ihn bemerken … Oder wir hatten den Einbrecher gar nicht richtig getötet, er war wieder zu Bewusstsein gelangt und stemmte sich aus seinem provisorischen Grab empor, ein Monster aus Schlamm und zerhacktem Fleisch wie aus einem billigen Horrorfilm. Er rief mich auf dem Handy an, während er zum Haus wankte, wollte mich erschrecken, peinigen, foltern …

Ich fuhr schreiend hoch, als das Telefon klingelte. Entsetzt starrte ich hin und ließ es klingeln, weil ich Angst hatte, mich zu melden. Als ich wieder einen klaren Kopf hatte und der lächerliche Gedanke, es könnte der Einbrecher sein, langsam verblasste, folgte der nächste Schreck. War es die Polizei? Ich weiß nicht, wie oft ich es klingeln ließ, bis ich mich endlich meldete.

Es war Mum.

Sie klang sehr vorsichtig, als vermutete sie, dass irgendjemand uns belauschen könnte. Ich tat es ihr nach.

»Hast du einen schönen Geburtstag?«, fragte sie fröhlich.

»Ja, wunderbar, Mum«, antwortete ich ohne eine Spur von Ironie. »Roger hat mir eine schöne Ausgabe von *Rebecca* geschenkt.«

»Klasse! Wie war der Unterricht?«

»Danke, bestens. Wir haben die Ursachen des Ersten Weltkriegs besprochen. Das ist Rogers Spezialgebiet – du solltest ihn hören, er weiß einfach alles darüber. Er sollte wirklich ein Buch schreiben.«

Wir unterhielten uns etwa fünf Minuten, ohne wirklich etwas zu sagen, doch am Ende des Gesprächs wusste Mum, dass es mir gutging und die Polizei nicht da gewesen war … noch nicht.

Sie sagte, sie wolle versuchen, früh nach Hause zu kommen.

Kurz darauf musste ich mich noch einmal übergeben, hatte aber kaum noch etwas im Magen. Ich ging nach oben, wusch mein Gesicht mit kaltem Wasser, putzte mir die Zähne und gurgelte mit Mundwasser, um den beißenden Geschmack loszuwerden. Als ich am Waschbecken stand, überkam mich ein unglaublicher Schlafdrang; der Schlaf lockte mich wie eine

Sirene, wie die Flöte des Rattenfängers, und ich wäre ins Bett gegangen (zum Teufel mit den Folgen), wenn nicht in eben diesem Moment Mrs Harris' Auto in die Einfahrt gebogen wäre.

Mrs Harris bereitete mir sehr viel weniger Probleme als Roger. Sie interessierte sich überhaupt nicht für die Tatsache, dass ich Geburtstag hatte, und als sie die Karte und das Geschenk von Roger entdeckte, bemerkte sie nur barsch, sie könne Konkurs anmelden, wenn sie allen ihren Schülern Geburtstagsgeschenke kaufte. Anders als Roger interessierte sich Mrs Harris kaum für ihre Umgebung und hätte vermutlich nicht einmal bemerkt, wenn das ganze Sideboard aus dem Zimmer verschwunden wäre. Auch wollte sie niemals Tee, sondern brachte lieber schwarzen Kaffee in einer kleinen Thermosflasche mit.

Die öde, ereignislose Stunde wurde nur einmal kurz unterbrochen, das aber mit einer schockierenden Heftigkeit.

Mrs Harris hatte sich eine Tasse Kaffee eingeschenkt und wickelte ihre Vollkornkekse aus der Frischhaltefolie.

»Ich habe gerade eine neue Schülerin angenommen, die ganz in der Nähe wohnt. Sie ist in deinem Alter. Ihr Vater ist Bauer – ich glaube, seine Felder müssten an euren Garten grenzen. Sie heißt Jade. *Jade,* nicht zu fassen!«

Ich sagte nichts, sondern schaute auf die Uhr, um zu sehen, wie lange die Stunde noch dauerte.

»Sie ist auch ein sogenanntes Mobbingopfer«, fuhr Mrs Harris fort und wischte sich die Kekskrümel von den Fingerspitzen. »Mit anderen Worten, sie zieht es vor, zu Hause zu bleiben, statt sich die Mühe zu machen und zur Schule zu gehen.«

Früher hatte ich solche Bemerkungen durchgehen lassen; ich wusste, was Mrs Harris von Mäusen hielt. Diesmal aber platzte ich heraus, bevor ich nachdenken konnte.

*»Wie können Sie es wagen?«,* zischte ich und zerknüllte unbewusst das Papier, auf dem ich geschrieben hatte.

Mrs Harris starrte mich verblüfft an, als hätte ihr braves Schoßhündchen sie plötzlich in den Finger gebissen. Ich spürte, wie sich mein Gesicht in unbezähmbarem Zorn verzerrte.

»Wie können Sie es wagen?«, brüllte ich ihr ins Gesicht. »Ich habe acht Monate lang die Hölle durchgemacht! Ich wurde jeden Tag angegriffen. Man hat mich angezündet! Ich hätte sterben können! Was meinen Sie mit sogenanntes Mobbingopfer?«

Mein Zorn war so groß, dass meine Worte nicht mit ihm Schritt halten konnten. Er hatte sich derart in mir aufgestaut, dass ich ihn nun, da die Dämme gebrochen waren, gar nicht in Worte fassen konnte. Mein Ausbruch endete in zusammenhanglosem Gestammel.

Mrs Harris' Reaktion überraschte mich. Ich hatte erwartet, dass sie sich hochmütig und entrüstet geben und eine giftige Antwort parat haben würde, die mich in Tränen ausbrechen ließe. Doch statt in selbstgerechten Zorn zu verfallen, legte sie die Finger an die Lippen, als könnte sie nicht glauben, was sie gesagt hatte.

»Es tut mir leid, Shelley. Es tut mir – so leid!« Ihre sommersprossige Hand bewegte sich in einer unbeholfenen, versöhnlichen Geste über den Tisch. Dann zog sie sie in den Schoß zurück. »Ich wollte das, was du durchgemacht hast, nicht verharmlosen. Das war dumm und taktlos von mir. Ehrlich gesagt, hatte ich vergessen, mit wem ich spreche.«

Mein Zorn legte sich allmählich, und wir machten mit dem Unterricht weiter, waren aber beide zerstreut und überaus erleichtert, als es endlich halb fünf war. An der Tür entschuldigte sich Mrs Harris noch einmal und wünschte mir alles Gute zum Geburtstag.

Ich sah sie wegfahren und freute mich trotz der traumatischen Erfahrungen dieses Tages, dass ich mich endlich behauptet und es mit einem so harten Knochen wie ihr aufgenommen hatte. Ich wusste, dass sie vermutlich nur zurückgerudert war, weil sie fürchtete, dass die Behörden von ihren zynischen Bemerkungen über »Drückeberger« und »Weichlinge« erfahren könnten. Dann wäre es vorbei mit den fetten monatlichen Schecks. Dennoch hatte ich einen Sieg errungen. Sie hatte den ungeordneten Rückzug angetreten; die furchterregende Mrs Harris war also doch nur ein Papiertiger. Ich lächelte triumphierend – doch als mein Blick in den Vorgarten fiel, erstarb das Lächeln auf meinen Lippen.

# 23

Erst als ich allein im Haus war, fiel mir die Brieftasche des Einbrechers wieder ein.

Ich konnte dem Drang, seinen Namen zu erfahren, einfach nicht widerstehen. Es war mehr als Neugier. Mir war, als würde er etwas von seinem Schrecken verlieren, wenn ich seinen Namen wüsste.

Immerhin würde ein Name den Einbrecher im alltäglichen Leben, in der Realität verankern. Er wäre Joe Bloggs oder David Smith, eine Person, ein Individuum – und ein jämmerliches zudem. Ohne Namen wäre er irgendwie grenzenlos; er könnte wie ein giftiger Nebel in alle Bereiche meines Lebens dringen und sie verseuchen. Er wäre der schwarze Mann, ein Sammelbecken für alle Ängste, die mich den Rest meines Lebens verfolgen würden. Wenn ich nur seinen Namen herausfinden könnte, wäre es, als würde man mitten in einem Horrorfilm das Licht einschalten.

Mum würde erst in einigen Stunden nach Hause kommen, ich konnte mir also Zeit lassen.

Ich ging ins Gästezimmer. Inzwischen wusste ich, in welchen Beuteln die Bademäntel, die Gummistiefel und die rote Sporttasche waren. Ich suchte nach dem ersten Beutel mit dem zerbrochenen Geschirr und der Fußmatte. Er klemmte hinter Mop und Eimer. Mum hatte einen ihrer gemeinen kleinen Knoten geknüpft, für die ich eine Ewigkeit brauchte. Mein Appetit, den ich vor neun Stunden für immer verloren geglaubt hatte, meldete sich mit großer Heftigkeit zurück.

Ich musste die Fußmatte beiseiteschieben, um in den Beutel zu schauen. Da war die Brieftasche, ganz unten. An der Fußmatte klebte ein graues, gallertartiges Zeug, das vermutlich aus dem Kopf des Einbrechers gesickert war, als wir ihn aus der Küche geschleift hatten. Ich konnte nicht hinsehen und drehte mich zur Wand, während ich wie blind nach der Brieftasche tastete. Dann schlossen sich meine Finger darum und zogen sie heraus.

Es war ein komisches Gefühl, etwas in der Hand zu halten, das dem Einbrecher gehört hatte – das in seiner Tasche gesteckt hatte, während ich ihn erstochen hatte. Es war, als hätte ich ihn zum Leben erweckt. Ich konnte seine Gegenwart beinahe spüren und wollte plötzlich so schnell wie möglich das Gästezimmer verlassen.

Mit zitternden Fingern und rasendem Herzen klappte ich die Brieftasche auf. Das Münzfach war prall gefüllt, in einem anderen steckten zahlreiche Karten. Ich erkannte die rosa Ecke eines Führerscheins und versuchte, ihn mit den Fingernägeln herauszuziehen. Ich blickte in die kalten grauen Augen des Einbrechers. Wieder überkam mich Übelkeit. Seine Haare waren etwas kürzer, die Wangen weniger hohl, aber das Gesicht war unverkennbar: Dies war der Mann, den Mum und ich letzte Nacht in der Küche getötet hatten.

Und da stand auch der Name.

*Paul David Hannigan.*

Ich steckte den Führerschein in die Gesäßtasche meiner Jeans, klappte die Brieftasche zu und warf sie in den Müllbeutel. Ich band ihn zu und versuchte, Mums Knoten so gut wie möglich nachzuahmen. Es waren keine Flecken auf meinen Händen oder an den Ärmeln zu sehen, aber ich wusch mir dennoch die Hände und zog zur Sicherheit ein anderes Oberteil an.

Mein Magen gurgelte und knurrte vor Hunger. Ich ging in die Küche und machte mir eine kleine Schale Gemüsesuppe warm. Dazu schnitt ich einige Scheiben Baguette ab. Ich stellte die Sachen auf ein Tablett und aß vor dem Fernseher, in dem eine Zeichentrickserie lief. Es war sonderbar, wie Tom Jerry durch die Küche jagte *(»Wir spielen Reise nach Jerusalem! Wir spielen Reise nach Jerusalem!«)* und ihr mit der Bratpfanne auf den Kopf schlug, bis Jerry platt wie ein Pfannkuchen war. Dazu erklangen fröhliche Musik und komische Begleittöne wie »Boing!«. Gewalt in grellen Farben. Gewalt ohne Blut. Gewalt ohne Tod. Im wirklichen Leben war es anders. Ich erinnerte mich, wie Mum mit dem Schneidbrett in Stellung gegangen war, es fest umklammert und tief Luft geholt hatte, bevor sie es hoch über den Kopf schwang. Ich erinnerte mich an das Geräusch des Aufpralls … es war kein Boing gewesen.

Ich legte mich aufs Sofa und schaute mir den Führerschein genauer an. Ich las das Geburtsdatum und rechnete aus, dass Paul David Hannigan vierundzwanzig gewesen war, acht Jahre älter als ich. Älter als ich gedacht hatte. Da war seine Unterschrift – eine nach links geneigte Kinderschrift mit einem lächerlichen Schnörkel, als wäre er jemand Wichtiges. Als Adresse war eine Stadt im Norden angegeben, die berüchtigt war für hohe Arbeitslosigkeit und kriminelle Drogenbanden. Erst vor einem Monat war dort ein vierzehnjähriger Junge, der als Drogenkurier arbeitete, am helllichten Tag erschossen worden. Eine Ratte weniger aus diesem Rattenloch, dachte ich schläfrig. Allerdings war der Führerschein vier Jahre alt, vermutlich hatte Paul Hannigan inzwischen hier in der Gegend gelebt.

Ich versuchte mir auszumalen, wie die Polizei seine Spur schließlich zu uns zurückverfolgte, doch mir fielen die Augen zu. Ich schob den Führerschein wieder in die Hosentasche. Jemand vermisste ihn schon. Jemand … suchte … schon … nach … ihm …

# 24

Ich wachte auf, weil mich jemand sanft an der Schulter rüttelte.

Als ich die Augen aufschlug, sah ich Mum über mir. Draußen war es dunkel. Das einzige Licht im Wohnzimmer kam von der Stehlampe neben dem Fernseher.

»Ist die Polizei da?« Ich setzte mich mit einem Ruck auf.

»Nein, nein«, erwiderte Mum in sanftem Ton. »Die Polizei ist nicht hier, Shelley. Ich habe dir einen Tee gemacht. Es ist halb elf.«

»Halb elf?« Ich hatte über fünf Stunden geschlafen!

»Als ich nach Hause kam, hast du tief und fest geschlafen. Ich wollte dich nicht wecken. Ich habe die ganze Küche noch einmal genauestens untersucht, gebadet, hier im Sessel gesessen und bin dann auch eingeschlafen. Ich bin selbst eben erst wach geworden.«

Ich nahm den Becher, den sie mir hinhielt. Mein Mund war trocken und schmeckte scheußlich, und ich trank durstig den lauwarmen Tee.

»Was macht dein Hals?«

Ich schluckte. Das kratzige Gefühl war noch da.

»Fühlt sich komisch an.«

»Ich habe dir Halsbonbons und Hustensaft mitgebracht. Nimm den Hustensaft, bevor du schlafen gehst, und dann warten wir, wie es morgen aussieht. Mit einem bisschen Glück wird es dadurch besser. Hoffentlich musst du nicht zum Arzt – Dr. Lyle ist alt, aber kein Idiot. Er wird unangenehme Fragen stellen.«

»Wie war's bei der Arbeit, Mum?«

»Furchtbar. Ich hatte einen Riesenstreit mit Blakely, und zwar vor den Augen von Brenda und Sally.«

»Einen Streit?«

»Er wollte, dass ich länger bleibe, und ich habe mich geweigert. Das hat ihm nicht gefallen.«

Vermutlich übertrieb sie. Ich hatte noch nie erlebt, dass Mum mit *irgendjemandem* Streit hatte.

»Hat jemand was zu deinem Auge gesagt?«

»Sally hat mich gefragt, warum ich geschminkt bin.«

»Was hast du geantwortet?«

»Ich hätte beschlossen, mir einen neuen Mann zu suchen.«

»Und?«

»Sie hat gesagt, es gebe da einen supertollen Strafrechtler namens Blakely, der noch zu vergeben sei.«

Wir kicherten. Doch unser Kichern verstummte, als wir uns daran erinnerten, mit welcher Last wir von nun an leben mussten.

Wir schwiegen lange, tranken Tee und starrten ins Leere, als wären wir gerade erst aufgewacht. Ab und an erklang aus dem Garten der geisterhafte Schrei einer Eule.

»Mum?«

»Ja, Shelley?«

»Was passiert jetzt, Mum?«

Sie vergrub das Gesicht in den Händen und bewegte sie hin und her, als würde sie sich waschen. Als sie mich wieder anschaute, wirkte sie unsagbar müde.

»Ich weiß es nicht, Shelley, ich weiß es wirklich nicht. Ich habe den ganzen Tag darüber nachgedacht, aber ich weiß es wirklich nicht.«

Draußen schrie wieder die Eule – ein langes, klagendes Vibrato –, und ich dachte an die Leiche, die dort draußen in dem ovalen Rosenbeet lag.

Ich griff nach Mums Hand und drückte sie ganz fest.

»Mum?«

»Ja, Liebes?«

»Darf ich heute bei dir schlafen?«

»Ja, natürlich, mein Schatz.«

In jener Nacht träumte ich, ich arbeitete mit Roger am Esstisch, als die Polizei kam. Draußen war es dunkel, und als ich die Haustür öffnete, blendete mich ihr Blaulicht. »Licht aus!«, schrie ich. »Sehen Sie nicht, dass ich blutunterlaufene Augen habe?« Polizisten mit Gasmasken und Schrotflinten führten Mum und mich aus dem Haus. Roger trat an die Tür und rief mit schwacher Stimme: »Sie können sie doch nicht mitnehmen – ist Ihnen nicht klar, dass sie in zwei Monaten sehr wichtige Prüfungen hat?« Mum und ich trugen orangefarbene Overalls wie die amerikanischen Gefangenen, die ich aus dem Fernsehen kannte; unsere Beine waren an den Knöcheln zusammengekettet und unsere Hände mit Handschellen auf dem Rücken gefesselt. »Warum tragen Sie Gasmasken?«, fragte Mum einen der Polizisten. »Der Gestank!«, brüllte er. »Der Gestank des Todes! Wenn Sie ihn nicht riechen, beweist das, dass Sie schuldig sind!«

Jemand lachte, und ich sah den Einbrecher aus dem Rosenbeet aufstehen. Er war unverletzt, so wie ich ihn das erste Mal oben an der Treppe gesehen hatte, nur dass seine olivgrüne Bomberjacke mit leuchtend roten Schleifen verziert war, deren lange Enden sich auf dem Boden zu seinen Füßen kringelten. Als er mich sah, trat ein harter, mörderischer Ausdruck in sein Gesicht. »Das waren die Eier«, sagte er, »du hässliche, hochnäsige Schlampe. Die waren nicht mehr gut.« Sein Handy klingelte, und er griff in die Tasche. »Entschuldigung, ein Anruf.« Er steckte einen Finger ins Ohr, um besser zu hören, und schlenderte zum Haus.

Die Polizisten stießen uns in einen gepanzerten Bus und fuhren die Einfahrt hinunter. Durchs Fenster sah ich ein Auto, das auf der schmalen Straße parkte, und eine schattenhafte Figur, die hinter dem Steuer wartete. Plötzlich blitzten die Scheinwerfer auf, der Motor heulte wütend, und das Auto begann uns zu folgen.

»Wer ist das?«, fragte Mum.

»Der Wächter«, erwiderte ich.

# 25

Am nächsten Morgen war ich zunächst verwirrt, als ich in Mums Zimmer aufwachte. Sie war schon aufgestanden, und nur die geisterhafte Spur ihres Geruchs und ein paar Korkenzieherhaare auf dem Kopfkissen zeugten von ihrer Gegenwart. Ich hörte in der Küche Wasser laufen, Schranktüren wurden zugeschlagen, und die fröhliche Stimme des Radiomoderators schwatzte vor sich hin.

Als ich aufstehen wollte, war ich unglaublich steif. Meine Muskeln schrien förmlich vor Schmerz, als wäre ich in der Nacht einen Marathon gelaufen, und erst jetzt wurde mir klar, wie heftig ich mit dem Einbrecher gerungen haben musste. Ich hinkte ins Badezimmer wie eine alte Frau und zuckte bei jedem Schritt zusammen. Als ich auf dem Klo saß, spürte ich den Schmerz am Steißbein, wo ich auf das Messer gefallen war. Mein Hals tat noch weh, aber das seltsame Kratzen, das ich beim Schlucken verspürt hatte, war verschwunden. Beim Blick in den Spiegel stellte ich erleichtert fest, dass auch meine Augen weniger blutunterlaufen waren. Ich hielt mein Gesicht so nah an das Glas, dass meine Nase es beinahe berührte.

Dann fragte ich mein Spiegelbild: »Kommt heute die Polizei?«

Ich war gerade in mein Zimmer gegangen, um Pantoffeln und einen alten Bademantel zu holen, als ich draußen etwas bemerkte – einen fremden Farbfleck in der Landschaft. Ich wischte die beschlagene Scheibe ab, bereute es aber sofort.

Auf der schmalen Straße, die neben unserem Grundstück verlief, stand ein klappriges türkisfarbenes Auto. Es parkte fast in der Hecke. Das rechte Vorderrad stand halb im Gras, während das Heck auf die Fahrspur ragte. Auf der anderen Seite der Hecke befand sich unser Garten – die Zypressen, das Gemüsebeet und Mr Jenkins' Komposthaufen markierten die Grenze.

Das Blut rann plötzlich eiskalt durch meine Adern. Kein Zweifel, das war Paul Hannigans Auto. Paul Hannigans Auto parkte vor unserem Haus und deutete wie ein riesiger Pfeil auf Honeysuckle Cottage. Es schrie der Polizei förmlich entgegen: *Sie wollen das Geheimnis des verschwundenen Fahrers lösen? Bitte hier klingeln.*

Genau davor hatte ich mich gefürchtet! Hätten Mum und ich in aller Ruhe nachgedacht, wäre uns klargeworden, dass der Einbrecher nur mit dem Auto zu unserem Haus gelangt sein konnte. Um diese Zeit fuhren keine Busse mehr, und es war äußerst unwahrscheinlich, dass er zu Fuß gekommen war. Wie hätte er denn mit seiner Beute fliehen wollen? War er aber mit dem Auto gekommen, musste es noch irgendwo da draußen stehen. Doch der Schreck und die Verwirrung waren so groß gewesen, dass uns dieser offensichtliche Gedanke nicht gekommen war.

Mum polterte die Treppe herauf, als sie meine panischen Rufe hörte.

»Was ist denn los?« Sie stürmte totenblass und atemlos ins Zimmer.

Ich sagte nichts, sondern deutete nur aus dem Fenster.

Sie keuchte auf, als sie das Auto entdeckte, und fluchte leise. Sie stand hinter mir, die Hände auf meinen Schultern, das Kinn auf meinem Kopf, und ich spürte, wie sie am ganzen Körper zitterte.

Wir gingen zusammen nach unten, frühstückten schweigend und wie betäubt – im Esszimmer. Wir waren noch nicht bereit, wieder in der Küche zu essen. Ich würgte etwas Toast hinunter, doch Mum wollte nichts. Sie trank nur eine Tasse Kaffee nach der anderen. Schwarz und stark. Sie war furchtbar blass, und das blaue Auge war jetzt von einem schmutzig-gelben Rand umgeben.

»Wir dürfen nicht in Panik geraten, Shelley. Wir müssen ruhig bleiben und alles logisch durchdenken.« Ich konnte aber sehen, dass es ihr auch nicht leichtfiel, ruhig zu bleiben – sie kaute zerstreut auf der Unterlippe und fuhr sich wieder und wieder mit der Hand durchs Haar.

»Wir müssen es durchdenken«, sagte sie mehr zu sich selbst. »Wir müssen es durchdenken.«

»Was gibt es da zu durchdenken?«, schrie ich ungehalten. »Der Wagen des Einbrechers parkt genau vor unserem Haus – er wird die Polizei anlocken wie ein Topf Honig die Bienen!« Ich erstickte fast an meiner aufsteigenden Panik. »Er wird sie geradewegs zu uns führen! Ich *wusste*, dass so etwas passieren würde! Ich hab's gewusst! Ich hab's gewusst!«

»Ganz ruhig, Shelley. Lass mich überlegen. Vielleicht ist es gar nicht sein Auto. Es könnte jemandem gehören, der letzte Nacht eine Panne hatte. Oder es wurde geklaut und hier abgestellt. Wir wissen nicht definitiv, dass es sein Wagen ist.«

»Komm schon, Mum. Der Zufall wäre ziemlich groß, oder? Es parkt genau neben unserem Haus! An der Ecke des Gartens, zu der er gestern gehen wollte, als ich ihn – erwischt habe.«

»Aber wir haben es gestern nicht gesehen. Vielleicht war es gar nicht da.«

»Mum, wir waren zu durchgedreht, um irgendetwas zu bemerken – außerdem kann man es nur von meinem Fenster aus sehen, und ich war gestern kaum in meinem Zimmer.«

Mum verfiel in düsteres Schweigen. Wollte sie sich noch immer einreden, es sei nicht das Auto des Einbrechers?

»Mum, wir müssen es verschwinden lassen! Wir müssen es *loswerden*!«

Sie sah mich an, als wäre ich verrückt geworden. »Verschwinden lassen? Wie denn?«

»Weißt du nicht mehr? Er hatte Autoschlüssel in der Tasche, sie sind oben in einem der Müllbeutel. Wir müssen den Wagen wegfahren und irgendwo abstellen. Sofort!«

»Im Augenblick können wir gar nichts tun, Shelley. Wir haben keine Zeit. Ich muss zur Arbeit, außerdem ist es tagsüber zu gefährlich. Jemand könnte uns dabei beobachten.«

Am liebsten hätte ich sie angeschrien, gepackt und geschüttelt. »Wir können nicht den ganzen Tag warten, Mum. Der Wagen blockiert die Straße. Jemand wird die Polizei rufen. Dann kommen sie und stellen Fragen!«

»Wir können es nicht jetzt machen, Shelley, es ist zu riskant. Wir müssen warten, bis es dunkel ist.«

Ich wollte protestieren, doch Mum unterbrach mich. »Ich weiß, dass es riskant ist, noch einen Tag abzuwarten, aber damit müssen wir leben. Jetzt muss ich ins Büro.«

Sie stand schwerfällig auf, als trüge sie das ganze Gewicht der Welt auf ihren Schultern. An der Tür blieb sie stehen und sagte resigniert: »Hol die Schlüssel aus dem Müllbeutel. Wenn es sein Wagen ist, bringen wir ihn weg, sobald ich von der Arbeit komme. Dann müsste es dunkel sein.«

»In Ordnung, Mum.«

»Und, Shelley«, sagte sie im Gehen, »bleib von dem Wagen weg, bis ich komme.«

Der Tag verging qualvoll langsam, während ich auf Mum wartete. Ich konnte mich auf nichts konzentrieren. Bei Roger funktionierte ich wie ein Automat – sah alle paar Minuten auf die Uhr und fragte mich, wie die Zeit so langsam vergehen konnte. Während wir am

Esstisch saßen und Gletschergeschiebe und unregelmäßige französische Verben paukten, konnte ich nur an den Wagen des Einbrechers denken.

In eben diesem Augenblick rief vielleicht ein neugieriger Nachbar die Polizei, um einen Wagen zu melden, der die Straße blockierte. Die Polizei würde kommen und sich den Wagen genauer ansehen. Sie würden die Straße entlanggehen und auf unser Haus stoßen. Das war unvermeidlich, immerhin parkte der Wagen neben unserem Garten. Und es gab keine anderen Häuser in der Nähe. Sie würden an die Haustür klopfen und mich fragen, ob der Wagen uns oder jemandem, den ich kannte, gehörte. Was sollte ich dann sagen? Könnte ich mit ihnen sprechen, ohne mich verdächtig zu machen?

Später würden sie kommen und den Wagen abschleppen, dann wäre unsere Chance dahin. Wenn Paul Hannigan als vermisst gemeldet worden war, könnte man seine Spur bis zu unserem Haus zurückverfolgen. Sicher würden sie zwei und zwei zusammenzählen. Außerdem lag vielleicht etwas im Wagen, das ihnen weitere Hinweise lieferte – unsere Adresse auf einem Zettel, eine Straßenkarte, auf der unser Haus markiert war. Falls Paul Hannigan wegen Einbruchs vorbestraft war, musste man kein Genie sein, um zu begreifen, dass er Honeysuckle Cottage ausrauben wollte – und danach nie wieder gesehen worden war.

Je länger ich darüber nachdachte, desto ängstlicher wurde ich und desto schwerer fiel es mir, mich zu konzentrieren. Ich spürte, dass Roger zunehmend gereizt wurde, weil ich nicht zuhörte und falsche Antworten gab, doch er sagte nichts. Als er weg war, rannte ich nach oben, um zu sehen, ob der Wagen noch da war. Ich stöhnte erleichtert auf, als ich das türkisfarbene Dach durchs Laub schimmern sah. Ich verbrachte die ganze Mittagszeit auf dem Fenstersitz und schaute auf den hässlichen Wagen hinunter, wobei ich fieberhaft nachdachte.

Ich dachte an Mum und wie sie sich am Morgen hatte einreden wollen, es sei nicht das Auto des Einbrechers. Ich war versucht, hinauszugehen und die Schlüssel auszuprobieren, damit ich ihr nachher sagen konnte, dass es wirklich sein Auto war. Dann würde sie endlich aufhören, sich verzweifelt an Strohhalme zu klammern. Aber ich tat es nicht. Ich wollte nicht gegen ihre ausdrückliche Anweisung verstoßen. Das wäre eine offene Kriegserklärung.

In der Stunde, die ich dort saß, fuhr kein einziges Auto und kein Traktor die Straße entlang, nur ein einsamer Radfahrer in einem hautengen, harlekinbunten Trikot. Er warf im Vorbeifahren einen flüchtigen Blick auf das Auto, fummelte aber mit einer Hand an seiner Tasche herum und lenkte mit der anderen.

Mrs Harris brachte mir ein Geburtstagsgeschenk mit – eine Schachtel teure belgische Pralinen –, das ich jedoch kaum zur Kenntnis nahm. Während sie über Prismen und Lichtbrechung schwafelte, konnte ich nur an eines denken: *Das Auto muss weg, das Auto muss weg!* Ich war davon überzeugt, dass die Polizei uns noch heute verhaften würde, wenn sie es fände.

Wenn wir Glück hatten, würde es noch ein paar Stunden länger dort stehen, und wenn Mum und ich es unbemerkt wegschaffen konnten, hätten wir tatsächlich eine Chance.

Das türkisfarbene Auto war noch da, als Mrs Harris nach Hause fuhr. Ich schaute aus meinem Fenster und trommelte ungeduldig mit den Fingern auf der Fensterbank. Es war erst Viertel vor fünf, wurde aber schon dunkel. Im Westen drangen noch hier und da lange Finger aus Sonnenlicht wie Theaterscheinwerfer durch die Wolkenbank, doch im Osten zogen rasch schwarze Regenwolken heran und tauchten die Felder in vorzeitige Nacht. Um sieben wäre es dunkel.

Plötzlich klatschten Regentropfen gegen das Fenster, und ich zuckte zusammen. Die dunklen Wolken breiteten sich rasch aus und erstickten nacheinander die Sonnenstrahlen; die ganze Szenerie mit dem weiten Himmel, der zwischen Hell und Dunkel geteilt war, erinnerte mich an allegorische Gemälde aus dem 19. Jahrhundert, die Titel wie *Der Kampf zwischen Gut und Böse* trugen.

Ich sah zu, wie ein weiterer zarter Sonnenstrahl von der wirbelnden Finsternis verschlungen wurde. Es schien, als würde das Böse ganz und gar triumphieren.

# 26

Es war stockdunkel, als Mum um halb acht nach Hause kam. Die schwarzen Regenwolken hatten auch das letzte Fleckchen Licht am Himmel erstickt, doch das drohende Unwetter war noch nicht losgebrochen. Stattdessen war ein launischer, lärmender Wind aufgekommen, der melodramatisch im Kamin heulte und die Fensterscheiben in ihren Rahmen erbeben ließ.

Mums erste Worte waren: »Ist es noch da?«

Ich nickte aufgeregt. »Ja, ist es!«

Wir setzten uns an den Küchentisch und legten uns rasch einen Plan zurecht.

»Ich bin mir immer noch nicht sicher, dass es sich um den Wagen des Einbrechers handelt«, setzte sie an, wobei sich ihre Brust deutlich unter der Kostümjacke hob und senkte. Ich verdrehte die Augen und verschränkte verärgert die Arme vor der Brust. Sie fuhr rasch fort. »Wenn doch, sollten wir ihn nicht einfach auf irgendeinem Feldweg abstellen. Wir müssen ihn so weit wie möglich von hier wegschaffen – irgendwo in der Stadt lassen.«

»Wo?«

Sie schürzte nachdenklich die Lippen. »Ich dachte an das *Farmer's Harvest*. Der Parkplatz ist riesengroß, und es herrscht ein ständiges Kommen und Gehen.

Wir können ihn einfach abstellen und unbemerkt verschwinden.«

Die Idee war gut – den Wagen an einer öffentlichen Stelle statt auf einer entlegenen Straße zu verstecken, wo vielleicht ein neugieriger Nachbar hinter den Gardinen lauerte.

»In Ordnung, klingt gut.«

Mum sah auf die Uhr und stand auf. Ich tat es ihr nach, wobei mich eine leichte Schwäche überkam, als stünde ich in einem Aufzug, der unvermittelt nach oben fährt.

Sie drehte sich zu mir. »Und wir müssen daran denken, alles aus dem Auto zu holen, das die Polizei zu uns führen könnte. Und zwar, *bevor* wir es abstellen.«

Ich nickte nachdrücklich.

»Dann zieh jetzt die dunkelsten Sachen an, die du finden kannst. Und Handschuhe. Ich mache das Gleiche.«

Während ich im Kleiderschrank nach meinem schwarzen Pullover mit dem Polokragen, der schwarzen Cordhose und dem alten schwarzen Mantel suchte, den ich seit meinem zwölften Lebensjahr besaß, kicherte ich vor nervöser Erregung – genau wie früher, wenn wir Verstecken spielten und ich den Atem der Suchenden nur Zentimeter von meinem Versteck entfernt gehört hatte. Wie oft hatte ich mich dadurch verraten! Kaum zu fassen, dass ich mich jetzt schwarz kleidete wie ein Fassadenkletterer, damit man mich im Dunkeln nicht erkennen konnte. Dass ich tatsächlich Handschuhe anzog, damit die Polizei meine Fingerabdrücke nicht fand. Es erinnerte mich so sehr an einen Film, dass es eigentlich nichts mit *meinem* Leben zu tun haben konnte.

Als wir aus der Küche in den Garten traten, bemerkten wir überrascht, wie tief die Dunkelheit war. Ein paar Sekunden lang fühlte ich mich wie blind, und wir zögerten, bevor wir einen Schritt ins Unbekannte wagten. Der Mond war nicht größer als die Spitze eines Fingernagels und wurde regelmäßig von den dahinjagenden dunklen Wolken verdeckt, die der Wind wie eine geisterhafte Flotte über den Himmel trieb. Der Abend war so dunkel, dass ich keinen einzigen Stern sehen konnte.

Vorsichtig ging ich in Richtung des Autos, doch Mum rief mit ängstlicher Stimme: »Shelley! Shelley, warte auf mich! Ich kann nichts sehen!«

Ich blieb stehen und wartete, bis Mum sich an mir festhielt. Dann schlurfte ich zögernd vorwärts. *Die Blinde führt die Blinde*, dachte ich. Ich verlor die Orientierung und marschierte geradewegs gegen den Ast eines Obstbaums. Er traf mich schmerzhaft an der Schläfe, knapp neben dem Auge, und ich fuhr mit einem Aufschrei zurück, wobei ich Mum auf den Zeh trat.

»Es hat keinen Sinn! Es ist zu gefährlich!«, rief sie über das Tosen des Windes hinweg. »Geh zurück und hole die Taschenlampe! Zweite Schublade unter der Spüle!«

Kurz darauf war ich wieder bei ihr. Mum hatte sich nicht von der Stelle gerührt. Sie legte die Hand vor die

Augen, um sie vor dem hellen Licht der Taschenlampe zu schützen.

»Mach sie aus, wenn du ein Auto hörst.« Dann hielt sie sich wieder an mir fest, und es ging weiter.

Eigentlich war es eine gute Taschenlampe, die wir für Stromausfälle gekauft hatten, doch in dieser undurchdringlichen Dunkelheit nützte sie nicht viel. Ihr Lichtkreis war nicht viel größer als ein Teller, und wir kamen noch immer langsam voran. Das Gras sah seltsam aus im Schein der Taschenlampe, nicht grün, sondern geisterhaft silbern, und die abgefallenen Äste ragten wie Skeletthände aus der Erde. Ich dachte an den Einbrecher, der hinter uns im ovalen Rosenbeet begraben lag: *Und wenn die Toten nicht tot bleiben? Wenn die Toten nicht wirklich sterben?*

Ich stellte mir vor, wie er in der Finsternis auf uns zukam. Ich sah sein totes Gesicht, die Neandertaler-Stirn, die glasigen Augen, den gebrochenen Kiefer, die klaffende Wunde am Hals. Mir war, als könnte seine Leichenhand jeden Augenblick nach mir greifen. Ich versuchte, schneller zu gehen, aber Mum klammerte sich an mich. Ich versuchte, die morbiden Gedanken zu vertreiben, und sagte mir, es gäbe keine Geister, der Einbrecher Paul David Hannigan sei ein schmächtiger Ganove von vierundzwanzig Jahren gewesen und *tot, tot, tot*! Doch sein Name schützte mich nicht vor der Angst, wie ich gehofft hatte.

Endlich erreichten wir die Hecke. Ich spähte hinüber. Die Straße schien vollkommen verlassen, doch als sich der Wind legte, vernahm ich ein seltsames

Geräusch – ein unregelmäßiges Klacken und Zischen, dass irgendwo aus der Nähe kam. Ich hielt inne. Es dauerte eine Weile, bis ich den Grund erkannte: eine Berieselungsanlage auf dem Feld gegenüber. Wenn das Unwetter losbrach, würde man sie kaum noch brauchen.

Ich quetschte mich durch die Hecke auf die grasbewachsene Böschung, gefolgt von Mum. Sie ging zur Fahrerseite des Wagens und probierte den Schlüssel aus. Die Tür öffnete sich beim ersten Versuch. Ich verspürte den kindischen Drang, eine Bemerkung zu machen – *Hab ich doch gesagt! Hab ich doch gesagt!* –, konnte den Impuls aber unterdrücken. Als Mum die Tür öffnete, ging die Innenbeleuchtung an. Wir krochen rasch ins Auto, als hätte uns ein greller Suchscheinwerfer erwischt, und knallten die Türen zu.

Einen Moment lang saßen wir schweigend im Dunkeln. Ich hörte, wie Mum sich bemühte, ruhig zu atmen, und rümpfte die Nase, weil es so nach Zigaretten stank.

»Okay«, flüsterte sie, »mal sehen, was wir hier haben.« Sie tastete nach dem Schalter für die Innenbeleuchtung. »Wo ist der verdammte –!«

»Schon gut, Mum. Ich habe die Taschenlampe.«

Ich schaltete sie ein, und wir durchsuchten eilig den Wagen. In meiner fiebrigen Paranoia rechnete ich damit, dass jeden Moment ein Auto um die Ecke biegen könnte. Im Handschuhfach fand ich einen Notizblock, auf dem irgendwelche Berechnungen standen. Ich nahm ihn heraus, ließ Bonbonpapiere, Zigaretten,

Parkscheine und eine Zellophantüte mit einem tabakbraunen Würfel, der ein starkes Aroma verströmte und den ich für Cannabis hielt, aber liegen. Im Seitenfach an der Fahrertür entdeckte Mum einen Straßenatlas, den sie an sich nahm. Vielleicht hatte Hannigan etwas Verdächtiges hineingekritzelt. Auf dem Rücksitz lag ein khakifarbener Trenchcoat, den ich zu einem Bündel rollte. Ich leuchtete mit der Taschenlampe den Boden ab, fand aber nur Schokoladenpapier und eine leere Wodkaflasche.

»Sollen wir das alles mit ins Haus nehmen?«

»Nicht jetzt.« Mums ängstliches Gesicht leuchtete gelb im Lampenlicht und war von tiefen Schatten gezeichnet. »Das dauert zu lange. Leg die Sachen hinter die Hecke in den Garten. Wir nehmen sie später mit.«

Ich stieg aus, quetschte mich wieder durch die Hecke, warf Notizblock und Atlas ins Gras und den seltsam schweren Trenchcoat obendrauf, damit sie nicht weggeweht wurden.

Als ich wieder im Auto saß, versuchte Mum, den Motor anzulassen. Ihre Hände zitterten so sehr, dass sie den Schlüssel nicht ins Zündschloss bekam. Die anderen Schlüssel klapperten geräuschvoll. Dann fiel mir etwas ein, und ich berührte sie sanft an der Schulter. Sie zuckte zusammen und starrte mich an.

»Mum, warte mal. Wir haben den Kofferraum vergessen!«

Sie sagte nichts, sondern stieg aus und ging nach hinten. Nachdem sie ewig lange mit den Schlüsseln herumgefummelt hatte, sprang die Kofferraumklappe auf und wurde kurz darauf wieder zugeknallt. Ich hielt im Rückspiegel Ausschau nach Mum, konnte sie aber nicht sehen. Es war, als wäre sie von der Nacht verschluckt worden. *Wo ist sie?*, fragte ich mich mit wachsender Sorge. *Wo ist sie hin?* Ich hörte, wie etwas Schweres ins Gebüsch fiel, und schaute nervös zum Garten. *Was zum Teufel war das?*

Plötzlich wurde die Fahrertür aufgerissen, und Mum stieg wieder ein.

»Was war das für ein Geräusch?«

»Die Werkzeugtasche«, sagte sie atemlos.

»Werkzeuge?«

»Er hatte eine Tasche mit Werkzeugen im Kofferraum. Ich habe sie über die Hecke in den Garten geworfen. Ich wollte lieber kein Risiko eingehen.«

»Es hörte sich an, als hätte jemand –« Doch meine Stimme ging im Geräusch des Motors unter, der explosionsartig zum Leben erwachte. Wir holperten über die Böschung, und die Gangschaltung heulte auf, als Mum nach dem zweiten Gang suchte und den Motor überdrehte.

»Schalten, Mum! Du musst hochschalten, Herrgott nochmal!«

»Das versuche ich ja!«

»Das Licht! Du hast kein Licht an!«

Wir fuhren in die absolute Dunkelheit; es war unmöglich zu sehen, wohin wir uns bewegten. Mum tastete auf dem Armaturenbrett nach dem Lichtschalter, doch nun setzten sich die Scheibenwischer in

Bewegung und wischten hektisch hin und her. Fluchend schaltete Mum sie wieder aus und versuchte es noch einmal. Jetzt ging der linke Blinker an und leuchtete ungeduldig auf, als hätte er einen nervösen Tick. Ich betete: *Bitte lass jetzt kein anderes Auto kommen, bitte lass kein anderes Auto kommen. Es wird uns über den Haufen fahren!*

Dann hatte sie den richtigen Schalter gefunden, und im gelben Licht erkannten wir die furchtbare Gefahr, in der wir uns befanden. Wir waren kurz davor, im Straßengraben zu landen. Ich schrie auf, und sie riss abrupt das Steuer herum. Ich rechnete schon damit, der Wagen würde abheben, doch irgendwie blieben wir mit allen vier Rädern auf der Straße. Wir schossen auf die gegenüberliegende Böschung zu, als Mum gegensteuerte, und landeten schließlich wieder auf dem Asphalt. Endlich fand sie den zweiten Gang, und das Heulen des Motors verstummte wie ein hungriges Tier, dem man Futter hingeworfen hat.

Im Schneckentempo krochen wir über die gewundenen Straßen, wobei Mum noch immer mit der fremden Gangschaltung kämpfte. Etwa fünfzehn Minuten später landeten wir auf einer Nebenstraße und gelangten schließlich auf die Hauptstraße, die in die Stadt führte. Ich kam mir nackt und verletzlich vor, als wir die dunkle Landstraße hinter uns ließen und uns im hellen Schein der Laternen in den Verkehr einfädelten. Ich rutschte in meinem Sitz hinunter und hielt mir die Hände vors Gesicht. Wenn nun ein Freund von Paul Hannigan zufällig hinter uns fuhr und das Auto erkannte? Was würde er tun, wenn er zwei fremde Frauen im Wagen seines Freundes entdeckte? Ich bemühte mich, nicht daran zu denken …

»Geht es nicht schneller, Mum?«, stöhnte ich.

»Ich darf nur fünfzig fahren, Shelley. Wir wollen doch nicht, dass uns die Polizei anhält.«

Ich duckte mich noch tiefer.

Eine qualvolle Viertelstunde später tauchten die grellen Lichter des *Farmer's Harvest* links von uns auf.

Es war eine rustikale Restaurantkette, in der die Kellnerinnen wie Figuren aus einem Roman von Thomas Hardy gekleidet waren; die Wände waren mit Zaumzeugschmuck aus Messing und alten landwirtschaftlichen Geräten dekoriert. Das »Huhn« hingegen wurde in perfekten Rechtecken serviert und die Tomatensoße in kleinen Tütchen, die man extra bezahlen musste. Obwohl das Restaurant so scheußlich war, herrschte immer großer Andrang. Im Vorbeifahren bemerkte Mum gern, es sei der »schlagende Beweis« für das, was irgendein Schlaumeier mal gesagt hatte. *Publikumsgeschmack? Der Publikumsgeschmack ist scheußlich!*

Mum fuhr langsamer, blinkte links und bog vorsichtig wie eine Fahranfängerin bei der Prüfung auf den Parkplatz. Bloß keine Aufmerksamkeit erregen. Wir rollten an den Reihen parkender Autos vorbei bis nach hinten, wo es weniger hell war und Büsche und Bäume den Parkplatz säumten. Nirgendwo war ein Platz frei.

»Sag nichts«, zischte Mum, *»sag jetzt nichts!«*

Wir drehten eine Runde über den gesamten Parkplatz, vergeblich. Bald fanden wir uns vor dem hell erleuchteten Restaurant wieder.

»Noch einmal, Mum, noch eine Runde! Vielleicht haben wir einen übersehen!«

Wir mussten eine Weile warten, als eine Gruppe von Leuten den Parkplatz überquerte. Sie sahen aus wie Hochzeitsgäste – die Frauen in engen, geschlitzten Kleidern und hochhackigen Schuhen, die Männer in Anzügen mit Nelken im Knopfloch. Doch trotz der eleganten Aufmachung wirkten sie irgendwie grob und bedrohlich. Ich bemerkte die tätowierten Fingerknöchel der Männer, die Pferdeschwänze und die obligatorischen Ohrringe. Sie schienen jetzt schon betrunken und grinsten uns dämlich an.

Paul Hannigan mit seinem schmierigen langen Haar und dem Wieselgesicht hätte wunderbar zu ihnen gepasst. Ich schirmte die Augen mit der Hand ab und betete, dass niemand das Auto erkannte. Ein junger Typ mit rasiertem Kopf und Segelohren, dem eine Zigarette aus dem Mund baumelte, schlug mit der Faust auf die Motorhaube und brüllte etwas, das ich nicht verstand. Ich wand mich in meinem Sitz und wünschte mich weg, *irgendwohin*. Endlich rollte der Wagen weiter, und als ich aufblickte, drängten sich die Hochzeitsgäste vor der Restauranttür, brüllten und gestikulierten, und Segelohr warf lachend den Kopf in den Nacken – ein Lachen voll brutaler Bosheit und ohne jede menschliche Wärme.

Wir fuhren wieder in den hinteren Bereich des Parkplatzes und kamen an anderen Autos vorbei, die ebenfalls nach einer Lücke suchten. Dann entdeckte ich eine in der Mitte der vorletzten Reihe und rief, Mum solle zurücksetzen.

»Ich weiß nicht, Shelley, ich weiß nicht, ob ich da reinkomme.«

Mum war hoffnungslos beim Einparken und setzte niemals rückwärts in eine Lücke, wenn es sich irgendwie vermeiden ließ.

»Es muss nicht perfekt sein, Mum. Fahr einfach rein. Und dann nichts wie weg!«

Mum legte den Rückwärtsgang ein und rollte langsam in die Lücke. Sie hatte jedoch nicht weit genug eingeschlagen und musste einen weiteren Versuch starten. Auf meiner Seite parkte ein neu aussehender Geländewagen. Mum schaffte es wieder nicht und musste zum zweiten Mal vorfahren. Ihr Gesicht war ganz verzerrt vor lauter Konzentration, und sie hatte die Zähne zusammengebissen. Dann tauchte ein anderes Auto auf und wollte an ihr vorbei, doch wir blockierten den Weg. Knirschend legte Mum einen Gang ein und versuchte es noch einmal. Diesmal traf sie den richtigen Winkel, und wir konnten immerhin so weit in die Lücke fahren, dass das andere Auto vorbeikam. Sie setzte noch einmal vor, und dann standen wir richtig.

Sie schaltete den Motor aus und seufzte erleichtert.

»Gut gemacht, Mum«, sagte ich. Sie sah mich kopfschüttelnd an, als wollte sie sagen: *Was für ein Albtraum!*

Ich hatte kaum Platz, um auszusteigen, und bei Mum war es noch enger. Ich sah, wie die Tür sich in ihren Bauch drückte, als sie sich hindurchquetschte. Es gelang mir, mich halb hinauszuwinden. Ich wollte gerade mein rechtes Bein nachziehen, als die Welt um mich herum explodierte.

Ein ohrenbetäubender Lärm, aufblitzende orangefarbene Lichter. Ich schoss herum und rechnete schon damit, von Polizeiautos umzingelt zu sein, doch es war nichts zu sehen. Ich stand da und schaute dumm aus der Wäsche. Dann dämmerte mir, dass die Alarmanlage des Geländewagens losgegangen war.

Mum tauchte neben mir auf und zog mich mit sich. Ich konnte sie nur mit Mühe verstehen.

»Keine Panik, Shelley, geh einfach weiter.«

Ich gehorchte, war aber fest überzeugt, dass die Alarmanlage alle Gäste nach draußen locken würde. Dann verstummte sie plötzlich.

Wir gaben uns gleichgültig und gingen rasch davon. Dann ertönte eine Männerstimme hinter uns.

»Hey, wo wollen Sie hin?«

Wir drehten uns um.

Der Besitzer des Geländewagens stand da, den Schlüssel in der Hand, nachdem er die Alarmanlage ausgeschaltet hatte. Er war kräftig gebaut, hatte den Kopf rasiert und trug einen dunklen Kinnbart.

»Sie können nicht einfach weglaufen, nachdem Sie ein fremdes Auto beschädigt haben«, knurrte er.

Ich wollte schon losrennen. Wir mussten so schnell wie möglich weg, und zwar unbemerkt, *ohne Aufmerksamkeit zu erregen*. Wenn wir stehenblieben, würde dieser Mann uns der Polizei beschreiben können. Doch

Mum hielt mich immer noch am Arm fest und rührte sich nicht.

»Was meinen Sie damit? Wir haben Ihr Auto nicht beschädigt.«

»Und ob«, grunzte er. »Ich habe Sie beobachtet. Die da war es, mit der Tür.« Er zeigte mit seiner grobknochigen Hand auf mich und beugte sich vor, um sein Auto zu untersuchen. Er strich mit den Händen darüber wie ein Tierarzt, der ein verletztes Vollblut untersucht.

»Nein, das habe ich nicht«, sagte ich. »Die Tür hat Ihren Wagen überhaupt nicht berührt. Ich habe ihn höchstens mit dem Hinterteil angestoßen.«

»Ich kann nichts sehen, aber das Licht ist auch schlecht«, erklärte er beinahe enttäuscht. »Geben Sie mir Namen und Adresse.«

Das durfte nicht passieren. Das war Wahnsinn. Wir mussten den Wagen loswerden, ohne aufzufallen. Plötzlich erinnerte ich mich an die Taschenlampe.

»Nehmen Sie die. Ich habe Ihre Tür nicht berührt.«

Als er die Taschenlampe entgegennahm, schaute er mich eindringlich an, und ich sah, wie flüchtiger Abscheu über sein Gesicht huschte. Mein erster Gedanke galt meinen Narben, aber dann zeigte er auf mein linkes Auge. »Sie bluten.«

Ich betastete meine Schläfe und entdeckte einen kleinen dunklen Fleck auf meinem Handschuh. *Der Ast! Der Ast, gegen den ich im dunklen Garten gelaufen war!*

Er ging zurück zu seinem Auto und leuchtete minutiös den Lack an der Fahrertür ab. Er machte keine Anstalten, sich zu beeilen, während Mum und ich vollkommen ratlos auf dem dunklen, windgepeitschten Parkplatz standen.

»Haben Sie immer eine Taschenlampe bei sich?«, fragte er, ohne aufzublicken.

Mein Gesicht brannte, als mir mein unglaublicher Fehler bewusst wurde. Ich hatte ihm die Taschenlampe einfach gegeben! Welches Mädchen trug so etwas bei sich? Vor allem, wenn sie ins Restaurant wollte? Entsetzt schaute ich zu Mum, doch sie drückte beruhigend meinen Arm.

Als er sich zum Heck seines Wagens bewegte, löste sich Mum plötzlich von mir und marschierte kühn auf ihn zu.

»Das ist doch lächerlich!«, rief sie. »Die Fahrertür ist hier, nicht da hinten! Geben Sie mir die Taschenlampe! Wir haben keine Zeit für diesen Unsinn!«

Er gab sie ihr und bedachte sie mit einem verächtlichen, arroganten Lächeln.

»Ihrem kostbaren Wagen ist nicht passiert! Vielleicht reagiert Ihre Alarmanlage einfach zu empfindlich.« Sie ergriff wieder meinen Arm, und wir wandten uns zum Restaurant.

»Hey!«, rief er. »Wo wollen Sie hin? Geben Sie mir Ihren Namen!«

Mum schoss herum. »Wir haben Ihr blödes Auto nicht beschädigt, Schluss, aus!«

Wir gingen entschlossen weiter, bis wir fast die Tür erreicht hatten. Drinnen sah ich die Schlange der Leute, die auf einen Platz warteten. Ein Mädchen, das ich aus der Schule kannte, bot einer Gruppe japanischer Geschäftsleute mit Papiermützen einen Brotkorb an. Wir wollten nicht hinein – dadurch würde die Gefahr, bemerkt zu werden, nur noch größer. Ich sah über die Schulter. Der Mann stand mit dem Rücken zu uns und untersuchte erneut die Autotür.

»Beobachtet er uns?«, meinte Mum.

»Nein.«

Sie überzeugte sich davon und zog mich in den dunklen Durchgang neben dem Restaurant. Wir mussten nur bis zum Ende gehen, dann würden wir auf eine andere große Straße gelangen. Ein paar hundert Meter weiter lag der Bahnhof, wo wir uns ein Taxi nehmen konnten.

# 27

Mum und ich waren völlig überdreht, als wir nach Hause kamen, und voller Euphorie, weil wir den Wagen des Einbrechers endlich losgeworden waren, der nun nicht mehr wie ein böses Omen neben dem Haus lauerte.

Wir saßen im Wohnzimmer und ließen unser Abenteuer wieder und wieder Revue passieren – wie wir den Lichtschalter nicht gefunden hatten, wie wir beinahe im Graben gelandet waren, auf dem Parkplatz die Alarmanlage ausgelöst und mit dem »Geländewagen-Typen« gestritten hatten.

»Du warst super, Mum«, sagte ich. »Wie du dich behauptet hast! So habe ich dich noch nie erlebt – so furchtlos. Du warst ein völlig anderer Mensch!«

Mum sagte nichts, aber ich spürte, dass sie stolz war und vielleicht auch ein bisschen überrascht, weil sie uns aus einer so schwierigen Situation gerettet hatte.

»Ich meine«, fuhr ich fort, »der Typ hat mir wirklich Angst eingejagt! Er sah aus wie ein Gangster. Ich wollte schon weglaufen!«

»Das muss gefeiert werden«, sagte Mum und holte eine Flasche Wein aus der Küche. Sie trank drei Gläser, während ich mich noch am ersten festhielt, und öffnete, bevor ich protestieren konnte, die nächste Flasche.

Wir waren wie Sportler einer siegreichen Mannschaft oder Schauspieler nach einem Auftritt, die nach der intensiven Erregung nicht abschalten können. Mum konnte sich vor Lachen kaum halten, als ich ihre Begegnung mit dem Geländewagen-Typen nachspielte und ihren gebildeten Akzent gnadenlos übertrieb: »Wir haben keine Zeit für diesen *Unsinn*! Wir haben Ihr *blödes* Auto nicht beschädigt, Sie *blöder* kleiner Mann!«

»Aber dein Spruch war am besten«, sagte Mum.

»Welchen meinst du?«

»Du hast gesagt: *Ich habe ihn höchstens mit dem Hinterteil angestoßen.*«

Ich hatte völlig vergessen, dass ich das gesagt hatte, und brach in hysterisches Gelächter aus. Mum und ich schrien vor Lachen. Wir lachten und lachten, bis uns die Tränen übers Gesicht liefen. In diesem Augenblick waren die Worte *Ich habe ihn höchstens mit dem Hinterteil angestoßen* das Komischste, was ich jemals gehört hatte.

Wir redeten so lange, dass wir erst um kurz vor elf die Sachen durchgingen, die wir aus dem Auto mitgenommen hatten. Die Werkzeuge in der Stofftasche sahen wie normale Arbeitsgeräte aus, doch wir vermuteten, dass der Einbrecher sie für andere Zwecke benutzt hatte. In den Taschen eines Anoraks, den Mum ebenfalls aus dem Kofferraum mitgenommen hatte, fanden wir ein Teppichmesser, ein schmutziges

Taschentuch, eine zerbröselte Zigarette und eine Kinokarte. Wir blätterten den Straßenatlas durch, doch es war nirgendwo etwas markiert, nur einige Telefonnummern waren auf der Innenseite des Umschlags notiert. Wie ich schon vermutet hatte, war der Notizblock mit mathematischen Berechnungen gefüllt. Mum lehnte sich zurück und ging sie durch.

»Das hat mit Drogen zu tun. Viertel, Achtel, Sechzehntel. Er war nicht nur süchtig, er hat wohl auch damit gehandelt. Kein großer Verlust für die menschliche Gesellschaft.«

Dann wurde sie nachdenklich. Sie setzte sich mühsam auf, und ich merkte, dass sie ziemlich betrunken war.

»Shelley, wir könnten wirklich Glück haben.«

»Wie meinst du das?«

»Denk doch mal nach. Die Leitung des *Farmer's Harvest* wird der Polizei den abgestellten Wagen melden. Die Polizei wird versuchen, den Fahrer zu kontaktieren – natürlich vergeblich –, und den Wagen beschlagnahmen. Sie durchsuchen ihn und finden die Drogen.«

Ich war mir nicht sicher, warum uns das helfen sollte. Sie bemerkte meine Verwirrung.

»Nun ja, wie gründlich wird die Polizei wohl nach einem vermissten Dealer suchen? Werden sie sich ebenso anstrengen, wie wenn ein kleines Kind verschwunden wäre? Ich könnte mir vorstellen, dass ständig Dealer verschwinden. Sie tauchen einfach unter, sobald die Polizei ihnen auf den Fersen ist.«

»Und wenn sie nun glauben, er sei – *ermordet* worden?« Das Wort wollte mir nicht so leicht über die Lippen.

»Dann werden sie wohl eher andere Dealer verdächtigen, oder? Warum denn uns? Nichts im Wagen könnte sie zu uns führen, und der Wagen ist ihr einziger Anhaltspunkt.«

»Aber was ist mit dem Geländewagen-Typen? Er hat gesehen, wie wir ausgestiegen sind. Nach der Sache mit der Alarmanlage und allem wird er uns so schnell nicht vergessen. Er hat mich ziemlich genau angesehen. Er wird sich bestimmt an mich erinnern.« *(Er wird sich an meine Narben erinnern.)*

»Du verstehst mich nicht, Shelley. Ich glaube, dass die Polizei sich keine große Mühe bei der Suche geben wird. Sie haben seine Drogen sichergestellt. Er würde doch alles daransetzen, dass ihn die Polizei nicht findet.«

»Aber *irgendjemand* wird nach ihm suchen, Mum. Ihn als vermisst melden.«

*(Wieder hörte ich die acht fröhlichen Noten, die furchtbare Musik, die selbst die Toten noch spielen konnten.)*

»Schön«, sagte Mum, die sich sichtlich für das Thema erwärmte, »sagen wir mal, die Polizei geht davon aus, dass er nicht einfach aus der Stadt verschwunden ist, sondern tatsächlich vermisst wird. Im schlimmsten Fall liest der Geländewagen-Typ in der Zeitung von einem Wagen, der auf dem Parkplatz des *Farmer's Harvest* abgestellt wurde, und erinnert sich daran, dass wir beide ausgestiegen sind. Glaubst du wirklich, dass ausgerechnet er der Polizei bei ihren Ermittlungen hilft?«

Ich zuckte mit den Schultern.

»Ich meine, du hast ihn doch gesehen. Du hast selbst gesagt, er sähe aus wie ein Gangster, und damit liegst du vermutlich nicht so falsch. Ich kenne diese Leute, Shelley, seit zwei Jahren sind sie meine Mandanten. Die gehen wegen gar nichts zur Polizei. Basta.«

Ein schwaches Fundament, auf das Mum große Zuversicht gründete, und ich fragte mich, ob der Wein dazu beigetragen hatte.

Mum warf den Notizblock zu den anderen Sachen, beugte sich vor und streichelte meine Hand.

»Alles wird gut, Shelley.« Sie lächelte. »Ich glaube, wir kommen damit durch.«

Ich zuckte unwillkürlich zusammen. Sicher, es war Aberglaube, und ich hatte auch die Angewohnheit, immer mit dem Schlimmsten zu rechnen, doch dieses Gerede behagte mir nicht. Es schien eine Herausforderung an die Götter.

»Ich weiß nicht. Du solltest nicht so voreilig sein, Mum, nicht alles voraussetzen. Es gibt so vieles, das wir nicht wissen …«

Mum lachte. »Du hast zu viele Filme gesehen. Du *erwartest* einfach, dass du geschnappt wirst, du *erwartest*, dass etwas schiefgeht. Im Film kommt nie jemand mit etwas durch, weil das Publikum nicht glauben soll, dass Verbrechen sich lohnen. Aber das hier ist kein Film – das ist die Wirklichkeit. Und in Wirklichkeit kommen Leute dauernd mit so etwas durch.«

Ich hoffte, dass sie recht hatte, wollte das Schicksal aber nicht herausfordern. Meiner Ansicht nach wären wir erst in Monaten, vielleicht sogar Jahren, wirklich sicher. Es gab zu viele Unwägbarkeiten. Jeden Moment konnte Blaulicht vor dem Haus aufblitzen und das furchtbare Klopfen an der Tür erklingen. Also wechselte ich das Thema.

»Der Trenchcoat. Den haben wir noch nicht durchsucht.«

Er lag neben dem Fernseher auf dem Boden. Ich hob ihn auf. »Mann, ist der schwer!«

Der Stoff glitt mir durch die Finger, und der Mantel entrollte sich. Etwas Schweres rutschte heraus, prallte schmerzhaft auf meinen Fuß, fiel zu Boden und schlitterte über die glatten Dielen.

Normalerweise hätte ich das Haus zusammengeschrien, doch die Überraschung betäubte mich. Ich ließ mich aufs Sofa fallen, rieb mir die schmerzenden Zehen, biss mir auf die Unterlippe und starrte benommen auf die Pistole, die in unserem Wohnzimmer lag.

Das Unwetter brach mitten in der Nacht los, und ich lag lange wach und hörte zu. Noch nie hatte ich solchen Regen erlebt; wenn ich glaubte, er könne nicht stärker herunterprasseln, steigerte er noch seine Gewalt. Es war, als hätte sich die Welt vor meinem Schlafzimmerfenster verflüssigt – alles lief, tropfte, rann, platschte, *blutete*.

Die Windböen waren so heftig, als würden die Hände eines Wahnsinnigen ans Fenster trommeln, und bisweilen schien es wirklich, als könnte das Glas brechen und das heulende, kreischende Chaos eindringen. Etwas Gefährliches und Obszönes schien seinem Gefängnis entkommen und lief Amok. Und es würde sich nur nach einem heldenhaften Kampf ergeben.

Während ich dalag und auf die ohrenbetäubenden Regenfluten horchte, stellte ich mir den Garten und die umliegenden Felder vor und wie das ansteigende Wasser Paul Hannigans Leiche aus seinem schlammigen Bett spülte und vor aller Augen auf den Fluten davontrug. Ich sah die Polizei in einer Landschaft, die sich in einen riesigen See verwandelt hatte. Die Polizisten beugten sich aus ihrem Schlauchboot und versuchten, die aufgedunsene Leiche aus den Ästen eines Baumes zu lösen …

Vierzig Tage und vierzig Nächte mit einem solchen Regen würden die ganze Welt ertränken. Und ich war derart von dunklen Vorahnungen erfüllt, dass es mir nicht als die schlechteste Lösung erschien.

# 28

Jeden Tag beim Aufwachen dachte ich das Gleiche: *Heute kommt die Polizei.*

Ich konnte es deutlich vor mir sehen: die Leute von der Spurensicherung, die in weißen Overalls Küche und Terrasse absuchten; die Polizisten, die sich auf Händen und Knien minutiös durch den Garten arbeiteten; das Zelt, das sie über dem ovalen Rosenbeet aufschlagen würden, sobald sie die Leiche gefunden hatten; Mum und ich, wie wir uns durch die Masse der Journalisten in der Auffahrt drängten und uns in die zweifelhafte Sicherheit des wartenden Streifenwagens begaben …

In jenen Tagen schrieb ich der Polizei geradezu übernatürliche Fähigkeiten zu. Ich machte mir nicht die Mühe, die Situation zu analysieren und darüber nachzudenken, welche Puzzleteile sie überhaupt in der Hand hatten *(einen Vermissten, ein verlassenes Auto)*. Sie wussten, was wir getan hatten. Wie Gott, dessen Auge alles sieht, hatten auch sie gesehen, was in jener Nacht in Honeysuckle Cottage geschehen war.

Und doch passierte zu meiner großen Überraschung gar nichts. Kein Blaulicht, kein furchterregendes Klopfen an der Haustür. Die folgenden Tage vergingen zumindest äußerlich, als wäre nichts geschehen. Morgens kam Roger, um mich zu unterrichten, nachmittags Mrs Harris, dann machte ich am Esstisch Hausaufgaben, bis Mum von der Arbeit kam, übte Flöte, kochte mit Mum das Abendessen, las Romane und hörte Puccini. Mum ging zur Arbeit und pflegte ihre Fälle wie eine liebevolle Gärtnerin. Ansonsten bemühte sie sich nach Kräften, Blakelys gierigen Händen und seinem üblen Temperament aus dem Weg zu gehen.

Eine neue Woche begann … und noch immer war nichts geschehen.

Nach dem Kampf, den ich mit Paul Hannigan in der Küche ausgetragen hatte, fühlte ich mich tagelang körperlich erschöpft. Zuerst schlief ich bei jeder Gelegenheit wie eine Katze, sank in einen ganz, ganz tiefen Schlaf, aus dem ich mit trockenem Mund und schmerzenden Augen erwachte. Doch nachdem sich die Erschöpfung gelegt hatte, bekam ich ernsthafte Schlafprobleme. Ich hatte schon unter Schlaflosigkeit gelitten, als das Mobbing besonders schlimm gewesen war, doch diese vorübergehenden Schwierigkeiten waren nichts im Vergleich zu den wachen Nächten, die ich jetzt durchleiden musste.

Sobald ich ins Bett ging und die Augen schloss, sah ich Paul Hannigans Gesicht mit erstaunlicher Klarheit, als stünde er vor mir. Die kalkweiße Blässe seiner Haut; das schmierige schwarze Haar, das ihm wie Öl über Ohren und Schultern floss; den kaum sichtbaren Bartflaum um seinen Mund; wie er sich mit flatternden Lidern bemühte, die Augen offen zu halten, die sich nach oben verdrehten wie bei einem Medium, das soeben Kontakt zur Geisterwelt aufgenommen hat. Ich hörte seine Stimme, seinen hässlichen Akzent, seine dreiste Arroganz. *(Ich weiß, was ich brauche, Lady! Ich weiß, was ich brauche!)* Manchmal klang seine Stimme so real, dass ich ihn tatsächlich in meinem Zimmer glaubte – ich vermeinte sogar, ihn zu riechen, diese widerliche Mischung aus Alkohol, Zigaretten und Schweiß, die ihn wie ein Nebel umhüllte. Dann setzte ich mich im Bett auf und spähte voller Entsetzen in die dunkelsten Winkel meines Zimmers. Ich rechnete damit, dass sich seine Gestalt jede Sekunde aus den Schatten lösen und auf mich zukommen würde.

Ich warf mich im Bett herum, doch sein boshaftes Wieselgesicht ließ mich nicht schlafen. Nach drei derartigen Nächten erzählte ich Mum davon und fragte, ob ich bei ihr schlafen könnte, bis es vorbei sei. Sie hatte nichts dagegen und schenkte mir ihr tröstliches *Alles-wird- gut*-Lächeln. Als ich mich in dieser Nacht in Mums warme Arme kuschelte, verschwand das Gesicht des Einbrechers völlig aus meinem Kopf, als könnte es mir in diesem magischen mütterlichen Zirkel nichts anhaben.

Mum hatte allerdings nicht erwähnt, dass sie ebenfalls unter Schlaflosigkeit litt. Obwohl ich in ihrem Bett mühelos einschlafen konnte, wurde ich von ihrer Unruhe irgendwann wieder wach. Nach einigen Nächten kehrte ich in mein Bett zurück und hoffte, der Bann sei gebrochen, doch die Schlaflosigkeit kam wieder. Ich stand ganz am Anfang.

Widerwillig versuchten wir es beide mit Schlaftabletten. Mum war immer dagegen gewesen, weil sie eine Abhängigkeit fürchtete. Doch die kleinen violetten Pillen, die sie von Dr. Lyle bekam, wirkten bei mir Wunder. Ich nahm sie eine halbe Stunde vor dem Schlafengehen und fiel fast sofort in einen tiefen, traumlosen Schlaf. Ich reduzierte die Dosis auf eine halbe Tablette und dann auf ein Viertel, und nach einer Woche konnte ich innerhalb von zehn Minuten einschlafen, ohne überhaupt ein Medikament genommen zu haben.

Dann begannen die Albträume.

Die ersten Albträume waren wirr und bruchstückhaft. Sie sprangen wie ruhelose Fliegen von einer Schreckenskammer in die nächste, ohne irgendwo zu verweilen. Wenn ich aufwachte, erinnerte ich mich kaum daran, nur an das allgemeine Gefühl, die ganze Nacht von einem unsichtbaren Grauen verfolgt zu werden. (Ich musste es nicht sehen. Ich wusste auch so, was – oder *wer* – es war.)

Nur an zwei Träume kann ich mich ziemlich genau erinnern. In einem übte ich im Wohnzimmer Flöte. Als ich aufblickte, starrte mich Paul Hannigan durchs Fenster an. Sein Mund mit dem grauenhaft ausgerenkten Unterkiefer klaffte auf wie bei einem Gespenst in der Geisterbahn. In dem anderen Traum zogen Mum und ich die Leiche des Einbrechers an den Füßen unter dem Küchentisch hervor und mussten feststellen, dass wir nicht Paul Hannigan getötet hatten, sondern *meinen Dad*.

Dieser Albtraum verfolgte mich tagelang, und zwar nicht nur, weil der Anblick meines Vaters, der mit dem Gesicht nach unten in der Blutlache lag, so realistisch wirkte. Es war mehr als das. Der Traum nagte an mir wie ein Vorwurf. War es mir in Wahrheit darum gegangen? Ich weigerte mich, das zu glauben – ich konnte meine Gefühle für meinen Vater immer noch nicht unterdrücken. Warum also sollte ich mir wünschen, ihn zu töten?

Allmählich konzentrierten sich die wirren und zusammenhanglosen Albträume auf einen einzigen, der mich jede Nacht heimsuchte, so als hätte mein Gehirn das ganze Grauen auf ein perfektes Drehbuch reduziert, an dem nicht mehr das winzigste Detail geändert werden musste.

Es fing immer damit an, dass Mum und ich an einem idyllischen Sommertag im Vorgarten Krocket spielten. Ich war etwa acht Jahre alt und trug mein blau-weiß gestreiftes Lieblingskleid (Mum hatte mir erzählt, dass ich zeitweise gar nichts anderes tragen wollte). Auch Mum sah anders aus – als wäre sie dem gerahmten Hochzeitsfoto entstiegen, das im *ehelichen Heim* auf dem Kaminsims gestanden hatte. Sie trug ein fließendes weißes Hochzeitskleid, war jung und hatte ein frisches Gesicht – die grauen Strähnen und die Krähenfüße um die Augen waren noch fern.

Mum traf meinen Ball, der durchs kurze Gras davonschoss. Ich lief hinterher und rief über die Schulter, sie spiele wirklich gut – besser als je zuvor. Der Krocketball rollte weiter und weiter und blieb im ovalen Rosenbeet liegen. Ich blieb stehen. Mein Lächeln erstarb. Ich wollte nicht näher herangehen. Ich wusste, dass der Einbrecher dort begraben lag. Ich drehte mich um, hielt Ausschau nach Mum und hoffte, sie würde sagen, ich könnte ihn dort liegen lassen, aber sie war plötzlich ganz weit weg, am Ende eines unermesslichen Gartens. Ich rief sie, wusste aber, dass sie mich nicht hören konnte. Also entschloss ich mich, rasch nach dem Ball zu greifen und so schnell wie möglich wegzulaufen. Doch als ich zu dem ovalem Rosenbeet hinschaute, ragte die grünliche, verwesende Hand des Einbrechers durch die Erde und berührte beinahe den Ball.

Ich wusste, ich musste die Hand verbergen, sonst würde jemand sie entdecken und die Polizei rufen. Dann wären wir verloren. Ich war jetzt so alt, wie ich wirklich war, und trug meinen Bademantel und das Nachthemd. Ich zog den Bademantel aus und warf ihn über die Hand. Natürlich war das nur eine vorübergehende Lösung, aber es würde reichen, bis ich Mum Bescheid gesagt hatte. Ich kniete mich ins Gras und griff nach dem Ball, doch sowie ich ihn berührte, schoss die andere Hand des Einbrechers aus der Erde und griff nach meinem Handgelenk.

Er war ungeheuer stark. Er zog mich hinunter in den Dreck, bis mein Gesicht genau über seinem war und ich den widerlichen Leichenatem riechen konnte.

»Ich habe versucht, dich anzurufen«, sagte er, »aber du bist nicht rangegangen.« Ein plötzlicher Schnitt beförderte uns beide ins Grab. Paul Hannigan lag auf mir, die Hände an meiner Kehle – Hände, die sich bisweilen in Schlangen oder Baumwurzeln verwandelten, mit der absurden Logik von Träumen aber gleichzeitig Hände blieben. Der Himmel über mir sah genauso aus wie in der Nacht, in der wir den Wagen weggebracht hatten: Die schmutzigen Fingerabdrücke der Wolken verdeckten die Sterne, und der Mond war nur eine dünne silberne Sichel in der Schwärze. Ich kämpfte verzweifelt, doch er drückte mich mühelos nieder.

»*Diesmal* mache ich es richtig«, höhnte er und würgte mich fester. Ich konnte nicht atmen. Ich verlor allmählich das Bewusstsein. Dann unternahm ich eine letzte wahnsinnige Anstrengung, um mich zu befreien, doch es war sinnlos. Die groteske Halloween-Maske über mir grinste triumphierend. Dann sah ich Mum hinter seiner linken Schulter auftauchen, das Schneidbrett in der Hand. Sie war nicht mehr jung; ihr Gesicht war jetzt übertrieben hager, und statt des weißen Hochzeitskleides trug sie ihren blutgetränkten Bademantel. Ich wusste, was sie vorhatte. Ich wollte sie zwingen, es zu tun: *Schlag ihn! Schlag ihn!* Doch statt wie erwartet das Schneidbrett hoch über den Kopf zu heben, nahm sie es weg und sagte wieder und wieder *Ich will nicht ins Gefängnis*. Dann war sie verschwunden …

Aus diesem Traum wachte ich immer schweißgebadet auf, und mein Herz hämmerte so heftig in meiner Brust, dass ich kaum atmen konnte. Die Steppdecke hatte ich zu einem Knäuel am Fußende gestrampelt, und der leere Bezug war um meinen Körper gewickelt.

# 29

Wir hatten die Waffe und alles andere, das wir aus Paul Hannigans Auto geholt hatten, ebenfalls in Müllbeutel verpackt und im Gästezimmer gelagert. Wäre die Polizei ins Haus gekommen, hätte sie den gesamten Fall fein säuberlich in der Ecke des Zimmers aufgestapelt vorgefunden. Sie hätte die Beweisstücke nur noch für den Prozess beschriften müssen. Trotzdem dauerte es sechs Tage, bis wir sie endlich loswurden.

Das lag nicht etwa daran, dass Mum die Gefahr unterschätzt hätte – ganz im Gegenteil. Sie wusste nur zu gut, dass die Beweisstücke *für immer* verschwinden mussten. Daher hatte sie Angst, diesen wichtigsten Schachzug in unserem tödlichen Spiel mit der Polizei zu vermasseln. Sollte die Polizei jemals die Müllbeutel finden, würde dies zu fieberhaften Nachforschungen führen. Sie würden uns jagen wie eine Meute Hunde, die die Witterung ihrer Beute aufgenommen haben. Die Müllbeutel mit ihren zahllosen Beweisstücken würden sie über kurz oder lang zu unserem Haus und der Leiche führen, die im Rosenbeet begraben lag. Während Mum sich über dieses Problem den Kopf zerbrach, faulten die Müllbeutel im Gästezimmer vor sich hin, und der Blutgeruch wurde jeden Tag stärker.

Zuerst hatte Mum die Idee, sie in verschiedene öffentliche Mülleimer zu werfen – kilometerweit entfernt von Honeysuckle Cottage. Auf diese Weise würde es der Polizei schwerfallen, die acht Beutel miteinander oder mit uns in Verbindung zu bringen.

Doch nachdem sie darüber nachgedacht hatte, befand sie den Plan für zu riskant. Er schien zu öffentlich. Jemand könnte sehen, wie sie einen Müllbeutel wegwarf, und der Polizei eine Personenbeschreibung liefern. Und selbst wenn es keine Augenzeugen gäbe, würde sie womöglich auf einer Überwachungskamera erscheinen, wie sie heutzutage überall installiert waren. Und sollte diese keine Aufnahme ihres Gesichts liefern, könnte man womöglich das Nummernschild ihres Autos entziffern. Dann wäre es für die Polizei ein Leichtes, sie aufzuspüren.

Außerdem wusste keiner von uns, was mit dem Müll geschah, nachdem er abgeholt worden war. Darüber hatten wir uns noch nie Gedanken machen müssen. Möglicherweise wurde er gepresst und vergraben oder auf dem Meer entsorgt, doch Mum quälte sich mit der Vorstellung, dass die Beutel auf einer öffentlichen Müllkippe enden würden, wo sie möglicherweise monatelang sichtbar herumlagen. Es reichte, dass ein einziger Beutel aufplatzte und ein Arbeiter die blutigen Klamotten darin entdeckte. Blutige Klamotten voller unsichtbarer DNA-Spuren. Die Polizei könnte alles zu uns zurückverfolgen.

Ich schlug vor, die Beutel im Garten zu verbrennen. Die blutigen Nachthemden, die Bademäntel, die Küchenvorhänge und der Trenchcoat würden zu einem unschuldigen Haufen Asche zerfallen. Mum aber hielt nichts davon. Es gebe zu viele Dinge, die nicht verbrennen würden – Gummistiefel, Handy, Werkzeuge und natürlich die grässliche Waffe. Damit wäre nur das halbe Problem gelöst. Außerdem sagte sie, sie habe noch nie ein so großes Feuer entzündet – das sei Männersache – und fürchte, es könne außer Kontrolle geraten. Wenn wir die Feuerwehr rufen müssten, käme alles heraus. Und selbst wenn das Feuer nicht außer Kontrolle geriet, könne der Bauer von nebenan den Rauch entdecken und nachschauen. Er würde Fragen stellen, sich einmischen und zeigen wollen, wie man es richtig machte …

Ein weiterer Vorschlag bestand darin, alles in den großen Metallkoffer zu packen, der auf dem Dachboden stand, ihn mit Gewichten zu beschweren und in dem riesigen Wasserspeicher im Morsely-Nationalpark zu versenken, der etwa hundertdreißig Kilometer nördlich von hier gelegen war. Zu meiner Überraschung konnte sich Mum auch dafür nicht begeistern. Ich sagte, wenn sie damit nicht zufrieden sei, könnten wir immer noch an die Küste fahren und den Koffer ins Meer werfen. »Darum geht es nicht. Ich traue dem Wasser einfach nicht. Irgendwann gibt es seine Geheimnisse preis.«

Mum sagte es mit solcher Überzeugung, dass ich schon glaubte, sie spreche aus eigener Erfahrung. Dann fiel mir ein, dass sie sich eines Abends, als sie nicht einschlafen konnte, *Rebecca* von mir geliehen hatte. Vermutlich bezog sie sich auf das, was sie darin gelesen hatte. Ist das der Einfluss unserer Mittelklasse-Kultur? Werden Menschen eher von Büchern als von ihrem eigenen Leben geformt? Doch vielleicht hatte sich für Mum einfach alles geändert, als Paul Hannigan ihre Schlafzimmertür aufgestoßen hatte. Vielleicht hatte unser wirkliches Leben erst begonnen, nachdem das Schneidbrett herabgesaust war.

Mum spielte mit der Idee, Säure zu verwenden, doch genau wie bei dem Feuer würde man nur die Hälfte der Sachen entsorgen können. Selbst die stärkste Säure würde kaum die Metallwerkzeuge oder das Marmorbrett zersetzen. Außerdem war es überaus gefährlich, und wir würden schon Verdacht erregen, wenn wir uns Schutzhandschuhe und Kittel kauften.

Schließlich beschloss sie, alles im Gemüsebeet zu vergraben, das wir in glücklicheren Zeiten selbst vergrößert hatten. Sie war auch mit dieser Lösung nicht ganz zufrieden, doch konnten wir die Beutel wenigstens aus dem Haus schaffen. Verglichen mit den anderen Plänen war dieser sehr viel weniger riskant. Natürlich wäre es eine Menge Arbeit. Wir müssten ein ganz schön großes Loch ausheben, um den Inhalt von acht Müllbeuteln verschwinden zu lassen, aber es war machbar.

Mum vermutete, dass einige unhandliche Gegenstände leichter zu vergraben wären, wenn man sie in kleinere Stücke zersägte. Also trugen wir eines Abends, nachdem sie von der Arbeit gekommen war, Wischmop, Eimer und Plastikschüssel zu einem der beiden Schuppen, den Mr Jenkins mit Neonröhren ausgestattet hatte. Dort bewahrte Mum ihre kleine Werkzeugsammlung auf. Wir zerlegten den Stiel des Mops in mehrere Stücke. Nach einer Stunde slapstickartiger Bemühungen, die Dick und Doof würdig gewesen wären, gelang es uns, den harten Plastikeimer in der Mitte durchzusägen. Danach sah sich keiner von uns mehr in der Lage, auch noch die Plastikschüssel in Angriff zu nehmen.

Als Mum das Handy aus der Tasche holte, bekam ich Herzrasen; es war im selben Beutel gewesen wie die Brieftasche. Doch dann verdrängte ich rasch meine Panik: *Sie hatte nicht in die Brieftasche hineingeschaut, sie konnte nicht wissen, dass der Führerschein fehlte.*

Und so war es auch. Sie sah mich gar nicht an, als sie das Handy auf die Werkbank legte und im Werkzeugkasten den Hammer suchte. Sie machte sich Sorgen, dass die Polizei das Handy zurückverfolgen könnte, obwohl es ausgeschaltet war, und bestand darauf, es in Stücke zu schlagen, bevor wir es vergruben. »Sicher ist sicher.« Also legte sie das Handy auf den Betonboden, kniete sich daneben und schlug es mit einem seltsamen Gesichtsausdruck, der zwischen zerstörerischer Lust und Ekel schwankte, zu Brei. Ich erinnerte mich an andere Schläge, die sie ausgeteilt hatte, und konzentrierte mich lieber auf die spinnwebenverhangenen Ecken des Schuppens.

Doch wir vergruben die Müllbeutel nicht im Gemüsebeet. Denn als Mum an dem Abend, den wir dafür vorgesehen hatten, von der Arbeit kam, unterbreitete sie mir einen völlig neuen Plan.

# 30

Mum hatte an jenem Tag mit einem Mandanten gesprochen, dessen zwölfjähriger Sohn bei der Aufnahme eines Klassenfotos verletzt worden war. Die aufgestapelten Bänke, auf denen er gestanden hatte, waren umgestürzt. Er war zwar nur etwas über einen Meter tief, dafür aber unglücklich gefallen und hatte einen schweren Bruch des linken Knöchels erlitten.

Als Mum in der Mittagspause die ärztlichen Berichte durchblätterte, erinnerte sie sich an einen anderen Fall, den sie bearbeitet hatte, gleich nachdem sie bei Everson's angefangen hatte. Damals hatte sich ein zwölfjähriger Junge ebenfalls bei einem Sturz den linken Knöchel gebrochen, doch sie konnte sich einfach nicht mehr an den Namen oder die genauen Umstände des Unfalls erinnern. Sie wäre gern die alte Akte durchgegangen, um die Prognosen der Ärzte zu vergleichen und zu sehen, wie viel Schmerzensgeld der Junge erhalten hatte, doch sie wusste, dass die Akte schon vor Jahren vernichtet worden war.

Erst später, als sie im Besprechungszimmer Anweisungen eines neuen Mandanten entgegennahm, fiel es ihr plötzlich wieder ein. Pugh. Thomas Pugh. Ein lächelnder, molliger Junge mit blondem Pony. Er hatte mit seiner Familie im Morsely-Nationalpark gezeltet.

Eines Morgens war er mit seinem jüngeren Bruder auf Erkundungstour gegangen, während die Eltern noch schliefen. Im Wald waren sie auf hölzerne Gebilde gestoßen, die sie für einen Hindernis-Parcours hielten, und waren darauf zugelaufen. Dann war Thomas plötzlich wie vom Erdboden verschluckt. Zuerst glaubte sein kleiner Bruder, er sei von Außerirdischen mit Todesstrahlen weggezaubert worden. In Wirklichkeit war Thomas in einen der Schächte einer verlassenen Kupfermine gestürzt, die die Berge des Nationalparks wie eine Bienenwabe durchzogen. Die hölzernen Gebilde waren alles, was von der alten Zechenanlage übrig geblieben war.

Da kam Mum eine Idee: Die verlassenen Minen waren der ideale Ort, um die belastenden Beweise aus unserem Gästezimmer loszuwerden.

Unter einem Vorwand stahl sie sich aus dem Büro und ging zum Stadtarchiv, das tief im Keller des prachtvollen Rathauses verborgen lag. Dort erbat sie Kopien aller Pläne der alten Kupferminen im Morsely-Nationalpark. Eine halbe Stunde später händigte man ihr fünf DIN-A3-Blätter aus.

»Es ist absolut perfekt!«, rief Mum aufgeregt, als wir nach dem Abendessen im Wohnzimmer saßen. »Die Schächte befinden sich tief im Nationalpark und sind für die Öffentlichkeit gesperrt. Nach dem Fall Pugh sahen sich die Behörden gezwungen, das zu tun. Der Schacht, den ich im Sinn habe, ist über *dreihundert Meter* tief. Tommy Pugh ist damals nur in einen zweieinhalb Meter tiefen Instandhaltungsschacht gefallen, sonst wäre er nie wieder aufgetaucht.«

»Aber wie willst du ihn finden, Mum? Der Nationalpark ist riesig.«

»Ich bin schon einmal dort gewesen«, sagte sie. »Beim Fall Pugh habe ich eine Ortsbesichtigung der Minen durchgeführt. Ich bin den ganzen Tag dort gewesen. Die Führer haben mich mit ihrem Jeep kreuz und quer über den Berg gefahren. Es wird nicht leicht, aber wenn ich dort bin, fällt mir sicher alles wieder ein. Außerdem haben wir die Karten. Darauf ist alles ausgewiesen – jeder Hauptschacht, jeder Lüftungsschacht, jeder Stollen und jede Abbaukammer.«

Ich wollte sie ausfragen, einen Fehler in ihrem neuen Plan entdecken, den sie übersehen hatte – wenn auch nur, weil sie meine eigenen Vorschläge so brüsk zurückgewiesen hatte.

»Und wenn sie sich irgendwann entschließen, die Minen als Touristenattraktion wieder zu öffnen? Dann werden sie alles finden.«

Mum war sichtlich erfreut über meine Frage. »Ich kann dir versprechen, dass sie die Minen nicht für Touristen öffnen werden.«

»Wieso nicht?«

»Weil sie vergiftet sind, Shelley. Das ist auch der Grund, aus dem die Minen in den 1840er Jahren aufgegeben wurden – natürlich vorkommender Schwefelwasserstoff. In den zwanzig Jahren, in denen dort abgebaut wurde, starben über fünfzig Bergleute an dem Gas. Ihre Verwandten wollten die Bergbaugesellschaft verklagen – und sind natürlich gescheitert. Diese Minen sind eine Todesfalle!«

Ich musste gestehen, dass mir der Plan sehr viel besser gefiel als alle anderen. Kein Vergleich zu der Vorstellung, alles im Garten zu vergraben. Dass Paul Hannigans Leiche im Rosenbeet verweste, war Geheimnis genug für einen einzigen Garten.

Mum wollte mich nicht mitnehmen; es war schon neun, als sie bereit zum Aufbruch war, und sie konnte überhaupt nicht einschätzen, wann sie zurückkäme. Der Park war eineinhalb Stunden entfernt, und dann musste sie noch den richtigen Schacht suchen, bewaffnet mit fünf Karten und einer Taschenlampe.

Ich half ihr, die Müllbeutel ins Auto zu bringen. Sie passten nicht alle in den Kofferraum, und ich musste drei auf den Rücksitz packen.

»Sei vorsichtig«, bat ich sie und drückte ihre Hände.

Ich hasste die Vorstellung, dass sie mitten in der Nacht nur mit einer Taschenlampe allein durch den riesigen Wald lief. Ich wusste aus eigener Erfahrung, wie schlecht sie im Dunkeln sehen konnte. Wenn nun der Boden plötzlich unter ihr nachgab und sie in einen dieser vergifteten Schächte stürzte?

*Was sollte ich dann tun? Was sollte ich tun?*

»Sei bitte, bitte vorsichtig, Mum.«

Sie umarmte mich und sagte, alles würde gut.

Ich sah ihr nach, als sie langsam davonfuhr, mit entschlossener Miene, Taschenlampe und Landkarten neben sich auf dem Beifahrersitz. Ich eilte zurück ins

Haus, die Augen fest auf den Boden gerichtet, damit ich nicht versehentlich einen Blick aufs Rosenbeet warf.

Ich saß am Esstisch und versuchte, die Hausaufgaben nachzuholen, mit denen ich ganz schön in Verzug geraten war. Ich hatte gerade den Aufsatz über den Ersten Weltkrieg fertig geschrieben. Es standen noch eine weitere Arbeit für Geschichte an, zwei englische Aufsätze und eine Frage in Erdkunde, ganz zu schweigen von den Wiederholungsaufgaben für Mathe, die Mrs Harris mir gestellt hatte.

Seit der Nacht, in der wir Paul Hannigan getötet hatten, war es um meine Konzentration schlecht bestellt – alle paar Minuten überfielen mich Bilder von unserer Küche, die sich in ein Schlachthaus verwandelt hatte, und zwangen mich, noch einmal den tödlichen Tanz mit dem Einbrecher zu durchleben. Wenn ich zu mir kam, wusste ich kaum, wo ich war, so als hätte man mich mit einem Fingerschnippen aus einer Hypnose geholt. Dadurch brauchte ich vier oder fünf Stunden für einen Aufsatz, den ich sonst in zwei geschafft hätte.

Ich machte mich gerade an einen von Rogers englischen Aufsätzen *(Macbeth entwickelt sich innerhalb von fünf Akten von einem Mann, der »zu voll von Milch der Menschenliebe« ist, zu einem »Bluthund« und »Tyrannen«. Wie?)*. Obwohl ich fast eine ganze Kanne Kaffee getrunken hatte, schaffte ich nur eine Seite in einer Stunde, und selbst die war nicht besonders gut.

Meine Gedanken wanderten ständig von meiner eselsohrigen Taschenbuchausgabe zu Mum. Wo war sie? Was machte sie gerade? Ich betete, dass alles gut laufen möge. Ich betete, dass sie sicher zurückkehrte.

Schließlich schob ich den Aufsatz beiseite (ich hatte ohnehin nur Müll geschrieben – »Zu Anfang des Stücks ist Macbeth ein guter Mensch …«) und kritzelte auf einem Blatt vor mich hin. Ohne weiter nachzudenken, zeichnete ich den Escort, der über gewundene Straßen inmitten von Kiefernwäldern durch die Berge fuhr. Die Scheinwerfer sandten zwei längliche Lichtzungen in die Dunkelheit. Von oben erklang ein seltsames Stöhnen. Ich hielt inne und schaute hoch. Mir fiel der Albtraum ein, in dem Paul Hannigans entstelltes Gesicht plötzlich am Fenster erschienen war. Rasch ging ich ins Wohnzimmer und schloss die Vorhänge, bis ich mir ganz sicher war, dass auch nicht der kleinste Spalt geblieben war.

Ich schenkte mir ein Glas Wein ein (wir hatten jetzt immer Wein im Haus) und setzte mich aufs Sofa, um zu lesen, doch das Haus war voller seltsamer Geräusche. Die Dielenbretter über mir knarzten arthritisch, als schliche jemand durchs Gästezimmer. Dann und wann hörte ich ein Rascheln vor dem Wohnzimmerfenster. Es konnten Schritte sein oder auch nur der Wind, der trockene Zweige über den Kies wehte.

Es war fast elf, aber ich traute mich nicht, ins Bett zu gehen. Ich redete mir ein, ich müsste auf Mum warten, und schaltete den Fernseher ein, um die Geräusche zu übertönen. Als mir klarwurde, dass ich zum ersten Mal seit der Nacht, in der wir Paul Hannigan getötet hatten, abends allein war, legten sich kalte Finger um meinen Hals. Kein Wunder, dass ich mehr Angst als gewöhnlich hatte. *Warum hatte Mum mich nicht mitgenommen?*

Ich rollte mich auf dem Sofa ein und trank Wein, wobei ich versuchte, die quälenden Gedanken zu verdrängen *(er könnte draußen sein – auferstanden aus seinem flachen Grab, kurz davor, mit seinen fauligen Fäusten an die Tür zu hämmern … oder, schlimmer noch, er könnte bereits im Haus sein …).*

Ich zappte durch die Fernsehkanäle, fand aber nichts Interessantes – Berühmtheiten auf einer verlassenen Insel; ein Wettbewerb, bei dem der stärkste Mann der Welt gesucht wurde; eine Krankenhaus-Sitcom, in der jede Bemerkung und Geste der Schauspieler von Gelächter aus der Konserve begleitet wurde.

Da ich nichts anderes fand, schaute ich mir eine Sendung über einen Eingeborenenstamm in Afrika an (es kann auch am Amazonas gewesen sein). Das Dorf lag an einem Fluss, dessen Ufer mit gelblich-braunem Schlamm bedeckt waren und in dem die Kinder so fröhlich planschten, als wäre es das gechlorte Wasser eines englischen Schwimmbads. Der Dokumentarfilm zeigte, wie die Männer mit selbstgemachten Bogen und Pfeilen Wildschweine jagten und ihre Körper mit Hilfe eines Werkzeugs schmückten, das in die Haut schnitt und die entstehende Furche gleichzeitig mit Farbe füllte. Normalerweise hätte ich umgeschaltet, als sie sich anschickten, eine Ziege zu opfern, weil ich

Grausamkeit gegenüber Tieren verabscheute (als kleines Mädchen wurde ich hysterisch, wann immer ein Stierkampf oder eine Fuchsjagd im Fernsehen gezeigt wurde), doch an diesem Abend machte es mir nicht so viel aus wie sonst.

*Es ist ja nur ein Tier,* dachte ich, als sich ein Eingeborener auf die Brust der Ziege kniete und ihr lässig die Kehle durchschnitt. *Es ist nur eine dumme Ziege.* Ihr Intelligenzgrad war so niedrig, dass sie gar nicht merkte, was mit ihr geschah. Sie konnte nicht begreifen, was Grausamkeit oder Tod war – oder auch das Leben. Man konnte nur Mitgefühl mit dem Opfer empfinden, wenn echte Intelligenz vorhanden war …

Ich döste kurz ein. Als ich wieder die Augen öffnete, sprach einer der Stammesältesten über seine religiösen Ansichten. Seine Worte wurden als Untertitel gezeigt, weiß vor einem blassen Hintergrund und daher schwer zu erkennen. Er erklärte, der Stamm lebe mit den Tieren des Waldes zusammen und kenne ihre unterschiedlichen Charaktere sehr genau.

Sie respektierten bestimmte Tiere wegen ihrer guten Eigenschaften; andere verabscheuten sie wegen ihrer schlechten Eigenschaften. Eine ihrer grundlegenden religiösen Überzeugungen bestehe darin, dass ein Mann die Eigenschaften jedes Tieres annehme, dass er töte. Ein Jäger, der viele Affen töte, werde zu einem findigen und klugen Mann, der die Leute mit seinen lustigen Mätzchen zum Lachen bringe. Ein Mann, der viele Wildschweine töte, würde ein vorbildlicher Familienvater, der für seine Lieben in den Tod gehe. Er erwähnte ein Tier, von dem ich noch nie gehört hatte. Dieses Tier würden sie nicht töten, weil es unzuverlässig und feige sei und sie fürchteten, diese schlechten Eigenschaften zu übernehmen. Sie glaubten, dass die Geister der Tiere und Menschen sich in der Geisterwelt vermischten und manchmal sogar miteinander verschmolzen. In der Tat waren viele der von ihnen verehrten Götter Mischungen aus Mensch und Tier, darunter der Affenmann und die unerschöpflich fruchtbare Hühnerfrau.

Ich trank meinen Wein und streckte mich auf dem Sofa aus. Eingeborene, die glaubten, tapfer wie ein Löwe zu werden, wenn sie einen getötet hatten – die Vorstellung war mir nicht neu. Vermutlich hatte ich in der Schule schon einmal davon gehört. Etwas daran faszinierte mich. Ich hätte gern gewusst, ob die Menschen vor Tausenden von Jahren (bevor es Polizei, Gefängnisse und Dokumentarfilmer gab) auch geglaubt hatten, dass man die Eigenschaften der Menschen annahm, die man tötete. Waren die Wälder angefüllt mit den uralten Gräbern von Menschen, die man wegen ihres guten Aussehens, ihrer Intelligenz oder ihres Witzes ermordet hatte? Würden Mum und ich in diesem Fall die Eigenschaften von Paul Hannigan annehmen?, fragte ich mich schläfrig. Würden wir uns mit seiner brutalen Art infizieren, als wäre sie eine entstellende Krankheit?

Ich musste wieder eingedöst sein, denn ich wurde wach, als Mums Auto knirschend über den Kies fuhr. Der Sender hatte sein Programm beendet. Man sah nur noch weiße Wolken an einem blauen Himmel, dazu erklang Fahrstuhlmusik. Die Uhr am DVD-Spieler zeigte 1.53 Uhr.

Ich stand in der Küche und riss den Mund zu einem gewaltigen Gähnen auf, als Mum den Schlüssel ins Schloss steckte.

»Was machst du denn noch hier?«, flüsterte sie, als wäre es zu spät, um laut zu sprechen.

»Ich bin beim Fernsehen eingeschlafen«, sagte ich und rieb mir die Augen. »Hast du es gut gefunden?«

Mum schien hellwach. Ihre Wangen waren rosig von der frischen Luft, und ihre Augen leuchteten.

»Ja, habe ich. Aber im Dunkeln war es ein schönes Stück Arbeit, das kann ich dir sagen. Ich hatte schon Angst, das Auto könnte auf den Waldwegen den Geist aufgeben. Es ist von oben bis unten mit Schlamm bedeckt – morgen früh muss ich als Erstes in die Waschanlage fahren. Gott sei Dank steht auf dem Berg ein beleuchteter Funkmast. Der hat mir sehr geholfen.«

Jetzt, da sie im Warmen war, begann ihre Nase zu laufen, und sie suchte schniefend nach einem Taschentuch.

»Ich hatte auch Glück«, fuhr sie fort. »Ein Teil des Zaunes neben dem Schacht war eingebrochen. Daher konnte ich fast bis ans Zechengebäude fahren.«

Ich kämpfte mit den Tränen und umarmte sie so fest ich konnte.

»Ich bin so froh, dass es dir gutgeht! Ich habe mir solche Sorgen gemacht!«

Sie drückte mich fest an sich, und ich konnte in den

Falten ihres Mantels die Natur riechen. »Es ist alles weg, Shelley«, flüsterte sie und berührte mit den Lippen beinahe mein Ohr. Die Haare in meinem Nacken stellten sich auf. »Es ist alles weg! Für immer verschwunden. Sie werden es *niemals* finden!«

Sie umfasste mein Gesicht mit den Händen und sah mich eindringlich an. Ich konnte kaum die Augen offen halten und musste wieder gähnen.

»Ab ins Bett, Schlafmütze.« Sie lächelte. »Ich muss etwas essen und ein bisschen runterkommen, bevor ich schlafen gehe.«

Ich gab ihr einen Gutenachtkuss und trottete schläfrig die Treppe hinauf. Sie nahm eine Flasche Wein aus dem Kühlschrank. Ich hörte, wie sie gluckernd ihr Glas füllte. Das Gästezimmer wirkte überraschend leer ohne die ganzen Müllbeutel.

Ich lag im Bett und wartete auf den Schlaf. Es würde eine Weile dauern, bis er kam, und ich hoffte, dass mir der vertraute Albtraum diesmal erspart blieb. Ich war sehr erleichtert, dass Mum den Berg von Beweismitteln endlich aus dem Haus geschafft hatte. Wenn die Polizei morgen käme, würde sie nichts Belastendes mehr finden. Alles, was uns mit Paul Hannigan verband, lag über dreihundert Meter tief in einem Labyrinth dunkler Gänge begraben.

Besser gesagt, *fast* alles.

Denn ich hatte Paul Hannigans Führerschein behalten. Er lag in meiner geheimen Kiste in der untersten Schublade der Frisierkommode, zusammen mit einigen Fotos von Dad, die ich heimlich behalten hatte, dem

Krankenhausarmband und meiner Zeichnung von der Maus mit der Schlinge um den Hals.

Mir war nicht klar, weshalb ich den Führerschein behalten wollte, obwohl es so riskant war und Mum an die Decke gehen würde, wenn sie davon erführe. Ich wusste nur, dass ich mir beweisen wollte, dass es diese Nacht wirklich gegeben hatte. Ich wollte einen *Beweis*. Den Beweis dafür, dass an meinem sechzehnten Geburtstag tatsächlich ein Mann bei uns eingebrochen war und Mum und ich ihn getötet hatten.

Mit anderen Worten, ich wollte eine Trophäe.

# 31

Der Mai kam und brachte Tag für Tag trockene Hitze und wolkenlosen blauen Himmel. Nach einem unnatürlich milden Winter war es einer der wärmsten Frühlinge seit Menschengedenken, und die Temperaturen stiegen regelmäßig auf dreißig Grad. Es wurde endlos über Klimaerwärmung diskutiert und dass sich das Wetter grundlegend verändere. Im Fernsehen zeigte man starke Schneefälle in der Türkei, Staubstürme in Australien und katastrophale Überflutungen in Mitteleuropa. Ein bekannter Wetterfrosch lief vor seinen Karten hin und her und rief: »Ihr könnt eure Erdkundebücher aus dem Fenster werfen! Die gelten nicht mehr! Das Wetter ist absolut durchgedreht! Überall geschieht Unerwartetes! *Alles* verändert sich …«

In unserem Vorgarten explodierten die Blüten wie auf ein geheimes Stichwort hin, und obwohl ich Mr Jenkins nicht gemocht hatte, musste ich seinen überragenden Farbgeschmack bewundern. Die weißen Blüten des Falschen Jasmins hoben sich wunderbar vom lebhaften Blau des Kalifornischen Flieders ab. Der Goldmohn wand sich wie eine zarte Stickerei durch die Blüten der Roten Spornblume, während das Cremeweiß der Silberwurz harmonisch auf das leuchtende Gelb der Pfingstrose abgestimmt war. Am auffälligsten war jedoch das Lupinenbeet, ein wirbelndes, buntes Chaos, das mich an die Kaleidoskope aus dem Kindergarten erinnerte.

Ich bewunderte Mr Jenkins' meisterhafte Gestaltung, wenn auch nur aus der Ferne. Ich ging so selten wie möglich in den Vorgarten. Obwohl die Rosen im ovalen Beet inzwischen herrliche rosa Blüten trugen und die Sträucher einen riesigen Strauß bildeten, der das Gras streifte wie der Saum einer prachtvollen Robe, machte mir das Bild immer noch Angst. Beim Anblick dieser Valentinstagsblumen kamen mir makabere Gedanken. *Wie würde Paul Hannigans Gesicht nach zwei oder drei Wochen unter der Erde aussehen? Waren die Nährstoffe aus seinem Körper für die dicken rosa Blüten verantwortlich?*

Im Haus wurde es stickig, doch wenn wir die Fenster öffneten, ärgerten uns die Fliegen. Sie schienen sogar den Weg zu finden, wenn wir die Fenster nicht geöffnet hatten. Ich lernte bald, sie mit einem zusammengedrehten Geschirrtuch zu erschlagen, und freute mich über den Haufen kleiner schwarzer Leichen, der jeden Abend unter dem Wohnzimmerfenster lag.

Die Hitzewelle dauerte an und brach alle Rekorde. Ich lief in Shorts und meinen dünnsten Tops durchs Haus. Eigentlich lief ich nicht gern so leicht bekleidet umher – ich hasste es, meine Oberschenkel und meinen dicken Bauch zu zeigen, der über den Hosenbund quoll, wenn ich nicht die Luft anhielt. Doch bei dieser erstickenden Hitze war es undenkbar, lange Hosen oder ein T-Shirt zu tragen.

Ich kaufte einen kleinen Handventilator, den ich mir vors Gesicht hielt, wenn der letzte Sauerstoff aus dem Haus verschwunden zu sein schien und selbst tiefes Durchatmen keine Erleichterung brachte. Das wespenartige Summen des Ventilators ärgerte Mrs Harris sehr, doch sie begegnete mir jetzt vorsichtiger und tat, als machte es ihr nichts aus. Um sie zu provozieren, schaltete ich ihn auch dann ein, wenn ich ihn gar nicht brauchte.

Die Hitzewelle löste bei mir die schlimmste Heuschnupfenattacke aller Zeiten aus. Ich konnte nicht durch die Nase atmen, und meine Augen tränten unablässig. Ab Mittag litt ich unter hämmernden Kopfschmerzen. Und genau um diese Zeit entschlossen sich Roger und Mrs Harris, mich eine Woche lang Probearbeiten schreiben zu lassen.

Ich suchte nach Ausreden und wies auf meine Symptome hin, doch sie ließen sich nicht erweichen: Meine Prüfungen begannen am 15. Juni, und ich musste vorher unter realistischen Bedingungen getestet werden. So leicht gab ich mich nicht geschlagen – ich war mir sicher, dass eine Woche Aufschub meine Konzentrationsfähigkeit ungemein verbessern würde, doch Roger tat meine Bedenken ab. »Du bist eine Einserkandidatin, Shelley. Du schaffst sogar eine Eins, wenn du bei der Prüfung auf dem Kopf stehst. Eine Triefnase dürfte für dich kein Hindernis sein.«

Doch die Ergebnisse waren, wie ich schon befürchtet hatte, enttäuschend. Die ganze Woche quälten mich die schrecklichen Bilder, warfen meine Gedanken um wie einen Turm aus Bauklötzen, so dass ich wieder von vorn anfangen musste. Obwohl ich in Englisch und Geschichte eine Eins schaffte, waren Mathe und Physik nur ausreichend und alles andere zwei bis drei.

Roger war überrascht, dass ich bei Mrs Harris so schlecht abgeschnitten hatte, machte sich aber keine großen Sorgen, da ich in seinen Fächern gute Leistungen gezeigt hatte. In der Tat war er geradezu begeistert von der Antwort, die ich auf seine *Macbeth*-Frage gegeben hatte.

Er lief um den Esstisch und las aufgeregt ganze Passagen daraus vor:

»›Das vielleicht Brillanteste an Macbeth ist die Tatsache, dass er eigentlich gar keinen Charakter hat. Er ist treu und verräterisch; er liebt seine Frau, doch es kümmert ihn nicht, als sie stirbt; er ist furchtlos in der Schlacht, aber ein Feigling in der Nacht des Mordes; er tötet eine wehrlose Frau und ein Kind, stirbt aber wie ein Held … Anscheinend will Shakespeare damit sagen, dass echte Menschen keine *Charaktere* sind, sondern durch ihre *Taten* definiert werden. Der Tapfere erweist sich als Feigling, der Feige als tapfer, der Grausame kann freundlich und der Freundliche grausam sein …‹ Das ist Universitätsniveau, Shelley, *Universitätsniveau*!«, rief er und schlug mit der flachen Hand auf den Tisch.

Ich spürte, wie seine vergrößerten grünen Augen auf mir ruhten. Und als er weitersprach, klang seine Stimme anders, irgendwie vertraulicher. »Wie gelangt ein so junger Mensch zu so tiefen psychologischen Einsichten?«

Ich sah, wie Mum eine Schaufel schwarze Erde auf Paul Hannigans Gesicht warf und rutschte unbehaglich auf meinem Stuhl hin und her.

»Ich glaube, ich weiß es.«

Ich merkte, wie ich rot wurde und mich verkrampfte. *Was wollte er damit sagen?* Ich atmete aus, als er sanft hinzufügte: »Die JETS.«

Um meine Erleichterung zu verbergen, nickte ich nur und wandte mich ab, wobei ich verlegen die Ecke meines Heftes umknickte.

Von diesem einen Lichtblick abgesehen, gab es nicht viel zu feiern. Mrs Harris war angesichts meiner Ergebnisse völlig demoralisiert. Sie schien zu glauben, ich hätte es absichtlich getan, damit sie als unfähig dastand. Sie wischte die Tropfen vom Deckel ihrer Thermoskanne, schaute mich vorwurfsvoll an und sagte: »Dabei hatte ich gedacht, wir machen Fortschritte, Shelley. Bei der Arbeit – und persönlich.«

Ich reagierte nicht auf ihren Kommentar.

Auch Mum war enttäuscht, sehr sogar, versuchte aber, es nicht zu zeigen. Sie wollte mich sogar mit schwarzem Humor aufheitern. »Legastheniker bekommen vom Prüfungsausschuss eine halbe Stunde zusätzlich. Wie viel würden sie dir wohl geben, wenn sie wüssten, dass du unter einer posttraumatischen Belastungsstörung leidest, weil wir jemanden umgebracht haben?«

Ich grübelte über meine schlechten Ergebnisse nach

und vergoss sogar ein paar Tränen, als ich allein in meinem Zimmer war. Es empörte mich, dass Paul Hannigan – dieses wertlose *Nichts*! – meinen großen Moment zu verderben drohte, den wohlverdienten Erfolg bei den Prüfungen, die einen würdigen Abschluss meiner Schulzeit darstellen und mich an die Universität katapultieren sollten. Wenn ich nicht gut in der Schule war, *worin dann*?

Doch gleichzeitig dachte etwas in mir: *Zum Teufel damit!* Irgendwann kommt die Polizei, und dann ist es ohnehin vorbei. Es wird keine Wiederholungen und Prüfungen mehr geben – dafür Spurensicherung in der Küche; Polizisten, die auf allen vieren den Rasen absuchen; die Meute brüllender Journalisten; die Hand auf meinem Kopf, die mich auf den Rücksitz des Streifenwagens drückt …

Doch die Wochen vergingen, und noch immer kam keine Polizei.

Jedes Wochenende durchkämmte ich die Zeitungen nach einem Artikel über Paul Hannigan. Ich wusste genau, womit ich rechnete; im Geiste hatte ich den Artikel quasi selbst geschrieben. Unter einer Schlagzeile wie *Polizei sucht fieberhaft nach Vermisstem* würde stehen:

> *Die Polizei ist zunehmend besorgt über das geheimnisvolle Verschwinden des 24-jährigen Paul Hannigan. Mr Hannigan wurde zuletzt am Montag, dem 10. April, gesehen. Man fand sein verlassenes Auto*

*auf dem Parkplatz des Farmer's Harvest Restaurants …*

Hinzu käme ein Zitat von einer Verwandten (seiner Mutter? seiner Frau?), die ihn bat, sich zu melden, weil sie sich »furchtbare Sorgen« um ihn machte. »Es passt gar nicht zu Paul, einfach zu verschwinden, ohne Bescheid zu sagen.« Und dann folgte der vernichtende Satz, der mein Blut in den Adern gerinnen ließ, der Satz, der das Ende für Mum und mich bedeutete: »Mr Hannigans Wagen wurde am 12. April auf einer Landstraße gesehen, wo er verkehrsgefährdend geparkt war. Ein Landwirt aus der Nachbarschaft benachrichtigte die Polizei …«

Oder schlimmer noch:

*Die Polizei sucht nach zwei Frauen, möglicherweise Mutter und Tochter, die dabei beobachtet wurden, wie sie Mr Hannigans Wagen zwei Tage nach seinem Verschwinden auf dem Parkplatz des Farmer's Harvest abstellten. Ein Augenzeuge, der bei dieser Gelegenheit mit ihnen sprach, hat der Polizei eine ausführliche Personenbeschreibung geliefert … Die Ermittlungen dauern an.*

Sie mussten nur den Taxifahrer befragen, der uns an jenem Abend nach Hause gefahren hatte, um unsere Adresse zu ermitteln.

Doch in der Zeitung stand nichts über Paul Hannigan, absolut gar nichts.

Natürlich war ich erleichtert, dass mich sein Wieselgesicht nicht von einem verschwommenen Familienfoto angrinste. Ich wollte nicht gefasst werden. Doch gleichzeitig fand ich das Schweigen seltsam beunruhigend.

Es war, als hätte ein furchtbares Erdbeben in den frühen Morgenstunden meines sechzehnten Geburtstags unser Haus erschüttert und Decke und Wände über uns einstürzen lassen. Als wären wir unter Schock aus dem Haus gewankt und hätten den Rest der Welt vollkommen unversehrt vorgefunden. Als ginge alles seinen üblichen Gang. Wir konnten unmöglich akzeptieren, dass die Schockwellen jener Nacht nirgendwo sonst spürbar gewesen sein sollten, dass es unser persönliches, geheimes Erdbeben gewesen war.

Und noch etwas an diesem Schweigen war beunruhigend. Dass Paul Hannigan vom Erdboden verschwinden konnte, ohne dadurch Interesse oder Sorge zu erregen, widersprach allem, was ich über den Wert des menschlichen Lebens gelernt hatte.

So sollte es doch nicht sein, oder? Der Verlust eines einzigen Menschen, eines Individuums, musste doch etwas bedeuten, so wertlos seine Existenz an sich auch gewesen sein mochte. Unser Religionslehrer hatte uns einmal gefragt: *Stellt euch vor, ihr könntet das Leben eines Fremden beenden, indem ihr einfach einen Knopf an eurem Sessel drückt. Man wird es nie herausfinden, ihr werdet nicht bestraft. Würdet ihr das tun? Würdet ihr den Knopf drücken?* Ich hatte damals mit einem entschiedenen »Nein« geantwortet, weil ich davon überzeugt war, dass der Verlust eines Menschen etwas bedeutete, dass das Gefüge des Universums auf subtile, aber tiefgreifende Art verändert würde, wenn dieser hypothetische Fremde starb.

Und doch war Paul Hannigan vom Angesicht der Erde verschwunden, und es hatte sich offenbar nichts verändert. Das Leben ging weiter wie immer. Sein Verschwinden hatte nicht in der Zeitung gestanden. Nicht einmal das Lokalblatt hatte darüber berichtet – Paul Hannigan verdiente nicht einmal zwei Zeilen zwischen den Plänen zur Erweiterung der Stadtbibliothek oder der Tombola des Rotary Clubs oder der Eröffnung zweier hochklassiger Outlets im Gewerbegebiet.

Zum ersten Mal in meinem Leben kam mir der Gedanke, dass der Verlust eines Menschen vielleicht doch nicht so viel bedeutete. Möglicherweise war er ebenso bedeutungslos, wie wenn man eine Fliege an der Scheibe zerdrückte. Vielleicht veränderte sich das Gefüge des Universums kein bisschen.

Als ich jetzt über die Frage des Religionslehrers nachdachte, kam mir der Gedanke: *Warum nicht den Knopf drücken? Würde es wirklich etwas ausmachen?*

# 32

Das Sprichwort, nach dem die Zeit alle Wunden heile, erwies sich als zutreffend, und unser Leben im Honeysuckle Cottage ging allmählich wieder seinen gewohnten Gang.

Es fing mit Kleinigkeiten an. So aßen wir beispielsweise am Küchentisch und nahmen die alte Morgenroutine wieder auf – zwei Küsse in der Diele und die Ermahnung, vorsichtig zu fahren; Mum schaute zurück und winkte, wenn sie losfuhr. Wir holten die Gartenmöbel aus dem Schuppen und setzten uns wieder auf die Terrasse. Beim Abendessen schilderten wir einander – zunächst noch zaghaft – die Höhen und Tiefen des vergangenen Tages. Wir kochten wieder Spaghetti Bolognese. An einem Sonntagmorgen pflückten wir Kirschen im Garten und backten einen wunderbaren Kuchen, zu dem wir Vanilleeis aßen, genau wie wir es geplant hatten, bevor der ungebetene Gast zu uns kam. Wir liehen wieder DVDs aus und schauten uns an einem Samstagabend zwei Filme mit George Clooney an *(O Brother, Where Art Thou?* und *Ein verlockendes Spiel)*, wobei wir eine Riesenschüssel Butterpopcorn verschlangen.

Bei unseren wöchentlichen Einkaufstouren in die Stadt ersetzen wir nach und nach alles, was wir tief im Schacht entsorgt hatten: Wir kauften neue Vorhänge für die Küche, neue Geschirrtücher, einen neuen Wischmop mit Eimer. Wir wählten instinktiv Gegenstände, die sich von den alten so weit wie möglich unterschieden: eine dünne Fußmatte aus Gummi statt aus Kokosfaser, knallbunte, beinahe grelle Gummistiefel statt schwarze. Und Mum kaufte kein Schneidbrett aus Marmor, sondern bestand auf einem billigen Plastikding vom Discounter.

Jede Lücke wurde ausgefüllt – neue Badetücher, neue Nachthemden, neue Bademäntel. Es war, als würde unser Zuhause vollkommen neu gestaltet und geheilt, und ich war überrascht, dass auch *ich* mich dadurch geheilt fühlte. Mir war nie bewusst gewesen, wie wichtig diese kleinen Dinge für unser Leben waren. Das Bild wurde vollständig, als Mum den Schornstein des strohgedeckten Häuschens in der Schale mit der Duftmischung fand und ihn eines Abends am Esstisch geduldig anklebte.

Die blauen Flecken an meinem Hals verblassten allmählich, und ich konnte schließlich auf die Tücher verzichten, die ich immer getragen hatte, wenn Roger und Mrs Harris bei uns waren. Auch der Bluterguss an meinem Steißbein schrumpfte zusammen, bis nur ein münzgroßer grauer Fleck übrigblieb, der letztlich auch verschwand. Seltsamerweise zeigten auch meine Narben echte Anzeichen der Besserung. Die Verbrennungen an meiner linken Hand und am rechten Ohr waren so gut wie unsichtbar geworden, nur bei ganz heller Beleuchtung erkannte man noch die schimmernden

Flecken. Die Narben an meiner Stirn und am Hals verblassten von Kaffeebraun zu Honig und waren viel unauffälliger als zuvor.

Mit den körperlichen Verletzungen heilten auch meine seelischen Wunden. Die Bilder in meinem Kopf wurden schwächer und schwächer. Sie blieben nicht ganz aus (das taten sie nie), wurden aber seltener. Es war, als hätte mein Verstand endlich akzeptiert, was geschehen war. Die Zeiträume, in denen ich nicht an jene Nacht denken musste, wurden immer länger – zehn Minuten, zwanzig Minuten, eine halbe Stunde, eine ganze Stunde. Auch meine Konzentrationsfähigkeit kehrte zurück. Ich schrieb wieder einen guten Aufsatz an einem Stück herunter, statt ihn an mehreren Tagen mühsam zusammenzustoppeln; ich konnte mich in einen Film vertiefen; ich konnte über längere Zeit vergessen, wer ich war, wo ich war und – Wunder über Wunder – *was ich getan hatte*.

Zu meiner unglaublichen Erleichterung hörte auch der Albtraum auf. Nach einer besonders grausigen Abschlussvorstellung kam er nie mehr zurück. Ich hatte noch immer unangenehme Träume (ich hockte auf dem Boden der Schultoilette rittlings auf Emma Townley und hämmerte ihren Kopf mit dem Marmorbrett zu einem roten Brei), wichtiger aber war, dass es auch normale Träume gab. Angstträume wegen der Prüfungen (ich konnte die Fragen nicht lesen, weil die Schrift zu winzig war; ich wurde über mittelalterliche Geschichte statt moderne Geschichte geprüft, für die ich gelernt hatte); komische, surreale Träume (ich ging auf Stelzen durch die Wüste, während ein Wurf junger Hamster in meinem Ausschnitt herumwuselte; Mum verwandelte sich in eine riesige Henne, die autogroße Eier legen konnte). Auch romantische Träume gab es wieder: Nachdem Mum und ich zum fünften Mal *Tage wie dieser* gesehen hatten, flirtete ich mit George Clooney auf dem Rücksitz eines New Yorker Taxis. (Wir telefonierten beide mit Handys – anscheinend mit anderen Leuten, in Wirklichkeit aber miteinander. Er sagte: »Soll ich dich küssen?«, und ich erwiderte: »Das wäre sehr schön.«) Ich hatte sogar einen romantischen, besser gesagt, erotischen Traum, in dem ausgerechnet Roger vorkam. Er war schockierend eindeutig, und ich war tagelang verlegen, wenn er in meiner Nähe war.

Auch dass ich mich wieder für meinen Laptop interessierte, zeugte von meiner Genesung.

Ich hatte ihn seit jener Nacht nicht angerührt. Ich wollte ihn nicht einmal anschauen. Er war Teil des Grauens (in gewisser Weise machte ich ihn sogar dafür verantwortlich), so dass der Gedanke, ihn aus dem Sideboard zu holen, beinahe so abstoßend war wie die Vorstellung, die Leiche des Einbrechers auszugraben.

Doch als die Wochen vergingen, überwand ich allmählich meinen Abscheu. Mich erregte wieder die Vorstellung, Aufsätze auf ihm zu schreiben und ohne die quälenden Verzögerungen und unerklärlichen Abstürze, die ich mit der Bestie erduldet hatte, ins Internet zu gehen. Ich war davon überzeugt, dass mir der Laptop dabei helfen würde, wieder richtig für die Schule zu arbeiten. Und meine schriftstellerischen Ambitionen, die ich so eng mit dem Computer verknüpft hatte, erwachten zu neuem Leben. Ich ertappte mich bei einem Gedanken, so eiskalt und egoistisch, dass ich selbst entsetzt war: *Nachdem ich das alles durchlebt hatte, würde ich doch sicher etwas wahrhaft Großes schreiben können. Wie viele Schriftsteller wussten schon, was es bedeutete, einen Menschen zu töten?*

Also holte ich den Laptop schließlich aus dem Sideboard, in dem er seit meinem Geburtstag gestanden hatte, und stellte ihn auf den Esstisch. Zuerst fürchtete ich, er könnte kaputt sein, immerhin war er auf den Boden gefallen, als ich Paul Hannigan das Messer zwischen die Schulterblätter gestoßen hatte. Aber nein, beim ersten Knopfdruck erwachte er summend zum elektronischen Leben.

Wie ich gehofft hatte, verschaffte mir der Laptop neuen Antrieb bei den Prüfungsvorbereitungen. Bald schrieb ich gar nicht mehr von Hand und konnte tatsächlich schneller tippen, als etwas in meiner verschnörkelten Mädchenschrift notieren. Als Mums Drucker den Geist aufgab, nahm Roger jeden Abend meinen USB-Stick mit nach Hause und druckte mir alles aus. Er weigerte sich, Geld für Papier oder Tinte anzunehmen, und ich war ihm ungeheuer dankbar. Mehr noch, ich empfand eine gewisse *Wärme* für ihn, und es beruhigte mich, dass die Erlebnisse mit den JETS meine Fähigkeit, Freundschaften zu schließen, anscheinend nicht beeinträchtigt hatten.

# 33

Auf den ersten Blick erholte sich auch Mum ganz ausgezeichnet. Ihr Auge heilte schnell, und sie war froh, als sie vor der Arbeit kein Make-up mehr auflegen musste, um den Bluterguss zu verdecken.

In der Kanzlei tat sie, als wäre nichts geschehen; sie bearbeitete mehrere kleine Fälle und gewann sogar einen, der unerwartet vor Gericht gegangen war. Über diesen Sieg freute sie sich ganz besonders, da die Umstände des Unfalls – ein Sturz auf einer Restauranttreppe – schwer zu beweisen gewesen waren. Vor allem aber genoss sie es, dass der unterlegene Beklagte, das *Love Shack Rib* House, von ihrem ehemaligen Arbeitgeber Everson's vertreten wurde. Es war fast wie ein Sieg über Dad, und sie war vollkommen aus dem Häuschen deswegen.

Dennoch merkte ich, dass ein Teil ihrer guten Stimmung nur Fassade war.

Die Schlaftabletten, die mir geholfen hatten, zeigten bei Mum kaum Wirkung. Obwohl sie nach wie vor gegen elf ins Bett ging, konnte sie selten einschlafen. Sie warf sich stundenlang verzweifelt herum. Wenn sie es nicht mehr ertragen konnte, ging sie nach unten. Wenn ich nachts zur Toilette musste, hörte ich oft den leisen Ton des Fernsehers, mit dem sie sich die langen, schlaflosen Stunden vertrieb. Für jemanden wie Mum war Schlaflosigkeit das Schlimmste überhaupt, weil dieses Problem nicht mit dem Verstand gelöst werden konnte. Je mehr man sich bemühte, desto weniger gelang es einem. Sie versuchte, den Schlaf herbeizudenken, statt nicht über ihn nachzudenken. Und wurde von der Schlaflosigkeit besiegt.

Gegen drei ging sie wieder ins Bett und schlief in der Morgendämmerung endlich ein. Wenn eine Stunde später der Wecker klingelte, war sie noch erschöpfter, als wenn sie gar nicht geschlafen hätte. Sie saß mit verquollenen Augen, blassem Gesicht und gerunzelter Stirn beim Frühstück – die Falten auf der Stirn verschwanden selbst dann nicht, wenn sie lächelte. Wenn ich fragte, ob sie wieder schlecht geschlafen habe, zuckte sie nur mit den Achseln. »Es geht vorbei«, sagte sie dann, »es geht vorbei.« Oder sie zitierte Dorothy Parker: »Wie schläft man eigentlich? Ich hab den Bogen einfach nicht raus.« Doch sie wollte nicht darüber sprechen, und wenn ich weiterfragte, wurde sie reizbar und schnippisch.

Mum trank jetzt jeden Abend. Oft schenkte sie sich, wenn sie von der Arbeit kam, als Erstes ein Glas Wein ein – ohne vorher Jacke oder Schuhe auszuziehen. Ich glaube nicht, dass sie das Trinken genoss. Sie trank vor allem, um sich zu betäuben. Der Wein vertrieb die Dämonen oder half wenigstens, sie unter Kontrolle zu halten. Schließlich war sie diejenige, die Paul Hannigan mit dem Marmorbrett getötet hatte; sie war diejenige, die seine Leiche ausgegraben und seine blutgetränkten

Taschen durchsucht hatte. Später trank sie wohl, weil sie sich nach einem ruhigen Nachtschlaf sehnte, den ihr dieser falsche Freund natürlich nie verschaffte.

Während ich sehr bald wieder mit dem Flötenspiel begonnen hatte, weigerte sich Mum, das Klavier auch nur anzurühren. Wenn ich sie bat, ein Duett mit mir zu spielen, fand sie immer eine Ausrede – sie sei zu müde oder müsse noch arbeiten. Dabei wusste ich nur zu gut, was der eigentliche Grund war. Sie mied das Klavier aus dem gleichen Grund, aus dem ich das ovale Rosenbeet mied. *(War die* Zigeunerhochzeit *noch in ihrem Kopf erklungen, als Paul Hannigan uns die Treppe hinuntergescheucht hatte?)*

Sicherheit kam nun an erster Stelle und wurde zur Besessenheit. Sie brachte regelmäßig neue Schlösser aus dem Eisenwarenladen mit. Sie montierte zwei schwere Ketten an Haus- und Hintertür und robuste Schlösser an unseren Schlafzimmertüren. Sie kaufte eine Alarmanlagen-Attrappe (laut Verpackung würden Einbrecher den Unterschied nicht erkennen), weil eine richtige unerschwinglich für uns war, und befestigte sie gut sichtbar an der Vorderseite des Hauses. Sie besorgte ausgeklügelte Schlösser für die Fenster, weil sie vermutete, dass Paul Hannigan durchs Toilettenfenster eingestiegen war.

Ich beobachtete sie, wie sie mit dem Schraubenzieher durchs Haus lief und vor der Haustür auf die Leiter stieg, und hätte meine Gedanken am liebsten laut ausgesprochen: *Das Schloss, das unsere Ängste aussperren kann, wurde noch nicht erfunden.*

Die größten Sorgen machte mir jedoch ihre veränderte Beziehung zu Graham Blakely. Wenn sie jetzt über ihre Zusammenstöße mit ihm sprach, schien sie nicht mehr das Opfer zu sein, sondern eine ernstzunehmende, kampfbereite Gegnerin. Sie gab nicht mehr ohne weiteres nach, wenn er die Geduld verlor, und teilte bei ihren Auseinandersetzungen ordentlich aus – sehr zum Erstaunen von Brenda und Sally. Das alleine hätte mich nicht beunruhigt. Ich war es ohnehin leid, mir anzuhören, wie dieser Büro-Diktator sie ständig einschüchterte. Aber sie behauptete sich nicht nur. Seit dem ersten Streit mit ihm an meinem Geburtstag schien Mum die Zusammenstöße mit Blakely förmlich zu *genießen*. Manchmal forderte sie ihn geradezu heraus. Sie erzählte mir mit atemloser Begeisterung beim Abendessen, wie sie die Oberhand behalten hatte, wobei sie wild gestikulierte und ihr Glas umzuwerfen drohte.

Eines Abends, als wir uns wieder einmal von den Höhen und Tiefen des Tages berichteten, verkündete Mum kichernd, sie habe *Blakely ins Gesicht geschlagen*.

»Du hast *was*?«, fragte ich ungläubig.

»Ich habe Blakely ins Gesicht geschlagen!«, wiederholte sie mit einem selbstzufriedenen Grinsen wie ein Kind, das stolz auf einen bösen Streich ist.

»Was – was war denn los?«

»Nun, er kam in mein Büro, als ich allein war, und fing an, über die Urlaubstermine im August zu reden«, erklärte sie sachlich, als wäre es nur harmloser Büroklatsch. »Während wir redeten, trat er hinter meinen

Stuhl, und ich dachte, er wolle meine Brust berühren. Ich habe gar nicht weiter überlegt. Ich habe ihm einfach eine Ohrfeige verpasst!«

»*Mum!* Hat es jemand gesehen?«

»Ich glaube nicht.«

»Was hat er dann gemacht?«

»Nichts! Gar nichts. Er ist einfach rausgegangen und hat sich die Wange gehalten. Du hättest sein Gesicht sehen sollen!«

Ich war sprachlos. Die Erinnerung erregte sie offenbar. Sie konnte gar nicht aufhören, darüber zu reden, und brach jedes Mal in Gelächter aus, wenn sie sich an seinen Gesichtsausdruck erinnerte.

»Er hat kein Wort gesagt!«, rief sie. »Er konnte es nicht fassen! Er stand total unter Schock! Damit hatte er wohl nicht gerechnet!«

Ich lachte, so gut ich konnte, mit ihr, empfand den Vorfall aber als zutiefst verstörend. Danach war ich mehrere Tage verunsichert. Mum war immer der ruhende Pol gewesen, und ich wollte, dass es so blieb. Ihre neue Verwegenheit machte mir Angst. Ich war mir nicht sicher, ob ich ihr auf das unbekannte Terrain folgen wollte, das sie nun erforschte. Ich befürchtete, sie könnte in dieser Stimmung etwas zu Sally und Brenda sagen, das uns verriet. Nach allem, was geschehen war, hatte *ich* es geschafft, mein Gleichgewicht wiederzufinden – warum zum Teufel konnte *sie* das nicht auch?

# 34

Am Montag, dem 22. Mai, drei Wochen vor meinen Prüfungen, startete ich mein intensives Wiederholungsprogramm, das ich schon vor langer Zeit mit rotem Kugelschreiber in meinen Wandkalender eingetragen hatte. Dazu gehörte, dass ich morgens um sieben aufstand und mindestens zwei Stunden lernte, bevor Roger um zehn Uhr kam. Abends hörte ich nicht auf, wenn Mum nach Hause kam, sondern arbeitete von fünf bis neun und nahm dann ein spätes Abendessen mit ihr ein. Eigentlich hatte ich vorgehabt, auch am Wochenende zu lernen, doch Mum bestand auf einem freien Tag in der Woche. Daher arbeitete ich den ganzen Samstag und machte sonntags frei.

Da ich hauptsächlich auswendig lernen musste – eine trockene Arbeit, für die ich meine ganze Konzentration brauchte –, beschloss ich, alle Bücher und Unterlagen aus dem Esszimmer nach oben zu bringen. Dort wäre ich nicht so abgelenkt – durchs Telefon oder meine Mutter, die hin und her lief und nach der Schere suchte, die sie zum x-ten Mal verlegt hatte, oder mit dem Kugelschreiber klickte, während sie im Wohnzimmer ihre Unterlagen durchging. Auch käme ich nicht in Versuchung, mir einen Kaffee oder ein Sandwich zu machen.

Also saß ich oben in meinem Zimmer und schmorte vor mich hin. Ein Ende der Hitzewelle war nicht in Sicht. Ich zwang mich, lange Passagen aus *Macbeth* und seitenweise unregelmäßige französische Verben auswendig zu lernen. Ich wiederholte sie wieder und wieder mit geschlossenen Augen, lernte das Boyle-Marriott'sche Gesetz und die allgemeine Gasgleichung, das Ohm'sche Gesetz und das Archimedische Prinzip im genauen Wortlaut. Ich arbeitete mich durch eine Packung Taschentücher nach der anderen und schluckte die Antihistamine, die Dr. Lyle mir verschrieben hatte, während ich die genauen Daten des Reichstagsbrandes, der Besetzung des Ruhrgebietes, des Kellogg-Briand-Paktes, des Hitlerputsches von 1923 und des Marsches auf Rom paukte. Die Schwalben segelten um die Nester vor meinem Fenster, und ich lernte Statistiken über die brasilianische Kaffeeproduktion und die jährliche Abholzung des Regenwaldes auswendig, bis ich sie ohne einen Blick auf meine Unterlagen aufsagen konnte.

Es war erst sechs Wochen – sechs kurze Wochen – her, dass Mum und ich Paul Hannigan getötet hatten, und schon dachte ich fast nur noch an meine Prüfungen. Nur ab und zu schweiften meine Gedanken von den Schulbüchern ab und wanderten zu der Leiche, die unter den Rosensträuchern verweste.

Trotz meiner Zweifel dachte ich inzwischen wie Mum. Wir hatten einfach zu viele Filme gesehen, in denen der Schuldige gefasst wurde. Letztlich hatte ich wohl akzeptiert, dass sie recht hatte. *Wir waren damit durchgekommen.*

Wenn die Polizei bis jetzt nicht bei uns aufgetaucht war, würde sie niemals kommen. Sie musste mittlerweile Paul Hannigans Auto gefunden haben – es konnte unmöglich wochenlang auf dem Parkplatz stehen, ohne dass jemand es bemerkte. Und nach fast zwei Monaten musste jemand Paul Hannigan als vermisst gemeldet haben. Jemand musste sich Sorgen um ihn gemacht haben. Hatte nicht sein Handy an ebenjenem Morgen geklingelt? Die Polizei musste inzwischen Bescheid wissen …

Die einzig mögliche Schlussfolgerung war, dass Mum recht gehabt hatte – die Polizei hatte keine Verbindung zwischen seinem Verschwinden und uns hergestellt, und das würde aller Wahrscheinlichkeit nach auch niemals passieren.

Selbst wenn die Polizei jetzt zu uns gekommen wäre, hätte sie nichts gefunden. Die Küche war so oft geputzt und desinfiziert worden, dass man nicht die geringste Spur seines Blutes oder den Schatten eines Fingerabdrucks finden würde. Die acht Müllbeutel waren aus dem Gästezimmer verschwunden, und das Versteck, das Mum für sie gefunden hatte, war so genial und perfekt, dass die Polizei sie niemals entdecken würde.

Wir hatten Glück gehabt. Wir hatten großes Glück gehabt. Wir hatten einen Menschen getötet. Wir hatten ihn auf dem Boden unserer Küche erstochen und erschlagen. *Und waren damit durchgekommen.*

# 35

Es war Samstag, der 27. Mai. Ich stand um sieben auf, wie es mein Übungsplan verlangte, zog den Bademantel an und schlüpfte leise aus meinem Zimmer. Ich wollte mir schnell einen Kaffee machen, bevor ich mit der Arbeit anfing. Vor Mums Schlafzimmertür blieb ich stehen und horchte. Ich konnte ihren tiefen, regelmäßigen Atem hören und lächelte. Ich wusste, wie kostbar jede Sekunde Schlaf für sie war.

Auf der Treppe vermied ich die verräterisch knarrende vierte Stufe, um keinen Lärm zu machen. Da sah ich es. Auf der Fußmatte vor der Haustür lag ein weißes Rechteck.

Ich wusste sofort, dass es Gefahr bedeutete. So früh war der Postbote noch nie gekommen. *Es war persönlich abgeliefert worden.*

Ich hob es auf und sah den hässlichen Fettfleck *(Butter?)*, wo ein dicker Daumen die Lasche festgedrückt hatte.

Ich drehte ihn um. Die Vorderseite war unbeschrieben. Rasch riss ich den Umschlag auf.

Darin lag ein kleines Stück liniertes Papier, das von einem Notizblock abgerissen worden war. Darauf hatte jemand mit einem sterbenden Kugelschreiber eine Nachricht in Blockschrift hinterlassen:

ICH WEISS, WAS IHR GETAN HABT.
ICH WEISS, IHR HABT IHN GETÖTET.
ICH WILL 20 000 PFUND, ODER ICH GEH ZUR POLIZEI.
BLEIBT IM HAUS.
ICH KOMM HEUTE VORBEI.

Ich rannte sofort nach oben und weckte Mum.

Keine fünf Minuten später saß sie in der Bluse, die sie gestern im Büro getragen hatte, Jeans und braunen Wanderstiefeln in der Küche. Sie kaute auf der Unterlippe und starrte wie gebannt auf das billige, durchscheinende Blatt Papier. Die Tränensäcke unter ihren Augen waren an diesem Morgen deutlich sichtbar, die äußerlichen Zeichen einer kranken Seele. Ihr Haar war verfilzt. Sie brütete mürrisch vor sich hin, wirkte verbittert. Sie hatte die Zähne nicht geputzt, und ich roch den Wein von gestern Abend in ihrem Atem. Keine Sekunde lang wandte sie die Augen von dem Brief, nicht einmal, als sie nach ihrer Kaffeetasse griff und den klebrigen Rand zum Mund führte.

Ich trug noch Schlafanzug und Bademantel. Der Schock hatte mich betäubt, ich war nicht in der Lage gewesen, mich anzuziehen. Schon lange hatte ich befürchtet, dass unser zerbrechlicher Friede ein Ende finden würde, hatte aber immer mit dem Klopfen an der Tür gerechnet (höflich, aber bestimmt), mit den uniformierten Beamten und ihren knisternden Funkgeräten, dem Schatten eines Lächelns auf dünnen, unfreundlichen Lippen. Doch ich hatte mir keine Sekunde lang vorgestellt, dass es so enden würde – mit einem schmierigen Brief, den ein Erpresser durch unseren Briefschlitz gestopft hatte.

Während Mum ihn wieder und wieder las, zermarterte ich mir das Hirn, um herauszufinden, wer dahinterstecken könnte.

Ich erinnerte mich an den Bauern, der vorbeigefahren war, als wir das Grab aushoben und die Leiche von Paul Hannigan mit dem Gesicht nach unten neben uns im Gras gelegen hatte. Mum hatte behauptet, er habe aus der Entfernung nicht sehen können, was wir taten. Wenn sie sich nun geirrt hatte? Wenn der Bauer *ganz genau* gesehen hatte, was wir an diesem Morgen getan hatten und sich nun, sechs Wochen später, dazu entschlossen hatte, ein bisschen Geld herauszuschlagen?

Auch der Geländewagen-Typ war eine Option. Mit dem kahlen Kopf und dem finsteren Ziegenbärtchen hatte er wie der Schurke aus einer Seifenoper ausgesehen, und wir hatten uns an jenem Abend auf dem Parkplatz definitiv verdächtig gemacht. Vielleicht hatte er eine Gelegenheit gewittert, um Geld zu verdienen, und war unserem Taxi bis zum Honeysuckle Cottage gefolgt. Falls er herausgefunden hatte, dass der Wagen, den wir auf dem Parkplatz abgestellt hatten, Paul Hannigan gehörte und dieser vermisst wurde, hatte er möglicherweise zwei und zwei zusammengezählt.

Oder war es sogar jemand, den ich kannte? Hatte Roger trotz meiner Bemühungen, normal zu wirken, doch etwas gemerkt? Hatte er den Blutfleck an der

Hintertür gesehen? Er war außerordentlich clever und nicht sonderlich reich; darum arbeitete er ja als Hauslehrer. Doch das billige Papier, der schmierige Daumenabdruck, der Brief, der in den frühen Morgenstunden durch die Klappe geschoben worden war? Nichts davon schien zu dem peniblen Akademiker zu passen, den ich kannte. Andererseits existierte so etwas wie ein »Charakter« vielleicht gar nicht (eine Vorstellung, die Roger sehr aufregend fand), und dann hätte es ebenso gut er wie jeder andere sein können.

»Was glaubst du, wer dahintersteckt, Mum?«

»Ich weiß es nicht, Shelley«, sagte sie zerstreut und starrte noch immer auf den Erpresserbrief. »Ich weiß es nicht.«

»Meinst du, es könnte Roger sein?«

»Nein!«, schnaubte sie kopfschüttelnd. »Nicht Roger. Definitiv nicht. Wir haben es hier mit einem Kriminellen zu tun, vermutlich einem Gewohnheitstäter.«

»Was ist mit dem Geländewagen-Typ? Wir beide fanden, er sehe aus wie ein Krimineller.«

Mum erwog es ernsthaft. »Kann sein«, sagte sie wenig überzeugt, »aber ich verstehe immer noch nicht, wie er es herausgefunden haben soll. Nur wir beide wissen, was in der Nacht geschehen ist.«

Ihre Aufmerksamkeit wurde wieder von dem Brief angezogen, als besäße er eine magnetische Kraft, der sie nicht widerstehen konnte.

»Egal«, fügte sie hinzu, »wir werden es bald erfahren.«

Ich muss dumm geguckt haben, denn sie fuhr fort:

»In dem Brief steht doch *Ich komme heute vorbei.* Dann werden wir es erfahren.«

Ich stellte mir vor, wie der Geländewagen-Typ in seinem schwarzen Ledermantel arrogant durch die Küche stolzierte, auf einem Stuhl lümmelte, Kaugummi kaute und uns drohend angrinste, wobei er jede Forderung mit einem Faustschlag auf den Tisch unterstrich. Ich zitterte vor Ekel, als hätte ich einen Stein im Garten umgedreht und einen wimmelnden Haufen Ohrenkneifer aufgeschreckt.

»Was sollen wir machen?«

Mum verschränkte die Arme vor der Brust, als wäre ihr plötzlich kalt.

»Viel können wir nicht tun, Shelley. Falls der Erpresser zur Polizei geht, müssen sie den Hinweisen nachgehen. Sie werden nach einer Leiche suchen, mit Durchsuchungsbefehl und Hunden. Ich glaube, dann ist es vorbei …«

Ich stellte mir vor, wie die Hunde wild in der lockeren Erde des Rosenbeetes scharrten und einen Daumen ausgruben, weiß wie eine frische Blumenzwiebel.

Mum schaute wieder auf den Brief und zerknüllte ihn in einem plötzlichen Wutanfall.

»Ich verstehe das nicht! Wie konnte jemand das herausfinden? Wir waren so vorsichtig! Wodurch haben wir uns verraten? Und warum meldet sich der Erpresser erst jetzt – fast *zwei Monate* danach?«

Sie verzog das Gesicht, als sie den Kaffee austrank, und fuhr sich erregt durch das zerzauste Haar.

»Möchtest du noch einen?«

Sie nickte und hielt mir die Tasse hin. Als ich ihr einschenkte, zitterte sie heftig in ihrer Hand.

»Dann ist es also vorbei?«, fragte ich wie betäubt.

Mum strich den Brief auf dem Küchentisch glatt und betrachtete ihn erneut. »Ich glaube, wir sitzen in der Falle.«

*In der Falle*. Welch passender Ausdruck. Wir waren immer noch Mäuse, die in einer metallenen Falle saßen. Unsere kleinen, streichholzdünnen Hälse waren sauber durchgebrochen.

»Können wir denn *gar nichts* tun?«

Sie schlug die Hände vors Gesicht und zog sie hinunter, bis sie wie zum Gebet gefaltet ihr Kinn umschlossen. »Ich wüsste nicht was, Shelley. Ich wüsste nicht was. Uns bleiben nur wenige Möglichkeiten.«

Ich dachte daran, was wir alles unternommen hatten, um unentdeckt zu bleiben – wir hatten Paul Hannigans Leiche im Rosenbeet vergraben, waren mit dem verbeulten türkisfarbenen Auto des Einbrechers in die Stadt gefahren, hatten dem furchteinflößenden Geländewagen-Typen widerstanden, Mum war spätnachts in den Nationalpark gefahren, um die Müllbeutel in den Schacht zu werfen. War alles umsonst gewesen? Sollten wir am Ende doch verlieren – und das nicht durch die brillante Ermittlungsarbeit der Polizei, sondern wegen eines abscheulichen, geldgierigen *Erpressers*?

»Welche Möglichkeiten denn?«, fragte ich mit schriller Stimme.

Mum wandte mir ihr erschöpftes Gesicht zu. Sie war

so müde, dass sie kaum die Augen offen halten konnte, als Sonnenstrahlen die Wolken durchbrachen und die Küche mit hellem Frühlingssonnenschein erfüllten.

»Wir könnten zur Polizei gehen und alles gestehen, bevor der Erpresser kommt. Auf jeden Fall ist es besser, wenn sie es von uns erfährt. Ein Geständnis, selbst zu diesem späten Zeitpunkt, dürfte sich vor Gericht günstig für uns auswirken.«

Ich sah das geisterhaft weiße Zelt über dem Rosenbeet, die Journalistenmeute in der Einfahrt, den Rücksitz des Polizeiautos, die schwarzen Polster, die heiß von der Sonne waren. Was würde danach kommen? Stundenlange Verhöre auf der Polizeiwache, demütigende Fotos, Fingerabdrücke. Und dann, nach elenden Monaten des Wartens, der Prozess. Ich würde mit zitternden Beinen auf der Anklagebank sitzen, während der Staatsanwalt mir die Frage entgegenschleuderte, die nicht zu beantworten war: »Miss Rivers, wenn Sie wirklich geglaubt haben, Sie hätten nichts Schlimmes getan, wenn Sie wirklich geglaubt haben, die ganze Zeit in Notwehr gehandelt zu haben, weshalb haben Sie dann die Leiche von Mr Hannigan in Ihrem Garten vergraben?«

In der Nacht, in der wir ihn getötet hatten, war uns eine Gefängnisstrafe als theoretische Möglichkeit erschienen, doch nun schien sie unvermeidlich. Mittelalterliches Grauen im 21. Jahrhundert. Meine brillante Karriere auf dem Abstellgleis, für wie lange, wusste ich nicht. Ich wäre gezwungen, meine Privatsphäre mit Mädchen zu teilen, die weitaus zügelloser und boshafter waren als Teresa Watson und Emma Townley. Das würde ich nicht überleben. Ich könnte die Brutalität, das Banausentum und den Schmutz nicht ertragen. Ich wusste, am Ende würde ich mir das Leben nehmen …

»Gibt es denn sonst nichts?«, fragte ich und rang nach Luft, als zöge sich die Schlinge um meinen Hals schon zu. »Können wir denn sonst gar nichts tun?«

Mum zuckte hilflos mit den Schultern. »Wir können die zwanzigtausend Pfund bezahlen.« Doch das war eher eine Frage als eine Feststellung.

»Wir haben keine zwanzigtausend Pfund«, erwiderte ich. »Das ist mehr, als du in einem Jahr verdienst. Es würde ewig dauern, so viel Geld aufzutreiben.«

»Ich könnte es besorgen, Shelley«, sagte sie leise.

»Wie?«

»Ich könnte es leihen, mit dem Haus als Sicherheit. Ich könnte eine Hypothek aufnehmen.«

Bei der Vorstellung, dass Mum dem Erpresser so viel Geld bezahlen würde, wurde mir übel. Sie arbeitete ohnehin schwer für ihr kleines Gehalt. Der Gedanke, dass sie auch noch diese zusätzliche Last schultern sollte, war unerträglich. Und es wäre naiv zu glauben, dass er sich damit zufriedengeben würde. Er würde immer und immer wieder kommen. Wir müssten den Rest unseres Lebens mit diesem widerlichen Parasiten leben, der sich nach Lust und Laune bei uns bediente. Das wäre kein Leben mehr. Es wäre eine elende Sklaverei. Die traumatischen Erlebnisse vom 11. April wären niemals abgeschlossen. Der Erpresser würde die Wunde aufreißen, sobald sie zu heilen begann.

»Es wird nie aufhören, Mum«, sagte ich. »Wenn wir ihm einmal Geld geben, wird er immer mehr wollen.«

»Das weiß ich, Shelley, das weiß ich doch.«

Dann kam mir eine dumme Idee, die ich gedankenlos aussprach. »Was ist mit Dad? Könnte er uns nicht das Geld geben?«

Mums Gesicht war voller Bitterkeit und Schmerz.

*»Ich würde ihn niemals danach fragen!«,* zischte sie. Eine weitere Diskussion schien ausgeschlossen.

Meine Haut kribbelte vor Zorn. Sie tat Dad mit einer so kalten Endgültigkeit ab, als wäre er tot. Aber für mich war er nicht tot. Ich schluckte mühsam die Worte hinunter, die ich ihr entgegenschleudern wollte. Es war der falsche Zeitpunkt für diesen Streit.

Lange herrschte Stille zwischen uns. Mum las wie besessen den Erpresserbrief, als könnte sie in den wenigen, mit Kugelschreiber verfassten Zeilen eine Antwort finden.

»Dann war es das also?«, sagte ich schließlich. Unfassbar, dass unser Weg so plötzlich und hoffnungslos enden sollte.

Mum schwieg. Sie kaute auf der Unterlippe und spielte mit dem Zettel, faltete ihn zu einem dünnen Streifen und zog ihn zwischen den Fingern ihrer rechten Hand hindurch. Dabei vermied sie peinlichst meinen Blick.

Am liebsten hätte ich aus vollem Hals geschrien: *Ist das alles? Ist es das Beste, was dein rasiermesserschar-*

*fer Verstand hervorbringen kann? Ist es das Beste, was das Superhirn, die Frau, die alle Probleme löst, anzubieten hat?*

Ich schaute sie verächtlich an, während sie am Küchentisch in sich zusammensackte. Sie konnte kaum die Augen offen halten, weil sie wenig geschlafen und am Vorabend wieder einmal zu viel Wein getrunken hatte. Wenn sie nicht so schwach gewesen wäre und sich nicht so hätte gehenlassen, nachdem wir Paul Hannigan getötet hatten, wäre sie heute Morgen nicht ein solches Wrack und könnte eine Lösung finden, um uns aus diesem Dilemma zu befreien! Wäre sie nicht so schwach gewesen, wäre Dad vielleicht noch hier, um uns zu beschützen! Wäre sie nicht so schwach gewesen, wäre aus mir vielleicht keine Maus geworden – dann hätte ich mich gegen die besagten Mädchen behaupten können, und wir wären niemals in diese Situation geraten!

Mit der Welle des Zorns kam aber auch die bittere Erkenntnis, dass ich trotz meiner sechzehn Jahre noch immer von Mum erwartete, dass sie wie eine Mutter handelte und mich beschützte. Noch immer erwartete ich, dass sie ein mütterliches Wunder vollbrachte und die Gefahr bannte, dass sie den Wolf, der unser Haus umkreiste, verscheuchte. Daher kam ich mir betrogen vor, als ich begriff, dass es heute keine mütterliche Magie und kein Wunder geben würde – nur das allzu grelle Sonnenlicht und die Stille, die gelegentlich vom Flattern weicher, gefiederter Körper in der Traufe unterbrochen wurde.

Nach langer, langer Zeit sagte Mum: »Es gibt noch eine Möglichkeit, Shelley.«

»Welche?«, knurrte ich, da ich nicht mehr als einen jämmerlichen Strohhalm erwartete. »Welche, um Gottes willen? *Welche?*«

Mum ließ den Erpresserbrief auf den Tisch fallen und schaute mir tief in die Augen. Ihr Gesicht war bleich wie eine Totenmaske aus Alabaster.

»Wir töten ihn, Shelley«, sagte sie im Flüsterton. »Wenn er heute kommt, töten wir ihn.«

# 36

Es mag seltsam klingen, aber Mums Worte schockierten mich nicht. Ich war nicht entsetzt, wie man es hätte erwarten können. Noch vor zwei Monaten hätte ich ungläubig gestottert – *Bist du verrückt? Hast du den Verstand verloren?* –, doch jetzt erwog ich den Vorschlag kalt und leidenschaftslos.

Der erste Einwand, der mir in den Sinn kam, war nicht moralischer, sondern praktischer Natur. Ich erinnerte mich an den Geländewagen-Typ, seine schwere Bulldoggengestalt, den rasierten Kopf, den dolchförmigen Ziegenbart, die gemeinen, durchdringenden Äuglein.

»Aber wie, Mum? Wie sollen wir ihn töten? Der Geländewagen-Typ ist riesengroß und hat eine Figur wie ein Kleiderschrank. Was sollen wir mit so einem Mann machen? Der Einbrecher war betrunken und wusste kaum, was er tat. Der Geländewagen-Typ ist eine andere Hausnummer.«

»Wir wissen doch gar nicht, ob er es ist, Shelley. Du ziehst wieder voreilige Schlüsse.«

»Aber was, *wenn* er es ist?«, beharrte ich. So leicht wollte ich mich nicht abspeisen lassen. »*Wenn* er es nun ist? Ein Schlag ins Gesicht von diesem Mann könnte dich töten. Das wirst du nicht überschminken und am nächsten Tag zur Arbeit gehen. Wie um Gottes willen sollen wir einen solchen Mann töten?«

Mum sagte nichts. Sie starrte nur auf ihre großen, linkischen Hände, die auf dem Tisch lagen wie zwei sonnenbleiche Krebse, die die Flut an Land gespült hat. Sie schien etwas abzuwägen und gelangte zu einem Schluss, den sie zögernd vortrug.

»Es gibt eine Möglichkeit«, sagte sie schließlich und schaute mich seltsam an. Verblüfft, ein bisschen verschämt. »Ich weiß, wie.«

*»Wie denn?«*

»Moment.«

Sie stemmte sich mühsam vom Stuhl hoch und verließ die Küche. Ich hörte ihre Stiefel auf der Treppe, das Stöhnen der Dielen in ihrem Schlafzimmer, dann war es still.

Allein in der Küche, kam ich mir plötzlich nackt und verletzlich vor. Wenn nun der Geländewagen-Typ käme, während ich hier unten ganz allein war? Wenn sein Gesicht plötzlich am Küchenfenster auftauchte? Der Gedanke war so schrecklich, dass ich die Augen zukniff, um das Fenster nicht mehr zu sehen. Nur ein Gedanke raste durch meinen Kopf, während ich ungeduldig auf Mum wartete: *BeeildichMumbeeildichMum – beeildichMum!*

Das klagende Knarren der vierten Stufe verriet mir, dass sie auf dem Weg nach unten war, und ich machte die Augen wieder auf.

Zu meiner Verwunderung hatte sie ihre beigefarbene Fleecejacke über die Bluse gezogen, obwohl wir wieder einen brütend heißen Tag vor uns hatten. Ihre Hände steckten in der großen Bauchtasche, die seltsam gewölbt aussah.

Als Mum vor mir stand, zog sie langsam etwas hervor. In diesem Augenblick erfüllte gleißend weißes Sonnenlicht die Küche und blendete mich. Erst als ich zur Seite rückte und meine Augen abschirmte, sah ich, was sie in der ausgestreckten Hand hielt.

»Du hast die Waffe behalten?«, keuchte ich, als ich den abscheulichen Gegenstand sah. »Du hast sie nicht in den Schacht geworfen?«

Mum schüttelte kaum merklich den Kopf.

»Wieso nicht?«

»Ich weiß es nicht«, sagte sie schulterzuckend. »Nach der Sache mit dem Einbrecher habe ich mich so unsicher gefühlt, dass ich mich einfach nicht davon trennen konnte.«

Nach einer langen Pause fuhr sie fort: »Vielleicht habe ich tief im Inneren gewusst, dass wir sie noch brauchen würden …«

Sie legte sie vorsichtig auf den Küchentisch und setzte sich hin. Ich war aufgestanden, doch meine Knie gaben nach, und ich sank wieder auf den Stuhl.

Die Waffe lag auf dem Tisch wie ein metallener Skorpion, der seinen tödlichen Stachel im blaugrauen Lauf verbarg. Ich betrachtete sie mit einer Mischung aus Ekel und Faszination. Sie wirkte so fremd in der Küche inmitten der grünen Pastagläser, der Kochbücher, des Hundekalenders von meiner Oma, der Pinnwand aus Kork, die mit Fotos von Mum und mir und meinen Hello-Kitty-Aufklebern bedeckt war – sie wirkte auf krasse Weise fehl am Platz, auf krasse Weise *männlich*.

»Ist sie geladen?«

»Ja. Sechs Kugeln.«

»Weißt du, wie man sie benutzt?«

»Das ist nicht weiter schwierig, Shelley. Du löst die Sicherung und betätigst den Abzug.«

Betäubt und ungläubig schüttelte ich den Kopf. Angesichts der physischen Realität der Waffe wurde mir allmählich klar, wie ungeheuerlich ihr Plan war.

»Warum hast du mir nicht gesagt, dass du sie behalten hast?«

Mum rutschte unbehaglich auf ihrem Stuhl herum und wandte sich ab. »Ich – ich wollte dich nicht beunruhigen«

»*Mich* beunruhigen?«

Sie war leicht zu durchschauen: Sie hatte mir nicht gesagt, dass sie die Waffe behalten hatte, weil sie mir nicht mehr traute. Seit der Nacht, in der ich das Messer vom Esstisch genommen und Paul Hannigan in den Garten verfolgt hatte, wusste sie nicht mehr, wozu ich fähig war. Sie wusste nicht, was ich tun würde, wenn ich noch einmal unter solch extremen Stress geriet. Befürchtete sie etwa, ich könnte mich oder sie erschießen?

Es störte mich, doch erkannte ich auch die Ironie dieser Situation: Während es mir vorkam, als hätte sich Mum seit der Nacht, in der wir Paul Hannigan getötet hatten, verändert, als wäre sie in mancher

Hinsicht eine Fremde geworden, deren Verhalten ich nicht länger berechnen konnte, dachte sie genauso über mich.

»Du hättest es mir sagen müssen. Du solltest keine Geheimnisse vor mir haben. Ich bin kein Kind mehr. Und ich bin auch kein *Freak*.«

Mum verzog gequält das Gesicht, und ich sah, dass sie ihren dunklen Verdacht bereute. Sie legte die Hand auf meine und lächelte entschuldigend: »Du hast recht, Shelley, ich hätte es dir sagen sollen.«

Ich ließ zu, dass sie meine Hand hielt, verweigerte ihr aber ein verzeihendes Lächeln – bis mir einfiel, dass auch ich etwas vor ihr verbarg. Paul Hannigans Führerschein, den ich in meiner geheimen Kiste versteckt hatte. Da bekam ich Gewissensbisse und schenkte ihr das Lächeln, auf das sie wartete. *(Es ist okay, zwischen uns ist alles okay.)*

Dann richtete ich meine Aufmerksamkeit wieder auf die Waffe, deren obszöne schwarze Mündung genau auf mein Herz zielte.

»Weißt du wirklich, wie man sie benutzt?«, drängte ich.

»Ja, ganz sicher.«

Ich stellte mir wieder den Geländewagen-Typ vor, doch diesmal kommandierte er uns nicht herum. Diesmal kniete er in einer Ecke der Küche, stammelte und schniefte und flehte um Gnade, während ich die Waffe auf seinen Kopf richtete. Würde es wie im Film sein? Würde plötzlich ein dicker Tropfen Erdbeermarmelade auf seiner Stirn erscheinen? Würde sein Blick allmählich leer, während seine Seele davoneilte? Würde er leblos auf dem Boden zusammensacken?

*Wenn er heute kommt, töten wir ihn …*

Wollten wir uns diesem entsetzlichen Trauma wirklich noch einmal aussetzen *(dem Blut, der Leiche, der Angst)*? Wollten wir wirklich einen Mord begehen? Denn das wäre es zweifellos. Bei Paul Hannigan hatten wir um unser Leben gekämpft, hatten in Notwehr gehandelt – doch jetzt wäre es kaltblütiger, vorsätzlicher Mord.

*Wenn er heute kommt, töten wir ihn …*

Aber warum mussten *wir* es tun? Warum konnte Mum nicht allein die Verantwortung übernehmen, so wie damals, als sie Paul Hannigans Leiche ausgegraben und die Müllbeutel in den Nationalpark gebracht hat? Warum sagte sie nicht, ich solle nach oben gehen und mich in meinem Zimmer verstecken, bis es vorbei war? Warum sollte ich dabei sein? Ich musste das doch nicht mit ansehen. Hatte ich nicht genug durchgemacht? Sollte sie mich nicht beschützen?

Doch je länger sie gedankenverloren dasaß und schwieg, desto klarer wurde mir, dass sie nichts dergleichen sagen würde. Sie würde sich nicht für mich opfern. Was immer wir durchmachen mussten, würden wir zusammen durchmachen, das hatte sie beschlossen.

»Meinst du das wirklich ernst, Mum?«, krächzte ich. Meine Kehle war plötzlich ganz trocken.

Mum schaute mich nicht an. Sie streckte die Hand nach der Waffe aus und drehte den Lauf vorsichtig –

als könnte er sie plötzlich beißen – mit der Spitze des Zeigefingers herum. Als sie mich wieder ansah, deutete die Waffe zur Haustür. In die Richtung, aus der der Erpresser kommen würde.

»Wenn er zur Polizei geht, sind wir geliefert«, sagte sie knapp.

Wieder verfielen wir in ein unbehagliches, angespanntes Schweigen. Das alles kam zur falschen Zeit! Ich hatte vorgehabt, den ganzen Tag Klimaerwärmung, französische Vokabeln und den Versailler Vertrag zu wiederholen. Ich konnte nicht auf Knopfdruck zu diesem realen Problem umschalten. Mir fehlte die geistige Energie, um einen so enormen Gipfel zu erklimmen, nicht heute, nicht jetzt, es war einfach zu viel. Ich wollte zu den überschaubaren, begrenzten Problemen meiner Prüfungen zurückkehren.

»Aber ihn töten? Ihn *wirklich töten*, Mum?«

»Das ist der *Zugzwang*«, erwiderte sie mit einem bitteren Lächeln.

»Der was?«

»*Zugzwang*. Ein Begriff aus dem Schach. Wenn du an der Reihe bist und nur Züge zur Auswahl hast, die von Nachteil für dich sind.«

Ich dachte darüber nach. Sie hatte völlig recht. Was immer wir beschlossen – uns stellen, das Geld aushändigen oder den Erpresser töten –, wir würden leiden. Alle Optionen waren gleichermaßen entsetzlich. Aber wir mussten etwas tun. Wir waren am Zug.

»Wir stecken so tief drin, dass wir ebenso gut weitermachen können. Uns jetzt zu stellen, wäre genauso schlimm wie –« sie wollte das Wort Mord nicht aussprechen – »weiterzumachen.«

*Wir stecken so tief drin.* Die Formulierung erinnerte mich an etwas anderes. An eines der Zitate aus *Macbeth*, die ich vor wenigen Tagen gelernt hatte. Ich rief es mir ins Gedächtnis:

*Ich bin einmal so tief in Blut gestiegen,*
*Dass, wollt ich nun im Waten stillestehn,*
*Rückkehr so schwierig war als durchzugehn.*

Die Stelle, an der dieses Zitat vorkommt, beunruhigte mich mehr als die Worte selbst. Macbeth spricht sie, unmittelbar bevor er den Befehl zum Mord an Macduffs Frau und Kind erteilt. Unmittelbar bevor er seine erste Gräueltat begeht.

»Du gehst besser rauf und ziehst dich an«, sagte Mum und fasste mich sanft am Ellbogen. »Er kann jeden Augenblick kommen.«

»Na schön«, seufzte ich. »Aber wenn ich runterkomme, müssen wir das noch einmal gründlich besprechen. Wir können uns nicht blindlings in etwas hineinstürzen. Vielleicht sind wir gar nicht im Zugzwang. Vielleicht gibt es eine Lösung, die uns nur noch nicht eingefallen ist.«

Ich schob meinen Stuhl zurück und wollte gerade aufstehen, als ich von draußen ein Geräusch hörte.

Ich erstarrte. Mum wollte schon fragen, was los sei, doch ich hielt ihr die Hand vor den Mund, um sie zum Schweigen zu bringen. Sie verstand und drehte den

Kopf, wobei die Sehnen an ihrem Hals wie gespannte Klaviersaiten hervortraten. *Er kann jetzt nicht kommen,* dachte ich, *er kann unmöglich jetzt kommen! Wir sind noch nicht bereit! Ich bin nicht angezogen! Wir haben noch nicht beschlossen, was wir machen! Bitte, Gott, lass es nur Einbildung sein!*

Doch das Knirschen von Kies, das Quietschen abgenutzter Bremsen, das Klappern und Keuchen von altersschwachem Metall bildete ich mir nicht ein – ein Auto fuhr aufs Haus zu.

Mum riss vor Angst die Augen auf. Geplatzte Äderchen durchzogen wie rote Graffiti das ungesunde Gelb ihrer Augäpfel.

»Da ist er!«, flüsterte sie, und das Flüstern war so laut wie ein Schrei. »Er ist schon hier!«

# 37

»Was machen wir, Mum?«, schrie ich, aber sie war schon aufgestanden, schnappte sich die Waffe und steckte sie eilig in die Bauchtasche ihrer Fleecejacke.

Sie schoss herum, kam ganz nah heran und umklammerte mit der rechten Hand mein Handgelenk. »Überlass das mir, Shelley! *Du* machst nichts, und *du* sagst nichts! Überlass das mir!«

Die Ankunft des Erpressers hatte sie völlig verwandelt. Plötzlich war sie aufgedreht, durchströmt von einer harten, entschlossenen Energie. Stumpfsinn und Trägheit fielen innerhalb von Sekunden von ihr ab. Sie schob sich ungeduldig das Haar aus den Augen und marschierte ins Wohnzimmer. Ich stand gehorsam auf und folgte ihr.

Wohn- und Esszimmer waren viel dunkler als die Küche, weil hier keine Morgensonne hereindrang. Der Kamin, das Klavier, die Sessel und das Sofa wirkten dunkel, massiv und düster, und meine Augen mussten sich erst an das Dämmerlicht gewöhnen. Mum, die genau vor dem Fenster stand, war nur als Umriss zu erkennen. Plötzlich hatte ich das Bedürfnis, ihr nahe zu sein, während sich die unbekannte Gefahr dem Haus näherte. Ich ging zu ihr, und meine Beine waren wacklig und unsicher wie bei einem Kleinkind.

Das Knirschen von Kies und das trockene Quietschen der Bremsen wurde lauter, bis der Wagen vor dem Wohnzimmerfenster auftauchte.

Ich hielt abrupt inne, traute meinen Augen nicht – plötzlich war ich davon überzeugt, noch zu schlafen, weil diese Erscheinung eigentlich unmöglich war. Vielleicht befand ich mich noch in den Fängen eines weiteren monströsen Albtraums.

Denn das verbeulte türkisfarbene Auto, das wir vor Wochen auf dem Parkplatz des *Farmer's Harvest* abgestellt hatten, *Paul Hannigans Auto,* rollte langsam hinter unseren Ford Escort.

Plötzlich schien sich der Boden unter meinen Füßen zu neigen, und wie eine Turnerin, die nach dem Sprung falsch aufkommt, musste ich einen Schritt machen, um nicht hinzufallen. Das ergab doch keinen Sinn! Es war unmöglich! Paul Hannigan war *tot*! Wie um Himmels willen war der Wagen zu unserem Haus gelangt? Wie um Himmels willen hatte er den Weg *zurück zu uns* gefunden?

*Es stimmte also doch. Die Toten blieben nicht tot. Paul Hannigan war zurückgekehrt, um sich an uns zu rächen.*

Mum wandte sich vom Fenster ab. Ihr Gesicht war grimmig, entschlossen und totenbleich. Sie wollte zur Haustür gehen, doch ich vertrat ihr den Weg und hielt ihre Hände fest.

»Was ist los, Mum? Was geht hier vor?«

Sie antwortete nicht. Draußen wurde eine Autotür zugeschlagen.

»Ich begreife das nicht«, stöhnte ich. »Wir waren sein Auto losgeworden! *Wir waren es doch losgeworden!* Wie kommt es jetzt hierher?«

Schwere Schritte kamen langsam über den Kies und näherten sich der Haustür.

»Überlass das mir, Shelley.«

Sie löste sich aus meinem Griff und wollte in die Diele gehen, doch ich hielt sie fest, klammerte mich an ihre Fleecejacke und den Gürtel ihrer Jeans.

»Mach nicht auf, Mum!«, flehte ich. »Lass ihn nicht rein!«

Mum schob grob meine Hände weg. »Sei nicht *dumm*, Shelley!«, brüllte sie. »Werd nicht hysterisch! Wir müssen ihn reinlassen! Das muss ein für alle Mal ein Ende haben, so oder so!«

Jemand klopfte entschlossen an die Haustür, dass der Rahmen bebte und die Ketten klirrten.

Ich folgte Mum in die Diele und lehnte mich ans Treppengeländer. Ich sah zu, wie sie sämtliche Schlösser öffnete, die Ketten löste und die Riegel zurückschob – einen unten an der Tür, einen oben. Als sie die Haustür aufriss, rechnete ich damit, den rachedurstigen, blutigen Geist von Paul Hannigan zu erblicken.

# 38

Aber es war kein Geist.

Vor unserer Tür stand ein kleiner, komisch aussehender Mann um die fünfzig mit einem gewaltigen Bierbauch. Er hatte die verbliebenen Haare vom rechten Ohr über die Glatze gekämmt und mit einer Art Pomade angeklebt. Sein wabbliges Doppelkinn reichte fast bis zum Brustbein. Auf seiner Stupsnase balancierte eine große Brille mit Plastikgestell, und eine Selbstgedrehte baumelte ihm von der Unterlippe. Er trug ein fleckiges gelbes T-Shirt, das zum Zerreißen gespannt war, eine graue Jogginghose und altersschwache Turnschuhe.

Doch die Arme des Mannes faszinierten mich noch mehr als sein gewaltiger Bauch. Sie waren kurz, stummelartig, fast wie bei einem Zwerg, aber mit starken Muskeln. Der aufgeblähte, mit Adern marmorierte Bizeps war mit den verblichenen Hieroglyphen uralter Tattoos bedeckt. An einem haarigen Handgelenk trug er ein Namensarmband und einen diese Kupferringe, die angeblich gegen Arthritis helfen. Am anderen hatte er eine goldene Rolex, die einen seltsamen Kontrast zu seinem ansonsten schäbigen Äußeren bildete.

Er stand da und klapperte mit den Autoschlüsseln und dem Kleingeld in seiner Tasche. Offenbar wartete er darauf, dass wir ihn hereinbaten. Ich weiß nicht, mit wem Mum gerechnet hatte, aber sie wirkte ebenso verblüfft wie ich. Sprachlos glotzen wir den fetten Mann an.

Er schälte die durchweichte Zigarette von seiner Unterlippe und schnippte sie auf den Kies.

»Ich glaube, Sie wissen, wieso ich hier bin«, sagte er und stieß kampflustig das Kinn vor.

Aber das war nicht der Fall. Nur ganz allmählich stellte mein Gehirn eine Verbindung zwischen dieser Karikatur und dem türkisfarbenen Auto her. Nur ganz allmählich gelangte ich zum einzigen möglichen Schluss: dass dies entgegen meinen hysterischen Erwartungen *tatsächlich* der Erpresser war.

»Sie sollten besser reinkommen«, sagte Mum und öffnete die Tür ein Stück weiter.

Der fette Mann trat in die Diele, und einen Moment lang waren wir drei unbehaglich zusammengequetscht wie Fremde in einem Aufzug. Das einzige Geräusch war das angestrengte Atmen des fetten Mannes, die einzige Bewegung das Auf und Nieder seines gewaltigen gelben Bauches.

Mum zögerte und schien nicht recht zu wissen, was sie tun sollte. Ihre Hand tastete sich zu der Bauchtasche. Würde sie ihn gleich hier und jetzt erschießen? Würde sie die Waffe gegen seinen dicken Bauch drücken und den Abzug betätigen, bevor er einen weiteren Schritt ins Haus machte? Doch sie ließ die Hand wieder sinken, drehte sich um und ging langsam in die Küche.

Der fette Mann folgte ihr, und ich ging zögernd hinterher. Mir fiel auf, dass er hinkte. Wenn er das Gewicht auf den linken Fuß verlagerte, neigte sich sein Körper zur Seite. Einer seiner Turnschuhe gab bei jedem Schritt ein furzendes Geräusch von sich.

Als wir alle in der Küche waren, wandte sich Mum an den Erpresser.

»Sie sind also für *das hier* verantwortlich?« Sie hielt den Zettel hoch wie eine Lehrerin, die einen ungezogenen Schüler ausschimpft.

»In der Tat!«, erwiderte er fröhlich und näherte sich dem Stuhl, auf dem Mum vorhin noch gesessen hatte. »Darf ich?«

»Nein, dürfen Sie nicht!«, schnauzte sie, doch er setzte sich trotzdem.

Als er es sich bequem gemacht hatte, schaute er sich selbstzufrieden um und schob mit einem Schubs seines rosigen Zeigefingers die Brille zurecht.

Wie viele fette Menschen besaß er ein ewig jugendliches Gesicht, als machten runde Wangen und Grübchen im Kinn einen immun gegen die Verwüstungen der Zeit. Hier auf dem Küchenstuhl, der unter seiner Masse an ein Kindergartenstühlchen erinnerte, kam er mir vor wie ein monströser Schuljunge, ein kahler, krimineller Billy Bunter, der nicht länger hinter seinen Schreibtisch passte. Sein femininer Schmollmund und die Himmelfahrtsnase hätten auch zu einem Opfer gepasst, zu einer Maus, doch die sanften Züge standen in starkem Kontrast zu den kurzen, tätowierten Armen. Diese erzählten eine andere Geschichte, kündeten von Stunden, die er beim Krafttraining verbracht hatte, um sie in tödliche Waffen zu verwandeln, in brutale Kolben, die Kiefer und Nasen brachen. Er faltete sie über seinem gelben Bauch und musterte Mum gemächlich von Kopf bis Fuß.

»Na was denn, Schätzchen? Bezahlen Sie die zwanzig Riesen, oder muss ich zu den Bullen gehen?«

»Ich bezahle«, erwiderte Mum prompt.

»Gut«, strahlte er. »Sehr vernünftig. Wie lange brauchen Sie, um es zu besorgen?«

»Das weiß ich nicht.« Sie nagte an ihrer Unterlippe. »Ich muss eine Hypothek beantragen, aber das dürfte nicht länger als zwei oder drei Wochen dauern.«

»Ein paar Wochen kann ich warten«, erwiderte er großzügig. »Aber wie viel kriege ich heute? Sofort?«

»Ich habe etwa fünfzehnhundert Pfund auf der Bank«, erwiderte sie nach kurzem Überlegen.

»Können Sie das heute für mich besorgen?«

»Ja, das geht. Wenn ich in die Stadt zu meiner Bank fahre, kann ich es am Automaten –« Sie atmete scharf ein. »Nein, jetzt fällt es mir ein. Ich habe ein Tageslimit auf beiden Konten. Ich kann von jedem nur dreihundert abheben.«

»Das reicht für den Anfang, das reicht.« Er klopfte sich auf die Schenkel und strahlte mich an, als stünde alles zum Besten, als müsste sich niemand irgendwelche Sorgen machen. »Worauf warten wir?«

Ich staunte über seine unbeschwerte Fröhlichkeit. Er schien sich überhaupt nicht bewusst zu sein, dass er ein Verbrechen beging. Schlechtes Gewissen oder

Schuldgefühle schienen ihm vollkommen fremd, und er tat, als triebe er einfach nur Schulden ein, die ihm rechtmäßig zustanden.

Mum lief erregt durch die Küche und kam zurück zum Tisch. Ihre Hände umklammerten die Lehne des leeren Stuhls wie Vogelkrallen einen Ast *(aber was für ein Vogel – ein Singvogel, der sich im Netz des Jägers verfangen hat, oder ein Raubvogel, der sein Opfer anvisiert?)*.

»Ich gebe es nicht einfach so her!«, brach es aus ihr heraus.

»Ich glaube, Sie haben keine Wahl, Schätzchen«, erwiderte der Erpresser. Sein Babygesicht verdüsterte sich, und die stummeligen Arme fielen bedrohlich auf den Küchentisch. »Ich weiß, dass Sie ihn umgebracht haben. Ich weiß, dass Sie Paul Hannigan umgebracht haben.«

Der Name sagte Mum nichts. Mir schon. Als ich ihn hörte, zuckte ich zusammen, und obwohl ich auf der anderen Seite der Küche stand, so weit wie möglich von ihnen entfernt, drängte ich mich noch tiefer in die Ecke.

»Bevor ich Ihnen Geld gebe«, fuhr Mum tapfer fort, »muss ich einige Dinge wissen.«

Der fette Mann stieß ein widerliches Grunzen aus und würgte Schleim aus der Kehle hoch. Überraschend flink zauberte er ein Taschentuch hervor und spuckte einen grünen Knubbel hinein. Er faltete es und steckte es wieder in die Tasche. Dann schob er die Brille ungeduldig nach oben und sah Mum fragend an.

»Was für Dinge? Sie können hier keine Forderungen stellen.«

»Ich muss wissen, wie Sie es herausgefunden haben.«

Er gluckste kehlig. »Das war nicht schwer«, sagte er. »Ich weiß, was passiert ist, Schätzchen, weil ich in der Nacht, als Paul Hannigan Sie ausrauben wollte, mit ihm unterwegs war. Ich war bei ihm! Ich war *hier*!«

# 39

Obwohl Mum sich bemühte, den Schock zu verbergen, bemerkte ich doch die tiefe Falte, die wie ein Riss auf ihrer Stirn erschienen war. Ihre Mundpartie wurde plötzlich schlaff. Wir waren immer davon ausgegangen, dass der Einbrecher allein gewesen war. An einen Komplizen hatten wir nie gedacht. Doch genau das behauptete dieser groteske Clown, der hier in unserer Küche saß.

»Ich will alles wissen«, sagte Mum, die sich erstaunlich rasch gefangen hatte. »Ich will alles über diese Nacht wissen.«

»Sie wollen alles wissen«, wiederholte der fette Mann.

»Ja.«

»Und warum, bitte?«

»Damit ich das alles abschließen und nach vorn blicken kann. Ich muss alles wissen, was Sie mir über diese Nacht erzählen können.«

»Alles? Ich soll nichts auslassen?«

»Alles.«

»Und dann holen wir das Geld?

»Und dann holen wir das Geld.«

»Okay«, sagte er, wirkte aber zum ersten Mal misstrauisch. Er schaute von Mum zu mir, als vermutete er eine Falle. Was er sah, musste ihn beruhigt haben, denn der Blick verschwand so schnell, wie er gekommen war. Welche Bedrohung konnten diese neurotische, unscheinbare Frau und ihre neurotische, unscheinbare Tochter schon für ihn darstellen? Er wischte sich die Hände an den Oberschenkeln ab und würgte noch ein wenig Schleim herauf, den er diesmal jedoch hinunterschluckte.

»Na schön. Mal sehen – ich bin Paul Hannigan zufällig abends im Pub über den Weg gelaufen. Es war ein Montag. Montag, der 10. April. So gut kannte ich ihn gar nicht – ich hatte mal Markenimitate von ihm gekauft, und er war ein paarmal in meiner Wohnung, aber als engen Freund würde ich ihn nicht bezeichnen. Eher als Bekannten. Er war erst ein paar Monate in der Gegend. Hatte im Norden gesessen, und er hoffte, dass sich das Blatt hier unten wenden würde.«

*Das Blatt hatte sich in der Tat gewendet,* dachte ich. Aber zum Schlimmeren. Zum Schlimmsten.

»Nach der Sperrstunde kam er mit mir nach Hause, und wir haben weitergetrunken. In der Nacht haben wir richtig einen gehoben. Fast eine Flasche Whisky und eine Flasche Wodka, und wer weiß, was wir vorher schon in der Kneipe getrunken hatten. Jedenfalls redete er die ganze Zeit davon, dass er dringend Geld brauchte. Er sagte, er hätte eine Idee für einen Job, brauchte aber ein Auto, und weil er wusste, dass ich eins habe, drängte er, ich sollte mitkommen.

Er wollte in ein abgelegenes Haus auf dem Land einsteigen. Er sagte, Häuser auf dem Lande wären einfacher auszuräumen als Häuser in der Stadt – sie hätten alte Fenster, die man leicht öffnen konnte, meistens keine Alarmanlagen, und es gäbe keine neugierigen Nachbarn, die die Polizei riefen. Wie gesagt, ich kannte ihn nicht so gut und fand ihn, ehrlich gesagt, auch nicht sonderlich sympathisch. Irgendwas an ihm stimmte nicht. Er hatte eine Schraube locker, redete meistens ziemlichen Mist. Er war eine tickende Zeitbombe, wissen Sie, hantierte immer mit einem riesigen Jagdmesser herum. Er wollte mir weismachen, er hätte wegen Mord gesessen, er hätte jemanden abgestochen, der ihn aufs Kreuz gelegt hatte, aber von anderen wusste ich, dass er nur wegen Drogenhandels drin gewesen war.

Jedenfalls gab er keine Ruhe von wegen, ich sollte mitkommen. Redete dauernd von den Antiquitäten, die die Leute auf dem Land haben, und dass wir mit einem bisschen Glück etwas Wertvolles finden könnten. Wir würden ein Vermögen machen und hätten lange Zeit keine Geldsorgen mehr. Jedenfalls war ich so betrunken, dass ich irgendwann ja gesagt habe. Wenn jemand im Haus aufwachte, würden wir ihn nur fesseln, ohne Gewalt. Ich fand im Schrank unter der Spüle ein altes Seil, und wir haben noch einen Happen gegessen, weil wir halb verhungert waren.«

Einen Happen. Paul Hannigans letztes Abendmahl. Ich erinnerte mich an das laute, säuerliche Rülpsen. *Sorry, Ladys … Ich hätte die Eier nicht essen sollen. Die waren nicht mehr gut.*

»Paul wollte fahren. Er sagte, er wüsste den Weg.

Mir war das egal, weil ich, ehrlich gesagt, noch viel besoffener war als er. Ich hatte so viel getrunken, dass ich kaum geradeaus sehen konnte, geschweige denn im Dunkeln fahren.

Ich konnte die Augen nicht offen halten. Bin ständig eingedöst. Mir kam es vor, als wären wir eine Ewigkeit auf diesen Landstraßen gefahren, die ständig Kurven machen. Dann entdeckte Paul dieses Haus hier.

»Wir haben da hinten geparkt.« Er deutete mit dem Daumen in Richtung Straße, wo ich den Wagen von meinem Schlafzimmerfenster aus gesehen hatte. »Es war spät, etwa halb vier. Laut Plan sollte ich im Auto bleiben und aufpassen, während Paul ins Haus einstieg. Ich sollte dreimal hupen, wenn jemand auftauchte. Paul stieg aus, und dann ist er durch die Hecke in Ihren Garten gekrochen.«

Er wusste das Datum, er wusste die Uhrzeit, er wusste, wo der Wagen gestanden hatte. Er sagte die Wahrheit. Er war in jener Nacht wirklich hier gewesen.

»Ich habe eine Ewigkeit im Auto gewartet, war aber so betrunken, dass ich nicht wach bleiben konnte. Ich bin aufgewacht, als ein Mädchen geschrien und Paul gebrüllt hat – das war in der Nähe, als wären sie draußen im Garten. Ich bin ausgestiegen, um zu sehen, was da vorging, und bin wie Paul durch die Hecke gekrochen. Ich konnte genau in die Küche sehen – ich habe nur wenige Sekunden dagestanden, aber das reichte. Ich habe gesehen, wie Paul sie« – er nickte in meine Richtung – »immer um den Küchentisch gejagt hat.« Er tippte dreimal mit seinem stummeligen Zeigefinger auf die Tischplatte, als wollte er die Wahrheit seiner Worte unterstreichen.

*(Ich hatte auf den Rücken des Einbrechers eingestochen. »Wir spielen Reise nach Jerusalem! Wir spielen Reise nach Jerusalem!« Wild war das Messer durch die Luft gefahren und hatte ihn am Hals getroffen, und ein Geysir aus hellrotem, arteriellem Blut war ausgebrochen.)*

»Sie hat geschrien wie am Spieß, und sie war voller Blut«, fuhr der fette Mann fort. »Ich dachte, sie hätte Paul auf frischer Tat ertappt, und er wäre durchgedreht und hätte sie mit dem Jagdmesser aufgeschlitzt. Ich dachte, die Eltern würden jeden Moment runterkommen, und Paul würde sie auch töten. Ich weiß noch, dass ich dachte: *Er hat die Blutlust in sich. Er bringt alle im Haus um. Er sticht sie alle ab. Das wird ein richtiges Massaker.*«

Mit einigen kurzen, heftigen Grunzlauten würgte der fette Mann wieder Schleim hoch, und schob die Brille zurecht.

»Da bin ich in Panik geraten. Ich meine, ein bisschen Klauen ist ja in Ordnung, aber mit Mord wollte ich nichts zu tun haben. Also bin ich ganz schnell nach draußen.

Aber als ich zum Auto kam, fiel mir ein, dass Paul meine Autoschlüssel mitgenommen hatte. Ich hab nie gelernt, ein Auto kurzzuschließen, Autodiebstahl ist nicht mein Ding. Aber die Schreie aus dem Haus waren so schrecklich, also bin ich einfach zu Fuß zurück. Draußen war es pechschwarz, das kann ich Ihnen sagen, und ich hab mich auf diesen Landstraßen total verirrt, bin aber einfach weitergelaufen. Ich wusste nur, ich muss so schnell wie möglich weg von dem Haus.

Jedenfalls war ich irgendwann wieder auf der Hauptstraße und bin bis in die Stadt gelaufen. Muss an die drei Stunden gedauert haben. Als ich zu Hause war, hab ich Pauls Handynummer angerufen. Es hat ewig geklingelt, aber er ist nicht rangegangen.

*(Weich, gedämpft, eine Reihe musikalischer Töne wie von einem Vogel oder einem Insekt. Es verstummte und ertönte ein paar Sekunden später erneut.)*

Ich rechnete damit, dass Paul jeden Augenblick blutüberströmt in meiner Wohnung auftauchen würde. Er würde sagen, er hätte was Schreckliches getan, und ob ich ihn verstecken oder ihm bei der Flucht helfen könnte. Aber er kam nicht. Ich hab sein Handy noch mal angerufen, aber jetzt war es ausgeschaltet. Ich habe jede Menge Nachrichten hinterlassen, aber er hat nie zurückgerufen. Ich hatte den ganzen Tag über Lokalradio an, weil ich damit rechnete, dass sie über ein Blutbad in einem Haus auf dem Land berichten würden, aber da kam nichts. Ich dachte, sie hätten die Leichen noch nicht gefunden. Später dachte ich, er wäre mit meinem Auto abgehauen. Hätte zu viel Angst vor der Polizei, um herzukommen. Ich ging davon aus, dass er schon weit weg und oben im Norden untergetaucht war.«

Es war ein seltsames Gefühl, als ein Fremder unsere Tat beschrieb; ich bekam eine Gänsehaut. Außerdem wurde mir klar, dass es durchaus so hätte laufen können. Wenn wir das Falsche gesagt oder einen Fluchtversuch unternommen hätten, während Paul Hannigan uns mit dem Messer bedrohte, hätten sich die Vermutungen des fetten Mannes durchaus erfüllen können – und am Dienstagmorgen wäre Roger auf unsere Leichen gestoßen, abgeschlachtet wie Vieh.

»Natürlich war es saublöd von mir, mich mit einem Typen wie Paul Hannigan einzulassen. Ich wusste, dass er nicht ganz sauber tickte. Jetzt machte ich mir natürlich Sorgen, dass er mich in die Sache reinziehen würde, wenn die Polizei ihn erwischte, und dass ich auch wegen Mordes drankäme. Außerdem hatte ich mein Werkzeug im Auto – ich bin Klempner –, so dass ich auch nicht arbeiten konnte, bis ich es zurück hatte. Andererseits konnte ich schlecht die Polizei anrufen und es als gestohlen melden.«

Er lachte und sah Mum erwartungsvoll an, doch ihre Miene blieb versteinert.

»Jedenfalls kam im Radio am nächsten Tag immer noch nichts über die Morde und auch nicht am übernächsten Tag. Ich dachte mir, wenn Paul da draußen jemanden getötet hatte, müsste die Polizei es inzwischen herausgefunden haben. Wieso stand nichts in der Zeitung? Wieso kam nichts im Fernsehen?

Und dann kam ich auf den Gedanken, dass ich mich vielleicht geirrt hatte, dass es gar keinen Mord gegeben hatte. Ich rief wieder und wieder Pauls Handy an, aber es war immer ausgeschaltet. Ich wusste nicht, was ich machen sollte, also machte ich gar nichts – und wartete einfach ab, was passierte.

Und dann, am Freitagmorgen, bekam ich einen Anruf von der Polizei. Mein erster Gedanke war, sie hätten Paul geschnappt, und er hätte mich verpfiffen. Jetzt würden sie mich als Komplizen in einem Mordfall drankriegen. Aber darum ging es nicht. Sie sagten, der Besitzer des *Farmer's Harvest* hätte sich beschwert, weil ein Auto auf dem Parkplatz abgestellt worden war. Sie hätten das Nummernschild überprüft, und ich wäre als Halter gemeldet. Ob ich es schnellstens entfernen könnte. Das war alles! Kein Wort von Paul. Kein Wort von irgendwelchen Morden.

Als ich zu meinem Auto kam, war es nicht abgeschlossen, und der Zündschlüssel steckte noch. Drinnen war alles verschwunden! Alles bis auf den Beutel Dope, den Paul bei sich gehabt hatte. Meine Arbeitswerkzeuge und mein Anorak waren verschwunden, mein Straßenatlas, Pauls Trenchcoat, der auf dem Rücksitz gelegen hatte –«

Mum verkrampfte sich. Ihr linker Fuß, der unbewusst einen fieberhaften Rhythmus getrommelt hatte, während sie sich die Geschichte des Erpressers anhörte, verharrte plötzlich reglos. Ich wusste, was sie dachte, weil ich genau das Gleiche dachte: *Wusste er von der Pistole?* Aber er erzählte unbekümmert weiter.

»– alles war verschwunden! Das konnte ich nicht begreifen. Wieso sollte Paul mein Auto hier abstellen? Warum offen und mit Zündschlüssel im Schloss? Er hatte Dope im Wert von hundert Pfund im Handschuhfach gelassen. Dafür hatte er mein Werkzeug mitgenommen, obwohl er gar nichts damit anfangen konnte! Wieso hatte er mich nicht angerufen und erzählt, was passiert war? Was trieb er für ein Spiel?

Ich fragte rum, aber niemand hatte ihn gesehen oder von ihm gehört. Es war, als hätte er sich in Luft aufgelöst. Die Sache machte mich fertig, das können Sie mir glauben. Also bin ich am nächsten Tag, dem Samstag, wieder hergefahren – zum *Honeysuckle Cottage*.« Er sprach den putzigen Namen mit unbeschreiblicher Verachtung aus. »Ich wollte mich mal umsehen. Ich dachte, nur so würde ich der Sache auf den Grund gehen können.

Ich parkte an der Seite, unter den Bäumen, damit mich keiner sehen konnte. Keine fünf Minuten später sah ich Sie beide aus dem Haus kommen. Ich erkannte das Mädchen aus der Nacht, und ich sah, dass sie überhaupt nicht verletzt war. Ich habe beobachtet, wie Sie ins Auto gestiegen und weggefahren sind – einen Moment lang machte ich mir Sorgen, dass Sie mich sehen können, aber Sie sind in die andere Richtung gefahren. Ich bin Ihnen bis in die Stadt gefolgt. Als Sie am Supermarkt gehalten haben, habe ich hinter Ihnen geparkt und bin mit reingegangen. Ganz diskret, Sie sollten ja nichts merken. Ich habe Ihnen beim Einkaufen zugesehen und versucht zu hören, wovon Sie reden. Ich dachte, ich könnte vielleicht etwas aufschnappen.«

Die Vorstellung, dass uns dieser finstere Clown durch das Labyrinth der Landstraßen gefolgt war und uns in den hell erleuchteten Gängen des Supermarktes beschattet hatte, während wir intime Gegenstände wie

Tampons und Toilettenpapier in den Einkaufswagen luden, erfüllte mich mit Ekel. Ich erinnerte mich an den Traum, den ich in der Nacht nach dem Mord gehabt hatte: das Auto, das auf der schmalen Straße parkte und dem gepanzerten Bus folgte, der uns ins Gefängnis brachte, die schattenhafte Gestalt hinter dem Steuer. *Wer ist das?*, hatte Mum mich im Traum gefragt. *Der Wächter*, hatte ich geantwortet. Hatte ich möglicherweise die ganze Zeit geahnt, dass Paul Hannigan nicht allein gewesen war? Und war diese Ahnung so tief in meinem Unterbewusstsein vergraben, dass sie sich mir nur im Traum enthüllen konnte?

»Wie gesagt, ich kam einfach nicht dahinter. Ich hatte Ihr Mädchen blutverschmiert gesehen, und ich war sicher, dass Paul sie umgelegt hatte. Und nun war sie hier, beim Einkaufen, fit wie ein Turnschuh. Aber Paul war wie vom Erdboden verschluckt. Keiner hatte ihn gesehen, keiner hatte von ihm gehört. Das ergab einfach keinen Sinn. Und wenn ich auf seinem Handy anrief, war die Leitung einfach … tot.«

*(Mums seltsame Grimasse, als sie das Handy zertrümmert hatte.)*

»Und da hab ich mir gedacht, dass Sie *ihm* vielleicht was angetan haben.«

# 40

Die Wolken hatten sich vollständig aufgelöst, und goldenes Sonnenlicht erfüllte die Küche. Es wurde von der Brille des fetten Mannes reflektiert, so dass seine Augen hinter zwei gleißenden Rechtecken verschwanden.

Die überschwängliche Frühlingssonne passte überhaupt nicht zu der Szene, die sich in unserer Küche abspielte. Ich dachte unwillkürlich, dass der Erpresser in einem Roman oder Film gewiss inmitten eines heftigen Gewitter aufgetaucht wäre, mit rollendem Donner, grellgelben Blitzen und sintflutartigem Regen als Untermalung. Doch dies hier war keine Fiktion, dies war das wirkliche Leben. Er saß in unserer sonnenhellen Küche und löste langsam die Fäden von dem Tuch, in das wir Paul Hannigans verwesende Leiche eingenäht hatten, während der Tag draußen zu Picknick, Grillparty und Eis am Meer einlud.

Er fixierte Mum, die Hände über dem Bauch gefaltet, als hätte er einen leuchtend gelben Beachball gefangen und wollte ihn gerade zurückwerfen. »Yeah«, wiederholte er, »da kam mir der Gedanke, Sie beide hätten ihm vielleicht was angetan.

Ich hab versucht, mich an die Nacht zu erinnern und was ich in den wenigen Sekunden gesehen hatte, in denen ich vom Garten in die Küche geschaut hatte. Ich konnte mich ziemlich gut erinnern, obwohl ich so betrunken gewesen war: Die Küche war hell wie eine Bühne im Fernsehen, und Paul jagte das Mädchen immer um den Tisch. Wieder und wieder habe ich darüber nachgedacht. Ich *musste* etwas übersehen haben, denn Paul hatte niemanden getötet. Es machte mich wahnsinnig – und dann endlich kam ich drauf!

Ich hatte mich nämlich die ganze Zeit auf Paul konzentriert, hatte nur daran gedacht, was *er* getan haben könnte. Aber als ich mich auf das Mädchen konzentrierte – veränderte sich alles wie durch Zauberei. Paul hatte nicht *sie* um den Tisch gejagt – *sie* hatte *ihn* gejagt! Und wenn sie ihn gejagt hatte«, fügte er grinsend hinzu, »dann war es vielleicht auch gar nicht ihr Blut.«

Mums rechte Hand glitt unauffällig in die Bauchtasche der Fleecejacke. Ich wusste, sie hatte die Hand an der Waffe. Entsicherte sie gerade die Pistole? Schickte sie sich an, ihn zu erschießen?

Der Erpresser hatte die Bewegung nicht bemerkt. Unbekümmert fuhr er mit seiner Geschichte fort.

»Wenn Paul in diesem Haus etwas zugestoßen war, musste es irgendeinen Hinweis geben. Also beschloss ich, noch mal zurückzukommen und mich umzusehen.«

Ich sah, wie Mum sich zu voller Größe aufrichtete und den Rücken streckte. Sie wusste, dass es keine Hinweise gegeben hatte; dafür hatte sie gesorgt, und zwar gründlich. Dennoch ahnte ich voller Schrecken, was der Erpresser gleich sagen würde, und meine Knie begannen zu zittern.

»Ich hatte ja gesehen, dass Sie am Samstagmorgen einkaufen gefahren sind. Also bin ich am nächsten Samstag wiedergekommen, weil ich auf eine feste Gewohnheit tippte. Und bitte, gegen zehn sind Sie beide weggefahren und haben im Auto geplappert wie die Kanarienvögel. Also bin ich ins Haus reingegangen.«

»Wie sind Sie hineingekommen?«, fragte Mum entsetzt.

»Paul mag ja viel Unsinn geredet haben, aber mit den Fenstern bei den alten Häusern hatte er recht – die bekommt man auf wie nichts. Ich sehe, dass Sie jetzt Schlösser angebracht haben. Sehr vernünftig.

Jedenfalls habe ich das Haus von oben bis unten durchsucht, konnte aber nichts finden. Es war tiptop sauber, und ich hatte fast schon aufgegeben, als ich *das hier* fand.«

Er beugte sich vor und griff in seine Gesäßtasche, wobei sich sein Gesicht dunkelrot verfärbte. Sein Atem ging rasselnd. Schließlich warf er eine rosa Plastikkarte auf den Küchentisch. Mum nahm sie und blinzelte fragend auf die kindliche Unterschrift mit dem lächerlichen Schnörkel und das briefmarkenkleine Foto, bevor sie begriff, was es war. Ihr Gesicht verzog sich zu einer Grimasse.

Dann bedachte sie mich mit einem feindseligen, vorwurfsvollen Blick.

»Das ist Paul Hannigans Führerschein«, sagte der fette Mann. »Ich habe ihn oben gefunden, versteckt in einer kleinen Kiste in der Frisierkommode Ihrer Tochter. Ich wusste, wenn der hier ist … dann hat Paul Hannigan das Haus nicht lebend verlassen.«

Mum sah zu, wie er den Führerschein mühsam wieder einsteckte. Irgendwie schien sie geschrumpft, als hätte man die Luft aus ihr herausgelassen. Sie sank auf den Stuhl gegenüber, als könnte sie sich nicht mehr auf den Beinen halten.

Der Erpresser, dieser fettleibige Ochsenfrosch, der ihr grinsend gegenübersaß, hatte gewonnen. Und schuld daran war ironischerweise genau der Mensch, den sie um jeden Preis beschützen wollte: *ich*. Ich hatte unserem Feind den Schlüssel zu unserer Festung geliefert. So konnte er ihre sorgfältig errichteten Verteidigungslinien durchbrechen und uns zur Kapitulation zwingen. Sie konnte ihre bittere Enttäuschung, das Gefühl, hintergangen worden zu sein, nicht verbergen.

»Es war nicht weiter schwer, mir den Rest zusammenzureimen«, sagte der fette Mann und lächelte selbstzufrieden. »Sie haben Paul überrascht, als er das Haus ausrauben wollte, und es kam zu einem Kampf. Irgendwie hat Ihr Mädchen es geschafft, ihm das Messer abzunehmen, und auf einmal war er tot. Sie dachten, Sie könnten das alles vertuschen. Sie dachten, Sie wären schlauer als alle anderen und könnten Ihr nettes, kleines Leben einfach so weiterführen, als wäre nichts passiert. Aber mit mir hatten Sie nicht gerechnet, was?«

Er verschränkte seine muskulösen Zwergenarme hinter dem Kopf und lehnte sich zurück.

»Ich möchte wetten, Sie haben ihn irgendwo im Garten vergraben. Stimmt's oder habe ich recht?« Wieder das kehlige, schleimige Lachen. »Dachte ich mir.« Er grinste. Mums mürrisches Schweigen war Bestätigung genug.

Er schaute Mum unverwandt an und schien sich an ihrem Elend zu weiden. Sie hatte die Hand längst aus der Tasche gezogen und ließ sie schlaff herabhängen.

»Na bitte«, sagte er fröhlich, »jetzt wissen Sie *alles*. Zahlen Sie jetzt die zwanzig Riesen, oder muss ich den Jungs in Blau einen kleinen Brief schreiben?«

»Wie vielen Leuten haben Sie davon erzählt?« Mums Stimme klang heiser und zerbrechlich.

»Keinem.«

»Wie kann ich sicher sein? Woher soll ich wissen, dass Sie das nicht in allen Kneipen herumposaunt haben? Woher soll ich wissen, dass nach Ihnen nicht noch diverse andere Erpresser auftauchen?«

»Sie müssen mir schon glauben«, meinte er achselzuckend, schien dann aber zu begreifen, dass sein Wort unter diesen Umständen nicht viel galt. Also gab er sich ein bisschen Mühe.

»Hören Sie, Schätzchen, ich habe dreimal lange gesessen, und jedes Mal, weil mich jemand verpfiffen hat. Ich rede mit *keinem* mehr. Ich hab auf die harte Tour gelernt, dass man besser den Mund hält.«

»Warum haben Sie so lange gewartet? Sie haben

den Führerschein –«, sie rechnete rasch im Kopf, – »am 22. April gefunden: Das war vor über einem Monat.«

Er zwinkerte mir verschwörerisch zu wie ein schelmischer Onkel. »Deiner Mum entgeht aber auch gar nichts, was?« Dann schaute er sie wieder an, und sein Lächeln verblasste. »Ich war im Krankenhaus. Die Pumpe will nicht mehr so richtig. Ich war fast einen Monat drin. Sie haben mich erst vorgestern entlassen. Ich glaube, das sind genügend Fragen. Wo wollen wir die sechshundert Mäuse holen?«

Mum ging gar nicht darauf ein. »Was ist mit Paul Hannigans Familie? Mit seinen Freunden? Werden die nicht nach ihm suchen?«

»Er hatte keine Familie«, erwiderte er ungeduldig. »Hat mir erzählt, er wäre eine Waise. Wäre im Heim aufgewachsen.«

»Was ist mit seinen Freunden?«

»Er war erst seit ein paar Monaten hier unten. Kannte nur eine Handvoll Leute. War keiner, der schnell Freunde fand. Vermutlich kannte ich ihn besser als alle anderen. Niemand wird Paul Hannigan vermissen, Schätzchen, das können Sie mir glauben. Und niemand wird herausfinden, was passiert ist. Ich bin der Einzige, der Bescheid weiß. Ich bin der Einzige, der Ihnen Schwierigkeiten machen kann.«

Natürlich konnte der fette Mann nicht ahnen, dass er uns geradezu einlud, ihn umzubringen. Falls er die Wahrheit sagte, war er der einzige Unsicherheitsfaktor. Er und kein anderer. Und wir bekamen eine zweite Chance, um diesen Unsicherheitsfaktor zu beseitigen.

»Woher soll ich wissen, dass Sie nicht wiederkommen und mehr Geld wollen?«, fragte Mum.

Falls wir jemals ernsthaft daran gezweifelt hatten, dass er dies tun würde, wurden diese Zweifel durch seine Reaktion endgültig zerstreut. Er sprang so wütend auf, dass sein Stuhl quietschend über die Fliesen rutschte und ich mir instinktiv die Ohren zuhielt.

»Schluss mit der Fragerei!«, brüllte er. Der freundliche Onkel war verschwunden, und wir sahen uns einer hässlichen Maske gegenüber, einem monströsen, aufgeblähten Babygesicht, das die ganze Welt niederschreien würde, wenn es nicht seinen Willen bekam. Seine kurzen, muskulösen Arme schossen hoch, bereit zu strafen, bereit zu schlagen. »Ich hab genügend Fragen beantwortet! Sie haben kein Recht, noch mehr Fragen zu stellen! Sie haben kein Recht, Forderungen zu stellen!«

Dann herrschte angespanntes Schweigen. Mein Herz raste. Mum war zurückgewichen, als rechnete sie mit einem Schlag. Der fette Mann funkelte sie an, die Lippen grotesk verzerrt, seine Arme zuckten vor boshafter Energie. Einige dünne Haarsträhnen waren der Pomade entflohen und standen wie Antennen von seinem kahlen Kopf ab.

»Wir fahren jetzt die sechshundert holen! Keine Fragen mehr! Reine Zeitverschwendung!«

»Kein Grund, aggressiv zu werden«, sagte Mum und hob beschwichtigend die Hände. »Ich habe immer gesagt, ich werde bezahlen. Wir fahren jetzt sofort los und holen das Geld.«

Sie stand auf und schaute sich zerstreut um. »Handtasche, wo ist meine Handtasche?«, murmelte sie. Sie fand sie unter einem der Hocker neben der Frühstücksbank und streifte den Riemen über die Schulter. »Jetzt brauche ich nur noch den Autoschlüssel.« Sie klopfte auf ihre Taschen und sah sich erneut in der Küche um, schien aber in Gedanken ganz woanders zu sein. Sie dachte nach, das spürte ich. Sie stand vor einer Entscheidung: bezahlen oder umbringen? Jahrelang mit diesem widerlichen Blutsauger leben oder wie ein verzweifelter Spieler alles auf eine Karte setzen, die Waffe ziehen und ihn erschießen?

»Keine Sorge wegen der Autoschlüssel«, sagte der fette Mann. »Wir nehmen meinen Wagen. Ist auch besser so.« Er schaute Mum wütend an, und einen Augenblick lang sah ich sie mit seinen Augen: eine schusselige, verwöhnte Mittelklasse-Hausfrau, eine blöde Henne, in die der Fuchs nur seine Zähne schlagen musste, um sich ein Leben lang nach Lust und Laune bei ihr zu bedienen.

»Haben Sie wirklich alles, was Sie brauchen?«, knurrte er. »Ich will nicht den ganzen Weg fahren, und dann haben Sie nicht die richtige Karte dabei oder die PIN-Nummer vergessen oder so.«

»Nein, ich habe alles, was ich brauche.«

»Dann los.«

Er ging aus der Küche. Der Zorn war verraucht, und er wurde wieder zum netten Onkel, der mit Autoschlüsseln und Kleingeld in der Tasche klimperte. »Es dauert nicht lange.« Im Vorbeigehen zwinkerte er mir zu wie ein alter Freund der Familie.

Mum zögerte noch, sie sah verwirrt aus. Sie musste eine Entscheidung treffen. Ihre Hand tastete sich zur Bauchtasche, zuckte aber zurück, als der fette Mann brüllte: »Na los! Worauf warten Sie?«

Mum ging an mir vorbei, den Blick auf den Boden gerichtet, und folgte ihm in die Diele. Ich war mir nicht sicher, was sie vorhatte, doch wenn sie ihn bis jetzt nicht erschossen hatte, würde sie es auch nicht mehr tun. Wenn sie ihn tötete, dann im Haus. Das Risiko, beobachtet zu werden, war geringer, und die Schüsse würden gedämpft. Ich konnte nur daran denken, dass sie sich entschieden hatte, ihm das Geld zu geben.

Ich folgte Mum in die Diele, trat ihr fast auf die Fersen. Der Erpresser hatte schon die Haustür geöffnet und war in den idyllischen Maimorgen getreten. Er ging über den Kiesweg zu seinem Auto und pfiff dabei vor sich hin, als hätte er keine Sorgen auf dieser Welt! Er öffnete die Beifahrertür und drehte sich um. Als er Mum in der Tür stehen sah, wurde er wieder wütend. »Na los, Herrgott nochmal! Bisschen dalli!« Er hielt ungeduldig die Autotür auf.

Mum drehte sich zu mir und packte meine Schultern. Dann legte sie ihre Wange an meine und tat, als gäbe sie mir einen Abschiedskuss. Dabei flüsterte sie mir eindringlich ins Ohr: »Was soll ich tun, Shelley? Was soll ich tun?«

Ich fixierte den Erpresser über ihre Schulter, seinen bulligen Hals, die aufgeblähten Zwergenarme, den obszönen Bauch, die Hand, mit der er sich im Schritt kratzte, und dann antwortete ich, ohne zu zögern:

*»Bring ihn um.«*

# 41

Mum verließ das Haus. Sie ging auf den Erpresser zu, wobei sie entschlossen die Handtasche von der rechten über die linke Schulter hängte. Als sie etwa zwei Meter von ihm entfernt war, blieb sie stehen und schob die Hand in die Bauchtasche.

Der fette Mann wollte gerade zur Fahrertür gehen, hielt aber inne, als er die Pistole sah, die auf seinen Kopf gerichtet war. Mum hielt sie mit beiden Händen umklammert und hatte das linke Auge zugekniffen, um besser zu zielen.

Er riss die Hände hoch und drückte sich gegen den rechten Kotflügel, bog sich nach hinten über die Motorhaube, verzweifelt bemüht, vom Lauf der Waffe wegzukommen, so als könnten diese wenigen Zentimeter deren brutale Wirkung abmildern. Er krümmte sich, konnte nicht einmal zu der Waffe hinsehen, schaute verzweifelt nach links und rechts, als würde Mum beim geringsten Blickkontakt den Abzug betätigen.

»Schon gut, Schätzchen«, sagte er wieder und wieder, »schon gut, Schätzchen, alles ist gut, Schätzchen, alles ist gut.«

Ich wartete an der Haustür und hoffte, Mum würde endlich schießen. Sie schüttelte sich die Haare aus dem Gesicht und trat näher an ihn heran.

Der fette Mann wollte etwas sagen, stammelte aber nur ängstlich vor sich hin, bis sein Gebrabbel in verwirrtem Schweigen endete. Ein dunkler Fleck breitete sich zwischen seinen Beinen und am rechten Oberschenkel aus.

Ich hielt die Luft an. Wartete auf den Schuss. *Jetzt musste er kommen, jetzt, jetzt!* Doch noch immer drückte Mum nicht ab. Von meiner Position aus konnte ich sehen, wie sich die Waffe in ihren ausgestreckten Händen hin und her bewegte, ein toter Ast im Wind, doch ich begriff erst, was passierte, als ich den veränderten Gesichtsausdruck des Erpressers sah. Seine Augen zuckten immer noch umher, aber nicht, um der Waffe auszuweichen – er wollte nach ihr greifen.

Da begriff ich, dass Mum der Mut verlassen hatte. Sie konnte nicht abdrücken.

Ich rannte schreiend aus dem Haus: *»Tu es, Mum! Tu es! Tu es jetzt! Tu es!«*

Ich war genau neben ihr, schrie ihr ins Gesicht, meine Hand zerrte an ihrer Jacke. Der plötzliche, ohrenbetäubende Knall ließ mich zusammenfahren. Durch den Rückstoß taumelte Mum drei Schritte nach hinten und drehte sich um ihre eigene Achse. Die Pistole war plötzlich aufs Wohnzimmerfenster gerichtet.

Ich starrte den Erpresser an, wartete auf den Klecks Erdbeermarmelade auf seiner Stirn, das langsame Brechen des Blicks, als die Seele entfloh, dass er zu einem leblosen Haufen zusammensank. Doch zu meinem Erstaunen wirkte er unversehrt. Er stand noch immer neben dem Auto, rückwärts über die Motorhaube gebeugt, die Arme erhoben, die dicken rosa Hände wie Seesterne gespreizt.

Er begriff viel schneller als wir, dass Mum ihn verfehlt hatte, und mit einer Geschwindigkeit, die bei einem Mann wie ihm durchaus überraschend war, stieß er sich vom Wagen ab und rannte die Einfahrt hinunter.

Mum erholte sich noch von dem heftigen Rückstoß und versuchte, das bleierne Gewicht der Waffe wieder auf ihn zu richten.

»Erschieß ihn, Mum! Erschieß ihn! *Er haut ab!*«

Wenn er es aus der Einfahrt auf die Straße schaffte, konnten wir ihm nicht mehr folgen; das Risiko war einfach zu groß. Wenn er es bis zur Straße schaffte, wenn er der von Bäumen abgeschirmten Privatsphäre von Honeysuckle Cottage entkam, wäre er in Sicherheit, und wir könnten nur noch auf seine furchtbare Rache warten.

Mum richtete die Waffe auf ihn, und es gab eine weitere ohrenbetäubende Explosion. Eine weiße Wunde erschien hoch am Stamm einer Esche, die am Ende der Auffahrt wuchs. Sie hatte ihn wieder verfehlt.

Der Erpresser war schon hinter der Biegung der Einfahrt, hatte beinahe die Straße erreicht. Sein gelbes T-Shirt war zwischen dem Laub zu sehen. Mum und ich rannten hinterher.

Mit meinen Pantoffeln kam ich auf dem Kies nicht klar und musste sie im Laufen abstreifen. Die scharfen Steinchen bohrten sich in meine Fußsohlen, aber ich bezwang den Schmerz – *wir mussten ihn einholen, bevor er die Straße erreicht hatte!* Mum war hinter mir, sie krümmte sich vor Seitenstichen und schaute kaum, wohin sie lief. Ich schrie, sie solle sich beeilen, er werde entkommen. Mit schmerzverzerrtem Gesicht zwang sie sich, schneller zu laufen, und holte mich ein.

Als wir den geraden Teil der Einfahrt erreichten, stellten wir fest, dass sich das Tempo des Mannes dramatisch verlangsamt hatte. Er hinkte nur noch. Zwanzig Meter bis zum Tor und der sicheren Straße.

Mum und ich holten rasch auf. Er drehte sich um, als er uns hörte. Sein Gesicht war schwarzrot verfärbt wie Blut in einem Teströhrchen. Er wollte schreien, seine Lippen zogen sich bedrohlich zurück, doch er war so außer Atem, dass er kein Wort herausbrachte. Er stieß nur Grunzlaute hervor. Sein Gesicht war schweißüberströmt, und er musste ständig die Finger an die Nase drücken, damit seine Brille nicht herunterfiel. Dann wandte er sich wieder zum Tor, der Ziellinie, die er verzweifelt erreichen wollte. Er kam kaum noch voran, lief praktisch auf der Stelle, und jetzt wusste ich, dass wir ihn erwischen würden, bevor er auf der Straße war.

Als wir ihn fast erreicht hatten, kicherte ich los. Ich war erregt und konnte kaum den Augenblick abwarten, in dem Mum den fetten Mann endlich erschießen würde. In jenen letzten Sekunden rannte ich mit flatterndem Bademantel barfuß über den Kies und spürte etwas, das ich nie zuvor gespürt hatte. Ein völlig neues Gefühl, ein befreiendes, süßes Frohlocken, das meinen Körper wie eine Droge durchströmte. Es war, als würde alles Künstliche von meinem Leben abfallen, als rührte ich flüchtig an eine primitive Wahrheit, eine Realität, die älter als das Leben war. Ich kam mir vor wie ein Gigant, wie ein *Gott*!

Und dann waren wir so nah dran, dass ich nach seinem schmutzigen T-Shirt hätte greifen können. Mum hielt noch immer ihre Seite umklammert. Sie streckte die Waffe aus, bis sie nur wenige Zentimeter von dem fetten Nacken des Mannes entfernt war, und drückte ab.

Der Schuss war so laut, dass ich ihn mehr spürte als hörte, ein vibrierender Donner tief in meiner Brust, und dann stürzte der fette Mann wie ein gefällter Baum vornüber auf den Kies.

# 42

Mum wollte die Pistole wieder sichern, aber ihre Hände zitterten zu sehr. Es schien ewig zu dauern, bis es ihr gelang, dann schob sie die Waffe vorsichtig in ihre Bauchtasche.

Ich war von der Verfolgungsjagd erschöpft. Meine Lungen brannten, und ich atmete in schnellen, keuchenden Stößen. Ich setzte mich auf einen der großen, weiß gestrichenen Steinbrocken am Rande der Einfahrt, stützte den Kopf in die Hände und konzentrierte mich auf meinen Atem. Die Vögel, die von den Schüssen aufgeschreckt worden waren, sammelten sich wieder in den Baumwipfeln und zwitscherten, als diskutierten sie erregt über die jüngste Wendung in dem Drama, das sich unter ihnen abspielte. Ich schaute auf meine Füße. Sie waren schwarz vor Dreck und mit zahllosen Schrammen und Schnitten übersät.

Ich brach als Erste das Schweigen.

»Meinst du, jemand hat die Schüsse gehört? Sie waren so *laut*!«

Mum murmelte etwas Unverbindliches. Sie umkreiste die gewaltige Leiche des Erpressers, die wie ein gestrandeter Wal in der Einfahrt lag. Er musste tot gewesen sein, bevor er auf den Boden schlug, denn er hatte nicht einmal die muskelbepackten Arme ausgestreckt, um den Sturz zu bremsen. Jetzt lagen sie unter den üppigen Speckfalten seines Bauches begraben.

Mum kniete sich hin und hielt zwei Finger an seinen Hals.

»Kein Puls«, sagte sie leise, als wollte sie ihn nicht wecken. »Er ist mausetot.«

Ich rührte mich nicht. Sicher, wir mussten die Leiche schnell wegbringen, da sie von der Straße aus zu sehen war, doch zuerst musste ich mich noch ein bisschen ausruhen. Ich musste wieder zu Atem kommen und verarbeiten, was gerade passiert war, sonst würde ich zusammenbrechen. Ich wusste auch nicht, ob ich den nächsten Schritt durchhalten würde – die Entsorgung der Leiche, die Entsorgung des Wagens.

»Das ist komisch«, hörte ich Mum sagen.

»Was?«

»Komm mal her. Hilf mir, ihn umzudrehen.«

Ich stand zögernd auf und ging zu ihr. Sie beugte sich über die Leiche und ergriff die rechte Schulter, während ich den Bund der grauen Jogginghose festhielt. Gemeinsam zogen wir. Es war anstrengend, doch ab einem bestimmten Punkt kippte die Leiche des fetten Mannes mühelos herum und fiel auf den Rücken. Ich wischte mir hektisch die Hände am Bademantel ab. Sie hatten etwas Nasses berührt, ganz sicher.

Der fette Mann hatte beim Sturz die Brille verloren, und ohne sie sah sein Gesicht anders aus, seltsam nackt, irgendwie nichtssagend. Er hatte die Augen geschlossen, und im Tod war der boshafte Zorn verschwunden, mit dem er über die Schulter geblickt und uns angebrüllt hatte. Jetzt verströmte sein Gesicht eine ruhige Gelassenheit. Es war das Gesicht eines Lieblingsonkels, der immer eine lustige Geschichte oder einen anzüglichen Witz parat hat und nach einem riesigen Sonntagsessen auf dem Sofa eingeschlafen ist. Die stummeligen, allzu muskulösen Arme ruhten neben seinem Körper, und ich dachte an all die vergeudeteten Stunden im Fitnessstudio, in denen er sich Arme aufgebaut hatte, mit denen er jede Tür aufbrechen konnte. Im entscheidenden Augenblick waren sie nutzlos gewesen, und er hatte sie nur kapitulierend in die Luft strecken können.

Während ich die Leiche des Erpressers betrachtete, fühlte ich nichts, absolut gar nichts. Keine Schuld. Kein Mitleid. Kein Bedauern. Er war kein menschliches Wesen, um das man trauerte, sondern ein Problem, das gelöst werden musste. Wir mussten die gewaltige Leiche und das Auto loswerden – unfassbar, aber wir waren gezwungen, den verbeulten türkisfarbenen Wagen ein *zweites Mal* zu entsorgen.

»Ich sehe kein Blut«, murmelte Mum bei sich.

»Was? Wie meinst du das? Da muss Blut sein.«

»Sieh selbst. Kein Blut. *Keine Schusswunde*.«

Sie hatte recht. Sein Kopf, den die austretende Kugel eigentlich hätte zerschmettern müssen, war vollkommen unversehrt. Auf dem riesigen gelben T-Shirt prangten zwar schmierige Essensflecken und Schmutz aus dem Garten, aber kein einziger Tropfen Blut. Bis auf einen kleinen Kratzer am Kinn und einen Schnitt an der Stirn, wo er auf den Boden geprallt war, gab es keinerlei Anzeichen einer Wunde.

Ich wollte etwas sagen, aber Mum war schon die Einfahrt hinuntergegangen.

»Du hast recht«, rief ich ihr verblüfft hinterher. »Da ist überhaupt nichts zu sehen!«

»Und schau dir das an!« Mum deutete auf den rechten Torpfosten. Die Kante war zersplittert, als hätte jemand ins Holz gebissen.

»Ich muss ihn verfehlt haben«, sagte sie ungläubig. »Irgendwie habe ich ihn verfehlt. Aus fünf Zentimetern Entfernung!«

Sie kam zurück und bückte sich nach der Brille, die ebenfalls intakt war.

»Was hat ihn dann getötet?«

»Was ihn getötet hat?« Mum lachte trocken und freudlos. »*Wir* haben ihn getötet, Shelley. Wir haben ihn zu Tode erschreckt. Sieht aus, als hätte er einen Herzinfarkt erlitten. Aber ich hätte ihn ebenso gut mit der Kugel treffen können – in den Augen des Gesetzes ist es Mord.«

*Wir haben ihn zu Tode erschreckt.* Wir hatten diese gewaltige Bestie mit den boshaften Ärmchen zu Tode erschreckt. Der Gedanke erfüllte mich mit einer seltsamen Befriedigung und einem Stolz, den ich gerne ausgekostet hätte, aber der Gedanke an die schreckliche Aufgabe, die vor uns lag, überschattete alles andere.

»Wir schaffen ihn besser weg«, sagte ich. »Falls jemand vorbeifährt …«

»Ja, das sollten wir.«

Ich bückte mich nach seinen Füßen, doch Mum rührte mich sanft am Rücken.

»Er ist zu schwer, um ihn zu ziehen. Wir holen das Auto und bringen ihn damit zum Haus.«

Es war nicht leicht, die Leiche des fetten Mannes im Auto zu verstauen. Er muss an die hundert Kilo gewogen haben, und obwohl wir es mit Mühe und Not schafften, ihn hochzuheben, bekamen wir ihn nicht auf den Rücksitz. Nach mehreren vergeblichen Versuchen entschieden wir, dass Mum sich mit seinem Kopf im Schoß hineinsetzen und ihn rückwärts ziehen musste, während ich die Beine festhielt und mich abwandte, um nicht den Ammoniakgestank seines Urins einzuatmen. Als sein Oberkörper zur Hälfte im Wagen lag, kroch Mum unter der reglosen, wabbeligen Masse hervor und stieg an der anderen Seite aus. Nun schoben und zogen wir gemeinsam, bis wir ihn schließlich auf den Rücksitz befördert hatten.

Mum befürchtete, ihn an Kopf oder Beinen zu verletzen, und brachte seine Beine mit viel Aufwand in eine Position, in der sie sich nicht an der scharfen Türkante stoßen konnten. Schließlich beugte ich mich vom Beifahrersitz herüber und hielt die Beine fest, bis sie die Tür zugeschlagen hatte.

Es war nur ein kurzes Stück bis zum Haus, aber wir schnallten uns automatisch an. Die Ironie brachte mich beinahe zum Lachen – zwei gesetzestreue Bürgerinnen, die sich für fünfzehn Sekunden anschnallen, während auf dem Rücksitz die Leiche eines Mannes liegt, den sie soeben ermordet haben.

Mum stellte den Escort an derselben Stelle wie vorher ab, genau vor dem Wagen des Erpressers.

Sie schaltete den Motor aus, und ich fragte in der nachfolgenden Stille: »Was sollten wir mit ihm machen, Mum?«

Sie schien weit entfernt und in Gedanken versunken. Ich verstand ihr Schweigen falsch, hielt sie für ratlos.

»Ich habe eine Idee!«, sagte ich daher aufgeregt. »Was ist mit den Kupferminen? Wir könnten ihn in sein Auto setzen und es in einen Schacht schieben, vielleicht in den vom letzten Mal. Würde ein Auto hineinpassen?«

»Ich habe eine bessere Idee«, sagte Mum und drehte sich zu mir. »Aber wir müssen uns beeilen.« Sie sah auf die Uhr und kaute auf ihrer Unterlippe. »Wenn es zu lange dauert, könnte es schiefgehen.«

Sie sah mich eindringlich an und legte die Hand auf mein Knie. »Du musst genau das tun, was ich dir sage, Shelley. Hast du das verstanden? *Genau das, was ich dir sage.*« Sie hatte Paul Hannigans Führerschein nicht vergessen, und ich nickte nachdrücklich, um ihr zu zeigen, dass sie sich von nun an hundertprozentig auf mich verlassen konnte.

»Gut. Jetzt hilf mir, ihn herauszuholen.« Sie stieg aus dem Wagen.

»Aber wohin mit ihm?«, stöhnte ich. Mich überkam das Grauen, als ich mir vorstellte, ein weiteres Grab im Garten auszuheben.

»Für Erklärungen ist jetzt keine Zeit, Shelley! *Du tust einfach, was ich dir sage!*«, knurrte sie.

Mum zerrte die Leiche des fetten Mannes aus dem Auto, bis sein Hintern auf der Kante des Rücksitzes lag und ich die Beine ergreifen konnte.

Wir trugen ihn zum Haus und blieben alle paar Meter stehen, um uns auszuruhen. Auf halbem Weg zur Haustür schrie Mum, ich solle ihn ablegen, und wir betteten ihn sanft auf den Kies. Mir fiel ein großer, halbkreisförmiger Sprung in seinem Uhrglas auf, der mich an einen Smiley erinnerte, wie ich sie in der Grundschule gemalt hatte.

»Wir müssen ihn umdrehen«, sagte sie, und wir drehten ihn mit dem Gesicht nach unten, den Kopf zum Haus gerichtet. Mum kniete sich hin und bürstete energisch die kleinen Blätter und Schmutzpartikel weg, die an seinem gelben T-Shirt hafteten. Dann stand sie auf und gab mir die Waffe.

»Bring sie nach oben in mein Zimmer, und versteck sie unter dem Kopfkissen. Dann ziehst du dich an und kommst so schnell wie möglich wieder. Los!«

Ich gehorchte sofort. Ich hatte keine Ahnung, was sie vorhatte; mir war nur klar, dass es ein Rennen gegen die Zeit war. Als ich wieder herunterkam, durchsuchte Mum die Gesäßtaschen des fetten Mannes. Ich sah, wie sie Paul Hannigans Führerschein herausholte, und wich zurück ins Haus. Ich wollte jetzt keinen Streit. Ich wartete, bis sie ihn in die Hosentasche gesteckt hatte, und ging zu ihr.

»Du hast deine Pantoffeln irgendwo in der Einfahrt

verloren. Hol sie schnell. Dann bringst du sie nach oben in dein Zimmer.«

Ich rannte die Einfahrt entlang. Meine Füße taten jetzt mehr weh als vorhin, obwohl ich Schuhe und Strümpfe trug. Einen Pantoffel fand ich sofort, doch der andere war nicht zu entdecken. Es dauerte einige Minuten, bis ich ihn in einem Rhododendron entdeckte.

Als ich zum Haus zurückkam, platzierte Mum gerade die Brille des Erpressers sorgfältig ein Stück vor seiner Leiche auf dem Boden. Als sie mit dem Anblick zufrieden war (die Gläser auf dem Kies, ein Bügel eingeklappt), ging sie zu dem türkisfarbenen Auto. Sie schloss die Beifahrertür, die der fette Mann für sie aufgehalten hatte, und öffnete die Fahrertür. Sie ging einmal um den Wagen herum und musterte ihn kritisch, bevor sie zu dem Beet auf halber Höhe der Einfahrt ging und sich dabei umsah, als traute sie dem Wagen nicht über den Weg.

Mum holte ihre Handtasche aus dem Gebüsch, in das sie sie bei der Verfolgungsjagd geworfen hatte. Sie hängte sie nicht um, sondern hielt sie in der Hand, wobei sich der Lederriemen wie eine Henkersschlinge kringelte.

Sie schaute wieder zu dem Auto und weiter hinaus auf das benachbarte Feld, in die Richtung, in die sie den ersten Schuss abgefeuert hatte. Dann drehte sie sich um und spähte zu der Esche, die von der zweiten Kugel gestreift worden war. Ich folgte ihrem Blick und sah den weißen Riss in der Rinde hoch oben am

Stamm. Mum stand reglos da, nur ihre langen weißen Finger kneteten das weiche Leder der Handtasche. Dann ging sie entschlossen die Einfahrt hinunter.

Ich wartete, bis sie außer Sicht war, und folgte ihr. Ich spürte, dass sie mich jetzt nicht in ihrer Nähe haben wollte und jede Frage eine zornige Reaktion hervorrufen würde.

Dort, wo die Einfahrt die Biegung machte, verbarg ich mich hinter einem Busch und beobachtete sie durchs Laub. Sie stand am Torpfosten. Sie fummelte daran herum und rieb wie wild mit den Ärmeln. Dann hockte sie sich hin und kroch auf allen vieren über den Kies. Was machte sie da nur? *War sie verrückt geworden?*

Als sie schließlich aufstand und sich Hände und Knie abklopfte, eilte ich zurück zum Haus und wartete an der Tür.

Kurz darauf tauchte sie auf, schien im Geiste eine Checkliste durchzugehen und kam dann langsam und feierlich auf mich zu, die Augen auf den Boden gerichtet. Sie stieg mit großer Sorgfalt über die Leiche des fetten Mannes, als wiche sie einer schmutzigen Pfütze aus, blieb abrupt stehen und hob etwas vom Boden auf. Ich ging näher heran und konnte es gerade noch erkennen, bevor es in ihrer Handtasche verschwand: Es war die halb gerauchte selbstgedrehte Zigarette, die der fette Mann weggeschnippt hatte, bevor er klingelte. Mum klappte die Handtasche zu und stand auf, wobei ihre Knie hörbar knackten.

Sie betrachtete die Szene konzentriert wie ein Regisseur, der absolut sicher gehen will, dass alle Details stimmen und jedes Requisit am richtigen Ort ist, bevor er *Action!* ruft. Auch ich betrachtete die Szene – das scheußliche Auto mit der offenen Fahrertür, die Leiche des Erpressers, die mit dem Gesicht nach unten auf dem Boden lag, die Brille mit dem ausgeklappten Bügel auf dem Kies – aber ich verstand nichts.

»Ich habe meine Pantoffeln gefunden«, sagte ich und trat hinter sie.

Beim Klang meiner Stimme zuckte Mum zusammen und drehte sich mit ernster Miene um.

»Gut. Dann bring sie nach oben, wie ich dir gesagt habe.«

»In Ordnung. Und dann? Was kommt dann?«

»Dann?« Sie stemmte die Hände in die Hüften und sah mich seltsam an. »Dann rufen wir Hilfe.«

# 43

Jetzt war ich vollkommen verwirrt. Ich folgte Mum zum Haus.

»*Hilfe rufen?* Das verstehe ich nicht. Was ist los? Was hast du vor?«

Sie ratterte los wie ein Maschinengewehr, während sie durch die Diele in die Küche marschierte.

»Ich werde die Feuerwehr anrufen und erzählen, wir hätten im Wohnzimmer gesessen, als ein fremdes Auto in unsere Einfahrt gefahren sei. Ein Mann sei ausgestiegen, habe seine Brust umklammert und sei zusammengebrochen. Ich werde sagen, er sei bewusstlos und scheine nicht zu atmen. Wir wüssten nicht, was wir tun sollen, und ob sie bitte sofort einen Krankenwagen schicken können!«

Sie schaute mich über die Schulter an, aber ich konnte ihr nicht ganz folgen.

»Er ist an einem *Herzinfarkt* gestorben. Es gibt keine äußeren Anzeichen von Gewalt, nichts, das uns verdächtig machen könnte. Sie werden einfach davon ausgehen, dass er am Steuer einen Herzinfarkt erlitten hat und zum erstbesten Haus gefahren ist, weil er um Hilfe bitten wollte. Und auf dem Weg zu unserer Haustür ist er gestorben.«

Sie schaute auf ihre Armbanduhr, wobei sich ihre

Lippen lautlos bewegten. Dann griff sie zum Telefon.

»Aber ich muss sofort anrufen. Es ist schon zehn Uhr – er ist seit einer halben Stunde tot.«

Ich hörte sprachlos zu, während ich Mums Plan allmählich verdaute. Wie die meisten guten Ideen war er ganz einfach – und doch wäre ich nie darauf gekommen. Es erschien mir sehr gewagt. Und wir würden Nerven aus Stahl brauchen. Aber der Krankenwagen würde die Leiche für uns entsorgen. Die Polizei würde das Auto für uns entsorgen. Die Behörden würden alle belastenden Hinweise für uns entsorgen. Wir selber müssten gar nichts tun. Und wären über jeden Verdacht erhaben – gute Samariter, die sich vergeblich bemüht hatten, einem Fremden zu helfen.

Mum klemmte den Hörer zwischen Wange und Schulter.

»Bring jetzt die Pantoffeln rauf und räum sie weg.« Dann wählte sie mit zitterndem Zeigefinger die Nummer.

Der Krankenwagen kam überraschend schnell, obwohl wir so abgelegen wohnten. Um Viertel nach zehn rumpelte er mit Martinshorn und Blaulicht in die Einfahrt. Ich fürchtete mich vor der Begegnung mit den Sanitätern, die verzweifelt um das Leben kämpfen würden, das wir soeben vernichtet hatten *(würden sie erkennen, was wirklich passiert war, wenn sie mir in die Augen schauten?)*, doch gleichzeitig langweilte mich die Vorstellung, dass sie einen dramatischen Tanz veranstalten würden, um das Leben des fetten Mannes zu retten. Kein Arzt der Welt konnte hier noch etwas ausrichten.

Zwei Sanitäterinnen – eine über fünfzig mit blondiertem Haar und randloser Brille, die andere viel jünger mit Hamsterbäckchen und kurzem Männerhaarschnitt – kümmerten sich um den fetten Mann. Sie beeilten sich nicht sonderlich, sondern schlenderten ruhig zu ihm hin; lächelnde, erfahrene Profis, die wussten, wie wichtig es war, Ruhe zu bewahren und nichts zu überstürzen. Unterdessen begann der Fahrer, ein schlaksiger Jugendlicher mit grauenhafter Akne, die Ausrüstung auszuladen: einen Sauerstoffzylinder und Plastikschläuche mit einer Art Tüte daran, eine schwarze Kiste, die an einen Gitarrenverstärker erinnerte und deutlich schwerer zu sein schien, als sie aussah.

Mum tanzte um die beiden Sanitäterinnen herum und spielte die entsetzte Hausbesitzerin, deren ruhiger Samstagmorgen durch diese unerwartete menschliche Tragödie erschüttert worden war. Sie beantwortete die Fragen mit gut gespielter Besorgnis. *Wann ist er zusammengebrochen? Vor zehn – nein, vor fünfzehn Minuten. Haben Sie ihn wiederbelebt? Leider nicht, ich weiß nicht wie, tut mir leid … Haben Sie ihn von der Stelle bewegt? Nein, das hätte ich nicht gewagt …* Niemand wäre auf die Idee gekommen, dass sie ihnen eine Lüge nach der anderen auftischte.

Mit einer einzigen, perfekt aufeinander abgestimmten Bewegung drehten die Sanitäterinnen den fetten Mann auf den Rücken. »Kein Puls, kein Atem«, verkündete die Blondierte nüchtern, als machte sie eine beiläufige Bemerkung über das Wetter.

Ich wollte mir nicht die ganze Farce ansehen, hielt es aber auch für unklug, einfach zu verschwinden. Bloß keinen Verdacht erregen. Also ging ich wieder ins Haus, blieb aber in der Nähe der Tür. Ich spielte die Rolle der empfindsamen Sechzehnjährigen, die etwas so Rohes und Brutales wie einen Kampf um Leben und Tod nicht mit ansehen konnte. In Wirklichkeit wollte ich einfach nur, dass sie verschwanden und die Leiche mitnahmen. Danach wäre alles vorbei. Der lange Albtraum wäre endlich vorüber. Das unglaubliche Glück, das uns den Herztod des fetten Mannes beschert hatte, und Mums Geistesgegenwart hatten uns aus dem komplizierten Labyrinth befreit, in dem wir uns verirrt hatten. Ich wollte einfach nur mit Mum allein sein, um unsere wundersame Rettung zu feiern.

Ich lehnte mich an die Wand, schaute gelegentlich auf die Uhr und kratzte mit dem Daumennagel nervös an der Tapete. Warum brauchten sie so lange? Sahen sie denn nicht, dass er tot, tot, *tot* war? Ich warf einen Blick nach draußen, wo Hamsterbäckchen gerade das gelbe T-Shirt des Mannes mit einer großen Schere aufschnitt und ein Dickicht aus grau meliertem Haar, den geschwollenen weißen Bauch und die dicken Brüste mit den riesigen rosa Warzen freilegte.

Als ich ein paar Minuten später wieder nach draußen sah, stöpselte die Blondierte gerade Kabel in den schwarzen Kasten, an dem eine grüne Lampe blinkte.

Mum drehte sich zu mir und schaute mich noch

immer mit dem Blick der entsetzten Hausbesitzerin an, als wollte sie sagen: *Ist das nicht furchtbar, Shelley? Der arme, arme Mann!* Dann wandte sie sich wieder zu den Sanitäterinnen, eine Hand besorgt vor den Mund geschlagen.

Die Blondierte hielt jetzt zwei Platten, die aussahen wie flache Bügeleisen, über den Kopf, während Hamsterbäckchen dem fetten Mann die Rolex, das Namensarmband und den Kupferreifen auszog. Sobald die Lampe von Grün zu Orange wechselte, drückte sie die Platten fest auf seine Brust. Die Arme und Beine des fetten Mannes zuckten konvulsivisch, als erlitte er einen epileptischen Anfall. Die Blondierte machte sich bereit für den nächsten Stromstoß.

Es war ein abstoßender Anblick, als die Gliedmaßen der Leiche zuckten und sich verkrampften, doch gleichzeitig hätte ich am liebsten losgelacht. Ich drehte mich weg, damit sie mein Grinsen nicht sahen, und ging in die Küche. Dort stand ich und wartete, bis sich das Kichern gelegt hatte. Ich starrte auf den Frühstückstisch, ohne irgend etwas wahrzunehmen, und wünschte, die Zeit möge schneller vergehen.

Nun, da ich in Ruhe nachdenken konnte, überkam mich eine neue Sorge – dass der Mann früher gestorben war, als wir den Sanitätern gesagt hatten. Ich rechnete mit einer Dreiviertelstunde. Hatten die Sanitäterinnen irgendetwas Verdächtiges an der Leiche bemerkt? War ihnen sofort aufgefallen, dass der fette Mann länger tot war, als wir angegeben hatten? Wann setzte gewöhnlich die Leichenstarre ein? Bei Paul Hannigan war es innerhalb von zwei Stunden geschehen – konnte das auch früher passieren? War das der entscheidende Hinweis, der uns verraten würde? Strich der schlaksige Junge vielleicht in diesem Augenblick über den Wagen des Erpressers und bemerkte, dass der Motor kalt war, obwohl er angeblich vor kurzem noch gelaufen war?

Obwohl ich fast immer mit dem Schlimmsten rechnete, machte ich mir diesmal keine wirklichen Sorgen. Ich konnte einfach nicht glauben, dass die Sanitäterinnen etwas Verdächtiges an der Leiche bemerken würden. Der fette Mann hatte einen schweren Herzinfarkt erlitten; er war mausetot gewesen, als sie eintrafen. Sicher würden sie der Sache nicht weiter auf den Grund gehen, oder? Ich konnte einfach nicht glauben, dass bloße fünfundvierzig Minuten von Bedeutung sein könnten. Wir waren in Sicherheit – ganz bestimmt, wir waren in Sicherheit …

Als ich wieder nach draußen ging, setzten die Sanitäterinnen gerade eine Trage zusammen. Der aknegeplagte Junge ging zu Mum hinüber.

»Möchten Sie mit uns ins Krankenhaus fahren, oder nehmen Sie Ihren eigenen Wagen?«

Mit der Frage erwischte er Mum auf dem falschen Fuß. Auf gar keinen Fall wollte sie diese Farce weiterspielen, womöglich stundenlang.

»Aber ich kenne ihn doch gar nicht«, sagte sie freundlich. »Ich habe Ihren Kolleginnen bereits erklärt, dass er einfach mit seinem Auto angehalten hat und dann zusammengebrochen ist.«

Der junge Mann schien wiederum verblüfft von ihrer Antwort. Einen Moment lang fehlten ihm die Worte, als hätte sich noch nie jemand geweigert, mit ihnen ins Krankenhaus zu fahren. »Okay«, sagte er und drehte sein dickes, tropfenförmiges Ohrläppchen, während er seine Fassungslosigkeit hinter einem Lächeln zu verbergen suchte.

Mum verspürte wohl das Bedürfnis, ihre Haltung näher zu erklären, damit man sie nicht der Herzlosigkeit verdächtigte. »Ich habe ihn noch nie im Leben gesehen. Er ist ein völlig Fremder.«

Der junge Mann nickte, wirkte aber immer noch nicht richtig überzeugt und ein wenig entsetzt.

Die Sanitäterinnen trugen den fetten Mann in den Krankenwagen und setzten ihre Bemühungen unermüdlich fort. Die Blondierte hatte eine Sauerstoffmaske über seinen Mund gestülpt und tastete mit zwei Fingern nach seinem Puls, während Hamsterbäckchen die Arterie abband und sich anschickte, einen Tropf zu legen.

Der schlaksige Junge kehrte zum Krankenwagen zurück und schloss eine Hintertür. Er wollte die andere auch zumachen, als die Blondierte plötzlich aufschrie, als hätte sie sich weh getan. Er hielt inne, als fürchtete er, ihr den Finger eingeklemmt zu haben, und spähte ins Wageninnere.

Ich wollte wissen, was da vorging, aber sein Rücken verdeckte mir die Sicht. Dann schrie die Blondierte erneut auf – vorbei war es mit ihrer professionellen Ruhe, sie wurde gepackt von einer unkontrollierbaren, wilden Erregung – »Ich habe einen Puls! Ich habe einen Puls! Da ist ein Puls!«

Mum und ich standen nebeneinander und sahen zu, wie der Krankenwagen mit ohrenbetäubendem Sirenengeheul durch die Einfahrt schoss und riesige blaue Spiralen in die Luft malte. Wir standen noch lange da, als er schon verschwunden war, sprachlos und wie erstarrt.

Als Mum sich endlich zur Tür wandte, sah sie die Brille des Erpressers, die noch auf dem Kies lag. Die Sanitäterinnen hatten sie nicht bemerkt oder in der Aufregung vergessen. Sie bückte sich, hob sie auf und betrachtete sie. Ein Symbol ihres sorgfältig zurechtgelegten Plans, der so furchtbar schiefgelaufen war.

Ein finsterer Blick huschte über ihr Gesicht, und ich rechnete schon damit, dass sie die Brille gegen die Wand schmettern würde, doch ihr Zorn verflog. Sie klappte den Bügel sanft ein, als wäre es der gebrochene Flügel eines Vogels.

# 44

Mum und ich saßen wie betäubt im Wohnzimmer, als hätten wir soeben einen Bombenangriff überstanden und könnten nicht sprechen oder einander hören, weil unsere Trommelfelle geplatzt waren.

Wir hockten zusammengesunken auf dem Sofa und konnten nicht verarbeiten, was soeben geschehen war *(Ich habe einen Puls! Ich habe einen Puls! Da ist ein Puls!)*. Es schien undenkbar, dass die Sanitäterinnen den fetten Mann nach so langer Zeit reanimiert haben sollten. Wir waren *so nahe* am Happy End gewesen, so kurz vor einer brillanten Lösung, die alles wunderbar geregelt hätte – und dann riss man sie uns in letzter Sekunde vor der Nase weg.

Wie gelähmt starrte ich auf den bunt gemusterten Teppich unter dem Klavier und schüttelte ungläubig den Kopf. Wir glauben, wir hätten unser Leben im Griff, wir wären der Kapitän des Schiffes, der die Hand am Steuer hat, doch in Wahrheit hat uns das Glück im Griff (oder das Schicksal oder die Vorherbestimmung oder Gott oder wie immer wir es nennen wollen). Wir könnten ebenso gut die Hände vom Steuer nehmen und uns im Heck des Schiffes schlafen legen, denn es ist diese *andere Kraft*, die wirklich darüber entscheidet, ob wir ans Ufer gelangen oder spurlos versinken. Wir *glauben*, wir könnten alles beherrschen, doch das stimmt nicht.

Wie hatten sie den Erpresser nach so langer Zeit wiederbeleben können? Es war unmöglich, verstieß gegen jede Logik und den gesunden Menschenverstand. Doch diese andere Kraft hatte entschieden, dass es so geschehen sollte, und so war es geschehen, Schluss, aus.

Mum war untröstlich. Sie hatte sich so beeilt, um die zeitliche Kluft zwischen dem »Tod« und dem Eintreffen der Sanitäterinnen möglichst gering zu halten. Auf die Idee, dass ihnen gerade das eine Wiederbelebung ermöglichen würde, war sie gar nicht gekommen.

Sie blätterte wie wild in den wenigen medizinischen Werken, die wir im Haus hatten – einem medizinischen Wörterbuch, einem Nachschlagewerk für Anwälte und einem Strafrechtsband mit dem Titel *Forensische Beweismittel*. Darin fand sie endlich eine interessante Passage. Danach war die Wiederbelebung in einem Zeitraum von bis zu einer Stunde zwar möglich, doch das Opfer würde mit größter Sicherheit einen schweren Hirnschaden davontragen und nicht mehr denken oder sprechen können. Das machte ihr ein wenig Mut, doch bald verfiel sie wieder in Selbstvorwürfe und tiefste Niedergeschlagenheit.

Als sie die Qual nicht länger ertragen konnte, rief sie im örtlichen Krankenhaus an, gab sich wieder als besorgte Hausbesitzerin aus und erzählte ihre Geschichte noch einmal. *Wir waren heute Morgen zu Hause, als plötzlich ein fremdes Auto in unsere Einfahrt bog und ein Mann ausstieg, der seine Brust umklammert hielt …* Man stellte sie von einer Abteilung in die nächste durch, und sie musste ihre Geschichte dreimal geduldig wiederholen. Nein, sie wisse den Namen des Patienten nicht. Nein, sie wisse nicht, auf welcher Station er liege. Nein, sie sei nicht mit ihm verwandt. Es dauerte fast eine Viertelstunde, bis sie erfuhr, dass an diesem Morgen kein Patient, auf den die Beschreibung zutraf, eingeliefert worden war.

Als sie schließlich auflegte, war Mum so angespannt, dass sie kein weiteres Krankenhaus mehr anrufen konnte.

Erst am späten Nachmittag wurden wir endlich von unseren Qualen erlöst.

Der Streifenwagen, mit dem ich so lange gerechnet hatte und der unsere bevorstehende Verhaftung ankündigte, bog um kurz vor sechs in unsere Einfahrt.

Anders als in meinen Vorahnungen hatte er jedoch kein Blaulicht eingeschaltet, und das Klopfen an der Tür klang zaghaft, beinahe entschuldigend. Wir sahen uns auch keinen Kleiderschränken in schwarzen Uniformen gegenüber, die knisternde Funkgeräte in der Hand hielten. Stattdessen stand ein junger Beamter in einem kurzärmeligen weißen Hemd vor der Tür, die Schirmmütze in der Hand, weil es zu heiß dafür war. Er sah aus wie ein Renaissance-Engel – blaue Augen, rosige Wangen und blonde Locken, die ihm bis zum Kragen reichten und sicher länger waren, als die Vorschriften es erlaubten. Mein erster Gedanke war: *Er kann nicht hier sein, um uns zu verhaften. Sie hätten keinen Engel geschickt, um eine so furchtbare Nachricht zu überbringen …*

»Mrs Rivers?«, fragte er ernst.

Mum nickte nur, als würde sie ihrer eigenen Stimme nicht trauen, und führte ihn ins Wohnzimmer. Die Atmosphäre war schwer und beklemmend, als watete man durchs Wasser. Wir setzten uns. Der Polizist holte ein kleines Notizbuch und einen winzigen eidechsengrünen Stift aus der Brusttasche. Er blätterte herum und suchte nach einer bestimmten Seite. *(Stand vielleicht die Formel darin, die sie jedes Mal aufsagen mussten, wenn sie jemanden verhafteten? »Alles, was Sie sagen, kann gegen Sie verwendet werden.« Musste er sie ablesen, weil er sie nicht auswendig kannte?)*

Wir warteten schweigend, und ich hatte das seltsame Gefühl, als hätte sich die Zeit verlangsamt und würde jeden Augenblick stillstehen. Ich sah alles um mich herum wie in Zeitlupe: den jungen Polizisten, der konzentriert in seinem Notizbuch blätterte, die Zungenspitze zwischen den Lippen; Mum auf der Stuhlkante, die Stirn tief gerunzelt, die Hände ans Gesicht gedrückt wie die Gestalt auf Munchs Bild *Der Schrei*.

Die nächsten Sekunden würden das Urteil bringen. Der fette Mann lebte, hatte der Polizei alles gesagt, und wir würden verhaftet; oder aber der fette Mann war tot, und wir waren in Sicherheit …

In diesem Augenblick überkam mich eine seltsame Ruhe, wie man sie verspürt, wenn man angesichts der letzten Krise resigniert. Ich hatte so viel durchgemacht, dass mir keine anderen Emotionen geblieben waren, und die Resignation legte sich wie eine Schneedecke über mich, betäubte und beschützte mich vor dem Schock, der gleich folgen würde. Ich fragte mich, ob Menschen vor ihrer Hinrichtung so empfanden, ob sie die gleiche süße Resignation verspürten, die sie vielleicht in ihren letzten qualvollen Augenblicken, wenn sich die Schlinge um ihren Hals legte oder die Hände hinter dem Pfahl gefesselt wurden, schützen würde und ihnen einen friedlichen Tod ermöglichte …

Endlich hatte der Polizist die richtige Seite gefunden und schaute Mum scharf an.

»Leider muss ich Ihnen mitteilen, dass der Mann, der heute hier erkrankte – Mr«, er warf einen Blick auf seine Notizen, »Mr Martin Craddock, gestorben ist, bevor er das Krankenhaus erreichte.«

»Wie schrecklich«, sagte Mum mit perfektem Timing und perfekter Betonung – aufrichtig bedrückt, aber mit einem winzigen Hauch stoischer Selbstbeherrschung. »Das ist furchtbar. Das ist *ganz furchtbar.*«

Freude und Erleichterung überwältigten mich beinahe. Am liebsten wäre ich in die Luft gesprungen und durchs Esszimmer getanzt, hätte den Polizisten umarmt und sein Engelsgesicht mit Küssen bedeckt.

*Er war tot! Der fette Mann war tot!*

Der Polizist verzog das Gesicht, um sein Mitgefühl angesichts des plötzlichen Todes von Mr Craddock auszudrücken, was ihm nicht ganz gelang. Ich sah, wie er verstohlen auf die Uhr blickte. Er wollte es kurz machen; er hatte noch anderes zu tun.

Er ging mit Mum noch einmal ihre Version der Ereignisse durch, wohl eher aus Höflichkeit als aus echtem Interesse. Er nickte zustimmend, schrieb aber nichts auf, und hatte den Miniaturstift schon wieder weggesteckt. Er sah sich im Wohnzimmer um, als hoffte er, dass plötzlich ein Hündchen hereinspringen und einen willkommenen Themenwechsel liefern würde.

Als Mum fertig erzählt hatte, herrschte langes, unbehagliches Schweigen. Der Polizist suchte nach den passenden Worten.

»Wie ich hörte, hatte er schon lange Herzprobleme. Er war gerade erst aus dem Krankenhaus entlassen worden.«

»Tatsächlich? Wie traurig«, sagte Mum.

Nach einer weiteren unangenehmen Pause versuchte er es mit Vulgärphilosophie. »So ist das Leben. Jede Minute wird jemand geboren und jemand anders stirbt. So läuft es eben, nicht wahr?«

Es folgte ein unglaublich peinliches Schweigen, während seine Worte noch in der Luft hingen, doch Mum bereitete der Sache ein Ende, bevor wir beide in Gelächter ausbrechen konnten. Sie stand auf und sagte: »Nun, Sie haben sicher viel zu tun. Wir wissen es zu schätzen, dass Sie sich Zeit für uns genommen haben. Das war sehr freundlich von Ihnen.«

Ich stand ebenfalls auf, und der Polizist sprang mit ziemlich unangemessenem Eifer von seinem Stuhl. Wir drei versuchten die Erleichterung über das Ende des Gesprächs zu verbergen.

»Oh, bevor ich es vergesse.« Mum nahm die Brille

des fetten Mannes vom Klavier. »Die haben die Sanitäterinnen vergessen.«

Der Polizist hielt das große Gestell in der Hand und wollte offenbar schon einen Witz darüber machen, als ihm die traurigen Umstände einfielen. Er steckte die Brille wortlos in die Brusttasche.

Dann brachten wir ihn zur Tür.

»Ist das sein Wagen?« Er deutete mit der Mütze darauf.

»J-ja«, erwiderte Mum mit leicht nervöser Stimme.

Er ging zur Fahrerseite des verbeulten türkisfarbenen Autos und beugte sich hinein. Dort verharrte er mehrere Minuten. Ich sah Mum fragend an, doch sie zuckte nur mit den Schultern. Die Falten auf ihrer Stirn waren zurückgekehrt.

Schließlich schloss der Polizist die Fahrertür, ging um den Wagen herum, stützte eine Hand auf die Hüfte und kratzte sich mit der anderen an der Schläfe.

»Eins ist komisch.«

»Was denn?« Mum wirkte plötzlich gar nicht mehr so überzeugend und ihr Gesichtsausdruck seltsam angestrengt.

»Na ja, er hat so *ordentlich* geparkt.« Endlich fand er etwas Interessantes an seiner lästigen kleinen Aufgabe. »Ich meine, er hatte gerade einen Herzinfarkt erlitten, konnte den Wagen aber perfekt hinter Ihrem abstellen. Mehr noch, er hat sogar in den Leerlauf geschaltet, die Handbremse angezogen, den Motor ausgeschaltet und die Schlüssel eingesteckt – während er unerträgliche Schmerzen gehabt haben muss. Erstaunlich!«

Er strahlte Mum an, doch sie war unschlüssig und konnte kaum seinem klaren blauen Blick begegnen.

»Gewohnheit, nehme ich an«, sagte sie trocken.

»Muss wohl so sein«, meinte er lachend und hakte den Daumen in die Hosentasche. »Muss wohl so sein. Trotzdem ist es ist unglaublich, oder?«

»Ja«, sagte Mum zögernd, »kaum zu fassen.«

Der Polizist schaute noch einmal belustigt zu dem Wagen, schüttelte den Kopf über die sonderbaren Dinge, die ihm bei der Arbeit begegneten, und kehrte zum Streifenwagen zurück.

»Wir schicken heute Abend jemanden, der ihn abschleppt«, rief er noch. »Sie möchten ihn sicher nicht wochenlang in der Einfahrt stehen haben!«

Mit diesen Worten ließ er den Motor an, tippte scherzhaft an seine Mütze und fuhr davon.

# 45

Am nächsten Tag, dem Sonntag, schliefen Mum und ich aus. Wir verzichteten auf die übliche Routine und verwöhnten uns mit einem riesigen Frühstück – Eier, Speck, Pilze und gebratene Tomaten –, das wir am Küchentisch aßen, während wir die Beilagen der Sonntagszeitungen studierten.

Mum wirkte zehn Jahre jünger. Die Erschöpfung und furchtbare Anspannung vom gestrigen Morgen waren aus ihrem Gesicht verschwunden.

»Hast du gut geschlafen?«

Sie lächelte übers ganze Gesicht. »Sehr gut, danke, wirklich gut. Wie ein Baby.«

Ich lächelte auch. Mum konnte wieder schlafen. Ein gutes Zeichen.

Der ganze Tag hatte etwas Magisches, fast wie Weihnachten. Nach allem, was gestern geschehen war und was wir seit den frühen Morgenstunden des 11. April durchgemacht hatten, nach der schwindelerregenden Achterbahnfahrt, in die sich unser Leben verwandelt hatte, genossen wir die ungeheure Erleichterung, dass es nun vorbei war.

Ich war selig. Ich kam mir vor wie die Überlebende eines Schiffbruchs, die wochenlang in einem offenen Rettungsboot übers Meer getrieben ist, inmitten von

Stürmen und haushohen Wellen, und die dann doch entgegen aller Wahrscheinlichkeit gerettet wird und sich, in Decken gehüllt und mit einem warmen Getränk in der Hand, vor einem prasselnden Feuer wiederfindet. Ich kostete jedes noch so kleine, banale Detail meiner Umwelt aus, als wäre es ein Wunder: wie sich die Milchwolke ausbreitete und ihre Tentakel in die dunklen Tiefen meines Kaffees streckte; die Staubpartikel, die wie winzige Sonnensysteme im hellen Licht kreisten, das durchs Küchenfenster fiel; die mikroskopisch kleinen roten Adern auf Mums gesenkten Augenlidern, als sie die Zeitung las; die fernen Kirchenglocken, die zu einem einzigen schwachen, kristallenen Ton verschmolzen und von einer idyllischen Postkarten-Vergangenheit zu künden schienen. Das alles kostete ich aus, das alles liebte ich, einfach weil es da war.

Wir zogen uns erst um elf Uhr an und setzten uns danach wieder an den Küchentisch, lasen weiter Zeitung und kochten noch eine Kanne Kaffee.

Wir sprachen kaum über die Ereignisse von gestern, nur dann und wann ging uns ein Gedanke durch den Kopf, den wir miteinander teilten.

»Meinst du, der Erpresser hat die Wahrheit gesagt?«, fragte ich. »Ob er wirklich niemandem gesagt hat, dass wir Paul Hannigan getötet haben?«

Mum dachte darüber nach. »Ich glaube schon. Er hat uns auch die Wahrheit über seine Herzkrankheit gesagt.«

»Und dass Paul Hannigan keine engen Verwandten hat, die nach ihm suchen werden?«

»Schwer zu sagen. Er konnte sich ja nur auf das verlassen, was Hannigan ihm erzählt hat. Mein Bauch sagt mir jedenfalls, dass es vorbei ist. Das glaube ich wirklich.«

Kurz darauf rief sie aus: »Stell dir vor, ich hätte ihn getroffen, Shelley! Dann hätten wir seine Leiche *und* das verdammte Auto loswerden müssen. *Stell dir das vor!*«

Ich schüttelte den Kopf. Ein entsetzlicher Gedanke, dass wir um ein Haar noch einmal dieses Grauen hätten durchmachen müssen. Was um Himmels willen hätten wir mit der Leiche des fetten Mannes anfangen sollen? Sie im Garten vergraben? Vielleicht im Gemüsebeet? Und was hätten wir mit dem Auto getan? Es irgendwo abgestellt, was sehr gefährlich gewesen wäre, oder es in einem der Schächte im Nationalpark versenkt, wie ich vorgeschlagen hatte? Ich durfte gar nicht daran denken …

»Zum Glück hattest du kein Zielwasser getrunken«, scherzte ich, aber Mum lachte nicht.

»Es ist wie ein *Wunder*«, sagte sie. »Ich meine, wie konnte ich ihn auf diese Entfernung verfehlen? Die Waffe berührte fast seinen Hals. Es ist einfach unmöglich, Shelley.«

Später fiel mir unser Gespräch von gestern ein *(Zugzwang. Ein Begriff aus dem Schach.)*. »Es war ein bisschen wie beim Schach, oder?«

»Irgendwie schon. Wir mussten jeden Zug genau überdenken.«

Ich dachte an all die Entscheidungen, die Mum

getroffen hatte, seit sie Paul Hannigan mit dem Schneidbrett erschlagen hatte: ihn im Garten zu vergraben, statt die Polizei zu rufen; normal weiterzuleben, als wäre nichts geschehen; die Müllbeutel in die verlassenen Minenschächte zu werfen, in denen man sie nie finden würde; die Pistole zu behalten; den Tod des fetten Mannes für die Sanitäterinnen zu inszenieren, sowie ihr klar geworden war, dass er einen Herzinfarkt erlitten hatte. So viele schwierige Entscheidungen, so viele richtige Schachzüge.

»Du hast eine brillante Partie gespielt.«

»Das haben wir beide, Shelley, wir beide.«

Als mir schließlich der Rücken vom langen Sitzen weh tat und ich keine Lust mehr hatte, über neue Modetrends, Diäten, Filme und Starlets zu lesen, sagte ich: »Ich habe kein schlechtes Gewissen wegen dem, was wir getan haben, Mum. Ich bin froh, dass beide tot sind. Ich fühle mich überhaupt nicht schuldig – auch nicht wegen gestern. Er hat bekommen, was er verdiente. Gut, dass wir das Gesindel los sind, sage ich nur. Alles, was wir getan haben, *wirklich alles,* war Notwehr.«

Nach dem Mittagessen gingen wir lange auf den Wiesen am Fluss spazieren. Es war wieder ein herrlicher Tag, und die Landschaft pulsierte vor Farbe und Leben. Der Raps blühte so leuchtend gelb, dass ich kaum hinsehen konnte; es war, als schaute man ins brodelnde Herz der Sonne. Der Himmel war von einem tiefen Blau, die fernen Hügel hatten einen zarten Lavendelton angenommen, die jungen Bäume am Flussufer waren limonengrün, beinahe gelb, und die Wildblumen hoben sich in reinstem Weiß vom smaragdgrünen, in dicken Büscheln wachsenden Gras ab.

»Es ist wie auf einem Gemälde von van Gogh«, sagte Mum. »Als hätte man die Farben nicht auf der Palette gemischt, sondern direkt aus der Tube aufs Bild gedrückt.«

Als wir einen abgelegenen Teil des Ufers erreichten, an dem ungehindert die Brennnesseln wucherten, schaute Mum sich aufmerksam um, holte die Pistole aus der Handtasche und warf sie in den Fluss. Sie verschwand mit einem angenehmen *Plopp*.

»Heißt es nicht, Wasser würde seine Geheimnisse irgendwann preisgeben?«

»Soll es doch. Man wird die Pistole niemals zu uns zurückverfolgen können. Ich wollte sie einfach nicht mehr im Haus haben.«

»Meinst du wirklich, wir brauchen sie nicht mehr?«

Mum legte den Arm um mich. »Ja, Shelley, da bin ich sicher. Nach allem, was wir durchgemacht haben, werde ich mich nie wieder vor etwas fürchten.«

In einer kleinen Mulde im Schatten einer Trauerweide verbrannten wir Paul Hannigans Führerschein. Mum hielt ein Feuerzeug daran, und er färbte sich langsam schwarz, während sich die Ecken einrollten. Stinkender schwarzer Qualm stieg auf, als verbrenne Paul Hannigans vergiftete Seele. Ich war ungeheuer erleichtert, als sein Gesicht bis zur Unkenntlichkeit zerschmolz und Blasen warf.

Es war nicht wie erwartet zu dem furchtbaren Streit mit Mum gekommen – auch nicht, als wir gestern so viele elende Stunden lang auf unser Urteil gewartet hatten. Nun, da die Plastikkarte in der kleinen, trockenen Mulde zwischen uns glomm, wusste ich, dass es diesen Streit auch nie geben würde. Mum würde niemals danach fragen, mir keine Vorwürfe machen, das Thema nie wieder erwähnen. Ich wusste, sie hatte mir verziehen.

Mum schaute mich an und lächelte liebevoll. »Keine Geheimnisse mehr?«

»Keine Geheimnisse mehr«, stimmte ich, ohne zu zögern, zu.

Als die Flamme erloschen war und die Hitze sich gelegt hatte, berührte ich die schwarzen Überreste des Führerscheins, worauf sie zu Asche zerfielen.

Später am Nachmittag hatten wir Lust, uns in den Garten zu setzen. Obwohl meine Narben gut verheilten, musste ich immer noch vorsichtig sein, und so sahen wir uns nach einem Platz im Schatten um.

»Wie wäre es damit?«

Ich wurde blass. Mum zeigte auf das ovale Rosenbeet, dessen Sträucher in einer gewaltigen rosa Blütenfontäne explodiert waren.

Dann bemerkte sie ihren Fehler. »Vielleicht besser da drüben –«

Ich unterbrach sie. »Nein, setzen wir uns ans Rosenbeet.«

Also trugen wir die Plastikstühle in den Schatten

der Rosensträucher, nur wenige Meter von Paul Hannigans Grab entfernt. Ich überwand meinen Ekel und legte mir eine philosophische Erklärung zurecht. Ob ich nun in der Nähe seiner Leiche war oder nicht, Paul Hannigan würde mich immer begleiten. Mehr noch, er schien ein Teil von mir geworden zu sein wie bei den Eingeborenen, die ich im Fernsehen gesehen hatte und die glaubten, dass von ihnen getötete Wildschweine oder Affen ein Teil von ihnen wurden. Ich konnte ihm nicht entfliehen, nicht davonlaufen. Paul Hannigan gehörte zu mir. So oder so.

Die surreale Szene brachte mich auf ein Bild, das ich irgendwann gern malen würde: Zwei elegante viktorianische Damen, die auf dem Rasen Tee trinken, während im Blumenbeet hinter ihnen eine grünliche Leiche in Totenkleidung zu erkennen ist. Ich würde es *Mitten im Leben sind wir vom Tod umgeben* nennen. Seine Botschaft würde lauten, dass, egal wo wir sind oder was wir tun, Tod und Schrecken immer in der Nähe lauern. Die Herausforderung besteht darin, zu leben und glücklich zu sein, obwohl wir sie immer aus dem Augenwinkel erkennen können, verschwommen, aber dennoch sichtbar.

Wir dösten und plauderten träge, und als der ganze Garten in violett-blaue Schatten getaucht war, berührte ich Mum vorsichtig an der Schulter.

»Mm?« Sie lächelte schläfrig, ohne die Augen zu öffnen.

»Ich möchte wieder in die Schule, Mum.«

Jetzt sah sie mich an, und ich las Überraschung und

Sorge in ihrem Blick. Die tiefe Furche war auf ihre Stirn zurückgekehrt. »Aber es sind nur noch ein paar Wochen bis zu den Prüfungen, Shelley. Du hast doch das ganze Schuljahr frei bekommen.«

»Ja, aber es gibt einige Wiederholungskurse, die ich besuchen möchte. Mrs Harris weiß darüber Bescheid, und ich würde vor den Prüfungen gern noch mit einigen Lehrern sprechen – vor allem mit Miss Briggs.«

Ihre eigentliche Sorge hatte Mum bis jetzt nicht geäußert. »Was ist mit den Mädchen – Teresa Watson und den beiden anderen? Wenn sie noch da sind?«

»Das kann ich mir nicht vorstellen, Mum. Außerdem werden sie sich nicht sonderlich für Wiederholungskurse interessieren, und falls ich sie doch sehe …«

Ich erinnerte mich daran, wie ich das Messer vom Esstisch genommen und Paul Hannigan in den Rücken gestoßen hatte; ich erinnerte mich daran, wie ich den fetten Mann mit Blutdurst im Herzen durch die Einfahrt gejagt hatte. Falls Teresa Watson mich auch nur anrührte, würde ich sie gegen die Wand schmettern und ihr die Kehle zudrücken. Wenn sie mir in die Augen sah und erkannte, wozu ich fähig war, würde sie die Flucht ergreifen. Ich hatte zwei Männer getötet; vor Schulmädchen hatte ich keine Angst mehr.

»Keine Sorge. Sie werden mir nichts tun. Ich habe keine Angst mehr vor ihnen. Wenn überhaupt, sollten sie Angst *vor mir* haben.«

Ich hatte die Worte ausgesprochen, doch sie klangen so fremd, als kämen sie von jemand anderem. Da sprach keine Maus mehr; ich würde nicht mehr an den Fußleisten entlanghuschen, um mir ein sicheres Versteck zu suchen, ich würde nicht mehr still sein und hoffen, dass man mich nicht bemerkte. Ich fühlte mich stärker, selbstsicherer und *fähiger* als je zuvor. Das Leben war brutal. Das Leben war wild. Das Leben war ein Krieg. Das hatte ich jetzt begriffen. Akzeptiert. Und ich sagte: *Nur her damit*. Ich würde kein Opfer mehr sein. Nie wieder.

»Da wäre noch etwas, Mum. Ich möchte Dad anrufen.«

Ihr Arm zuckte, als hätte etwas sie gestochen; sie biss die Zähne aufeinander.

»Nun, das ist deine Entscheidung«, sagte sie mit zitternder Stimme. »Ich werde dich nicht davon abhalten.«

Nein, sie würde mich nicht davon abhalten, und auch Zoe nicht. Falls Zoe ans Telefon ging, würde ich mich nicht abwimmeln lassen (»Sagen Sie ihm, es ist seine *Tochter.*«). So leicht würde er mich nicht los. Nicht ohne Erklärung. Nicht ohne Abrechnung. *Nicht ohne sich anzuhören, was ich zu sagen hatte*.

Mum strich mir das Haar hinters Ohr und legte mir die Hand in den Nacken.

»Die Narben verheilen sehr gut«, sagte sie.

»Ich weiß. Noch ein paar Monate, und man kann sie kaum noch sehen.«

Sie streichelte mir sanft über die Wange und lächelte. »Dann bist du so gut wie neu.«

»Nein«, schnurrte ich. *»Sogar besser.«*

Tana French
**Grabesgrün**
Kriminalroman
Band 17542

Wer bringt ein kleines Mädchen um und bahrt es auf dem Opferaltar einer Ausgrabungsstätte auf? Jede Spur, die die beiden jungen Dubliner Ermittler Rob und Cassie verfolgen, führt sie nur tiefer in ein Dickicht, in dem sich alle Gewissheiten in ihr Gegenteil verkehren. Und keiner darf erfahren, dass Rob vor vielen Jahren selbst etwas Furchtbares erlebt hat – im Wald bei ebenjener Ausgrabungsstätte …

»In diesem Fall kann man wirklich einmal wieder von Kriminal-Literatur sprechen. Tana Frenchs beinahe ausufernde sprachliche Fähigkeiten beschwören ganze Welten herauf.«
*Antje Deistler, WDR2*

»Sprachlich sensationell, ein großartiges Debüt.«
*Kathrin Fischer, hr2*

»Das Beste, was in diesem Jahr auf den Krimi-Markt gekommen ist.«
*Michael Ostafel, SWR2*

Fischer Taschenbuch Verlag

fi 17542 / 1

Tana French
**Totengleich**
Kriminalroman
Band 17543

Dem Tod wie aus dem Gesicht geschnitten

Als die junge Polizistin Cassie Maddox in ein verfallenes Cottage außerhalb von Dublin gerufen wird, schaut sie ins Gesicht des Todes wie in einen Spiegel: Die Ermordete gleicht ihr bis aufs Haar. Wer ist diese Frau? Wer hat sie niedergestochen? Und hätte eigentlich Cassie selbst sterben sollen? Keine Spuren und Hinweise sind zu finden, und bald bleibt nur eine Möglichkeit: Cassie Maddox muss in die Haut der Toten schlüpfen, um den Mörder zu finden. Ein ungeheuerliches Spiel beginnt.

»Mit Tana French ist die Erbfolge unter den Crime-Königinnen gesichert.«
*Der Tagesspiegel*

»Voller fataler Volten, reich an Höchstspannung – und geadelt durch einen Plot, der individuelle Schuld in den Exzess sowie die Hauptfiguren beinahe in den Wahnsinn treibt.«
*Die Welt*

Fischer Taschenbuch Verlag

fi 17543 / 1

Tana French
**Sterbenskalt**
Kriminalroman
Band 18834

Frank Mackey, Undercover-Ermittler, hat seine Familie seit 22 Jahren nicht gesehen. Die vier Geschwister, den trinkenden, gewalttätigen Vater, die ruppige Mutter. Er wollte der Armut und Perspektivlosigkeit seines Viertels für immer entfliehen – zusammen mit seiner ersten großen Liebe Rosie. Doch die hatte ihn versetzt und war allein nach England aufgebrochen, so hat Frank es jedenfalls immer gedacht. Bis Rosies Koffer und ihre Fährtickets in dem alten Abbruchhaus in der Straße seiner Kindheit gefunden werden. Frank muss zurück nach Faithful Place – und feststellen, dass er diesen dunklen Ort immer in sich getragen hat.

»Tana French schreibt Krimis, die sind so gut,
dass auch Krimi-Hasser sie lieben müssen. Mit der beste
Stoff, den Krimifans sich derzeit beschaffen können.«
*Brigitte*

»Mit ihrem dritten Roman hat sich
Tana French noch einmal gesteigert.«
*SonntagsZeitung*

»Packend und grandios geschrieben.
French überwindet die Grenzen des Genres.«
*Für Sie*

Fischer Taschenbuch Verlag

fi 18834 / 1

Tana French
**Schattenstill**
Kriminalroman
Band 18882

»Was Sie über Mord wissen müssen: In neunundneunzig von hundert Fällen bricht er nicht in das Leben der Menschen ein. Sondern sie öffnen ihm die Tür.«

In Broken Harbour, einer windgepeitschten Geisterstadt voller Bauruinen, ist eine ganze Familie ausgelöscht worden. Seltsame Löcher klaffen in den Wänden ihres Hauses. Kühl und methodisch beginnt Detective Mike Kennedy mit den Ermittlungen – doch Broken Harbour zieht auch ihn erbarmungslos in sein zerstörerisches Kraftfeld.

»Tana French in Hochform: ein Meisterwerk.«
*Cosmopolitan*

Fischer Taschenbuch Verlag

fi 18882 / 1

Michele Jaffe

**Wer schön sein will, muss sterben**

Psychothriller

Aus dem Amerikanischen

von Astrid Gravert

Band 18979

Es war die Nacht, in der sie glücklich sein wollte.
Doch es wurde die Nacht, in der sie sterben sollte.

»In der einen Minute gehörst du zu den beliebtesten Mädchen deiner Schule und tanzt auf der coolsten Party des Jahres – in der anderen liegst du halbtot in einem dornigen Rosenstrauch. Du wachst auf und kannst dich an nichts erinnern.«

Nach einem Unfall mit Fahrerflucht wird die 16-jährige Jane im Krankenhaus wach. Nach und nach kommt die grausame Erinnerung zurück. Jemand wollte sie töten – aber wer?

fi 18979 / 1

Wiley Cash

**Fürchtet euch**

Roman

Band 19443

Ein kleiner Ort in den Bergen North Carolinas. Der dreizehnjährige Christopher hat noch nie ein Wort gesprochen. Deshalb soll er an einem heißen Sonntag Anfang September während des Gottesdienstes geheilt werden. Doch Christopher überlebt die Zeremonie in der Kirche nicht. Und niemand aus der Gemeinde will sich zum Tod des Jungen äußern. Bis Jess, Christophers jüngerer Bruder, das Schweigen bricht, und damit alle, die ihm nahestehen, ins Verderben schickt.

»Ein Roman von geradezu hypnotischer Stärke –
zutiefst erschütternd und großartig erzählt.«
*The New York Times*

fi 19443 / 1

Øbro & Tornbjerg
**Schrei unter Wasser**
Kriminalroman
Band 19317

Eine verstörte Frau. Ein ermordeter Arzt. Eine tote Mutter. Und eine junge Kriminalpsychologin im tödlichen Strudel aus Leid und Hass. Der erste Fall für Katrine Wraa.

Platz 1 der dänischen Bestsellerliste.
Von Jussi Adler-Olsen für den
Politiken-Krimipreis ausgewählt.

»Erstklassig – eine unglaublich gute Crime-Story
mit Mord, Betrug, Verrat, Wahnsinn und Psychopathie.«
*metroXpress Kopenhagen*

Fischer Taschenbuch Verlag

fi 19317 / 1

Øbro & Tjornberg
**Schrei in Flammen**
Krimi
Band 19380

»Mein Tod war grausam. Ich verbrannte
in lodernden, verzehrenden Flammen, und nach der
ersten Berührung von Feuer und Fleisch gab es kein
Zurück mehr. Die Zeit blieb stehen. Die Unendlichkeit
begann, und dann war Schluss.«

Mitten in Kopenhagen wird einem ausgebrannten Auto die verkohlte Leiche einer Frau gefunden. Zum Entsetzen aller stellt sich heraus, dass die Frau noch am Leben war, als das Auto angezündet wurde. Wer war sie? Und wer wollte ihren grausamen, aufsehenerregenden Tod? Der neue Fall für Psychologin und Profilerin Katrine Wraa – direkt von der dänischen Bestsellerliste.

Fischer Taschenbuch Verlag

fi 19380 / 1